SARAH ADDISON
ALLEN

Книги
Сары Эдисон Аллен

Садовые чары

Сахарная королева

Первые заморозки

Потерянное озеро

Очарованная луной

Хранитель персиков

Сара Эдисон Аллен

Хранитель персиков

Издательство «Иностранка»
МОСКВА

УДК 821.111(73)
ББК 84(7Сое)-44
А50

Sarah Addison Allen
THE PEACH KEEPER
Copyright © 2011 by Sarah Addison Allen
All rights reserved

Перевод с английского Екатерины Клиповой

Оформление обложки Виктории Манацковой

Издание подготовлено при участии издательства «Азбука».

© Е. И. Клипова, перевод, 2018
© Издание на русском языке, оформление.
ООО «Издательская Группа „Азбука-Аттикус“», 2019
Издательство Иностранка®

ISBN 978-5-389-16852-7

Мишель Питтмен и Хайди Гиббс,
благодаря которым я знаю,
что такое истинная дружба

Глава 1

ИГРА В ПРЯТКИ

В тот день, когда Пэкстон Осгуд отвезла на почту коробку с конвертами — все из плотной бумаги, с подкладкой из фольги и адресами, выведенными просто каллиграфическим почерком, — разразился ливень и город надолго скрылся за плотным белым занавесом. К ночи реки вздыбились, угрожая выйти из берегов, и, впервые с 1936 года, корреспонденция так и не попала к адресатам. Когда земля подсохла, из подвалов откачали воду, а с улиц и дворов убрали ветки, пригласительные билеты были наконец-то доставлены — но не в те дома. Соседи через забор передавали послания законным получателям, со смехом замечая, что погода совсем обезумела, а почтальон не в меру рассеян. На следующий день к врачу обратилось невиданное количество пациентов с распухшими пальцами: мало кому удалось вскрыть слипшийся намертво конверт и не порезаться. Вскоре стало казаться, что приглашения ведут себя, как им заблагорассудится, исчезая и появляясь в самых невероятных местах. Миссис Джемесон искала свое целых два дня и нашла в птичьем гнезде. Пригласительный билет для Харпер Роули очутился на церковной колокольне, а для мистера Кингсли — в садовом сарае его старой матери.

Любой человек, присмотрись он повнимательнее, тотчас разгадал бы эти знаки: за окном побелело — готовься к переменам; порезался бумагой — читай между строк, ибо истинный смысл написанного скрыт от глаз; а птицы всегда оберегают нас от незримой опасности.

Но никому не было дела до знамений. В особенности Уилле Джексон.

Приглашение уже вторую неделю пылилось на полке в дальнем углу ее магазина. Получив конверт с почтой, Уилла с любопытством взяла его в руки, но тут же отбросила, словно ошпарившись. Больше она к нему не притрагивалась и только хмурилась, проходя мимо.

В то утро Рейчел не выдержала и раздраженно сказала:

— Да открой ты его, наконец.

Уилла обернулась: Рейчел Эдни стояла за стойкой кофейни в конце зала. Коротко стриженная брюнетка, в брюках по щиколотку и спортивной майке, она была похожа на скалолаза-любителя. Уилла ей тысячу раз говорила, что вещи из их магазина носить вовсе необязательно, — сама Уилла редко изменяла джинсам и ботинкам, — но Рейчел упрямо считала, что явиться сюда в любой другой одежде будет сродни предательству.

— Ну вот еще. С какой стати? — ответила Уилла, решив, что самое время рассортировать недавно прибывшую партию футболок.

Возможно, за повседневной работой она отвлечется от этого странного, неясного предчувствия, которое снова охватило ее при мысли о приглашении. Нечто подобное она часто испытывала в юности, прежде чем выкинуть очередной глупый фокус. Но ведь все фокусы давно остались в прошлом. Уилла позаботилась о том, чтобы в настоящем у нее не было поводов для беспокойства. Выходит, она что-то упустила.

— Ты ужасно высокомерная, — упрекнула ее Рейчел.

Уилла рассмеялась:

— Самая богатая женщина в городе устраивает грандиозный прием, а высокомерной при этом оказываюсь я — всего лишь потому, что не хочу распечатывать конверт с ее приглашением?

— В тебе нет ни капли уважения к этим людям, любой их поступок для тебя — самодурство.

— Так оно и есть.

— Просто в душе ты хочешь быть одной из них, но боишься себе в этом признаться, — заявила Рейчел, надевая зеленый фартук с вышитой желтыми нитками надписью «О Натюрель: спорттовары и кафетерий».

Несмотря на то что Рейчел была на восемь лет моложе, Уилла обычно прислушивалась к словам подруги. Для двадцатидвухлетней девушки та рассуждала на удивление зрело. Она успела поколесить по миру и неплохо разбиралась в людях. В Уоллс-оф-Уотер[1] она осела лишь потому, что влюбилась в здешнего парня. Рейчел всегда говорила: у любви свои планы на наш счет.

Но поддерживать эту беседу Уилле не хотелось. Рейчел все равно не поймет. Она вечно кочует, нигде не пуская корней, а сама Уилла в Уоллс-оф-Уотер с рождения. Она знает, как устроен этот городок, по каким хитрым законам он существует и почему в нем происходит то, что происходит. Навряд ли возможно объяснить это чужакам. И Уилла в который уже раз прибегла к отвлекающему маневру:

— А что у нас сегодня в меню? Пахнет волшебно.

— Супервкуснятина, я сама в восторге. — Рейчел начала перечислять, картинно указывая рукой на стеклянную витрину со сластями. — Фруктово-ореховая смесь с обжаренными кофейными зернами в шоколаде, овсяное печенье в шоколадной глазури и шоколадно-кофейные брауни.

Кафе некоторое время не работало, но около года назад Уилла отдала его на откуп Рейчел, разрешив включить в меню сласти, содержащие кофе, и эта задумка полностью себя оправдала. Теперь каждое утро Уиллу окутывал изумительный, колдовской аромат свежесваренного кофе и шоколада, и ей казалось, будто она попала в какое-то сказочное место, где наконец-то можно спрятаться от окружающего мира.

Магазинчик Уиллы, торгующий в основном спортивной одеждой из экологически чистых тканей,

[1] Walls of water — стены из воды *(англ.)*.

стоял на Нэшнл-стрит, которая вела в самое сердце Голубого хребта — в Национальный заповедник Катаракт, известный своими дивными водопадами. Нэшнл-стрит представляла собой длинную вереницу лавочек, продающих всякую всячину для туристов, и именно здесь Уилла нашла свое место под солнцем. Ее не интересовали экскурсии, ночевки в палатках и прочие увлечения, приносившие доход городу. Просто среди таких же продавцов, как она сама, в окружении незнакомых лиц ей было намного уютнее, чем среди друзей юности. Если уж ей никуда не деться из Уоллс-оф-Уотер, то она предпочитает жить здесь, а не по соседству с этими лощеными толстосумами.

Все магазины располагались в старинных домах, построенных более века назад — в ту пору, когда Уоллс-оф-Уотер был крошечным городком, промышлявшим заготовкой леса. В них еще сохранились потолки из жестяных плит и деревянные полы. Половицы, сплошь покрытые царапинами, пожелтели от времени. Стоило их чуть потревожить, и они отзывались недовольным скрипом, будто иссохшие старушечьи кости. Вот и сейчас Уилла сразу поняла, что у нее за спиной появилась Рейчел.

Она обернулась: Рейчел протягивала ей ненавистный конверт.

— Открывай.

Уилла заставила себя взять конверт в руки. Он оказался пухлым и необыкновенно приятным на ощупь, словно был сделан из бархата. Уилла решительно его надорвала — все что угодно, лишь бы девчонка отстала! — и в ту же секунду зазвенел дверной колокольчик. Они дружно подняли головы, готовые приветствовать покупателей.

Но никого не увидели.

— Аж мурашки по телу, — поежилась Рейчел.

— Бабушка бы сказала, что это призрак мимо пролетел.

Рейчел презрительно фыркнула:

— Глупые суеверия! Их придумали мужчины, чтобы объяснять то, что выше их понимания.

— Благодарю за познавательную справку.

— Ну же, не тяни! — Рейчел нетерпеливо ткнула Уиллу локтем в бок. — Что там?

Уилла вынула из конверта пригласительный и прочитала:

12 августа 1936 года несколько женщин из городка Уоллс-оф-Уотер, штат Северная Каролина, объединились в группу по интересам, которая положила начало самому влиятельному общественному клубу в наших краях. Сегодня клубом осуществляются сбор пожертвований, финансирование местных культурных мероприятий и ежегодная выдача стипендий.

Так как Вы или представители Вашей семьи состояли в Женском общественном клубе, его нынешние члены с огромной гордостью приглашают Вас на торжество, посвященное 75-летнему юбилею этой выдающейся организации.

Вот уже три четверти века мы трудимся ради всеобщего блага — отпразднуйте это вместе с нами!

Мероприятие состоится 12 августа в 19:00 в «Хозяйке Голубого хребта», которая впервые откроет двери после реставрации.

Просьба выслать ответ Пэкстон Осгуд, президенту клуба. Карточка для ответа прилагается.

— Ну вот, видишь? — раздался у Уиллы над ухом голос Рейчел. — Все не так страшно.

— Поверить не могу, что Пэкстон устраивает свою вечеринку в «Хозяйке Голубого хребта». Это надо же до такого додуматься.

— Да ладно тебе. Я бы все на свете отдала, чтобы попасть в этот дом. И ты тоже.

— Я не пойду.

— Как это — «не пойду»? Между прочим, твоя бабушка...

— ...помогла основать клуб, — закончила за нее Уилла. — Я помню. — Она положила пригласительный билет на стол и уточнила: — Бабушка, а не я.

— Но ведь это история вашей семьи, а значит, и твоя тоже!

— Ко мне все это не имеет никакого отношения.

Рейчел беспомощно развела руками:

— Ладно, сдаюсь. Кофе будешь?

— Буду, — ответила Уилла, радуясь, что разговор окончен. — С соевым молоком и двумя ложками сахара, пожалуйста.

За последнюю неделю Рейчел пришла к выводу, что кофе может многое рассказать о человеке, и занялась серьезным исследованием. Правда ли, что любители черного кофе крайне неуступчивы, а у тех, кто пьет этот напиток с молоком, но без сахара, напряженные отношения с матерью? Результаты своих наблюдений Рейчел прилежно заносила в блокнот, который хранила под барной стойкой, а Уилла втихомолку посмеивалась над ней, каждый день нарочно заказывая что-нибудь новое.

Рейчел вернулась в бар, достала блокнот и записала заказ подруги.

— Хм, ну надо же, — пробормотала она с таким серьезным видом, будто теперь ей наконец стало ясно, что за птица Уилла Джексон.

— То есть ты не веришь в призраков, но считаешь, что по кофе, который я пью, можно судить о моем характере?

— Не путай суеверие с наукой.

Уилла покачала головой и снова принялась за сортировку футболок, стараясь не замечать лежащее на столе приглашение. Это было непросто: оно постоянно привлекало ее внимание, чуть подрагивая, словно его ласкал легкий ветерок.

Уилла не выдержала и набросила на него футболку. С глаз долой — из сердца вон.

Вечером после закрытия магазина Рейчел умчалась к своему парню: они собирались побродить по лесу и подышать свежим воздухом. Тоже мне поклонники здорового образа жизни! В знак протеста Уилла схватила с витрины брауни и с наслаждением его умяла. Потом она села в свой джип, намереваясь отправиться домой и затеять стирку. Стирка по средам превратилась в традицию, это было событие, которого Уилла иногда с нетерпением ждала всю неделю.

Да, ее жизнь не отличалась разнообразием, но зато и не подбрасывала неприятных сюрпризов. Как говорил отец, в тридцать лет все так живут — это и называется быть взрослым.

Но вместо прямой дороги до дома Уилла выбрала свой любимый окольный путь через Джексон-Хилл. Вести машину по крутому склону вверх было тяжело и временами даже опасно, но только так она могла добраться до вершины холма, где стоял построенный еще до войны особняк, который местные жители окрестили «Хозяйкой Голубого хребта». С тех пор как почти два года назад началась его реставрация, Уилла часто наведывалась сюда, втайне от всех, и наблюдала за его преображением.

В прошлом «Хозяйку» не раз пытались облагородить, но, после того как очередной подпольный застройщик исчез, ничего толком не сделав, попытки прекратились, и в течение долгих лет дом был заброшен. Когда семья Осгуд выкупила его, он уже настолько обветшал, что разваливался на глазах. Теперь почти полностью восстановленный особняк превратился в мини-гостиницу с банкетным залом. Фасад вновь украшали широкие белые колонны, благодаря которым особняк напоминал творение античного архитектора. На нижнем ярусе портика висела внушительная антикварная люстра, а на верхнем стояли чугунные стулья. Больше всего Уиллу поражали окна: раньше все они зияли разбитыми стеклами или были заколочены, и потому сейчас их количество казалось просто невероятным.

«Хозяйка Голубого хребта» навевала мысли о старом Юге и его плантаторских усадьбах, где женщины в пышных платьях секретничали, обмахиваясь веерами, а мужчины в черных фраках обсуждали цены на хлопок.

Особняк этот построил в начале XIX века прапрадед Уиллы, основатель ныне канувшего в лету «Лесозаготовительного предприятия Джексона». Это был его свадебный подарок молоденькой жене — красивой, изящной девушке, наследнице одного из знатных семейств Атланты. Она полюбила дом, который считала достойным себя, но Уоллс-оф-Уотер, этот невзрачный городок, сиротливо ютившийся среди вечно сырых зеленых склонов, возненавидела всей душой. Она устраивала изысканные балы в надежде привить здешним простакам великосветские манеры, но все безуспешно. Тогда миссис Джексон решила действовать по-другому: не создавать здесь высшее общество, а пригласить его к себе. Она уговорила друзей из Атланты навестить ее в Уоллс-оф-Уотер, а после — и обосноваться здесь. Она расписывала прелести этого места, называя его райским уголком, и, хотя в словах миссис Джексон не было искренности, ей охотно верили. Красивые, недовольные судьбой женщины обладают особыми чарами.

Так в этом крошечном городишке, примостившемся среди водопадов Северной Каролины и населенном в основном суровыми работягами, сложилась богатая верхушка из нескольких семейств. Они не знали счета деньгам, совали нос в чужие дела и на все имели собственное мнение, которое неизменно упрямо отстаивали. И конечно же, чужаки никому не нравились. Однако именно эти семьи спасли город, когда правительство скупило все леса в округе и превратило их в национальный заповедник, тем самым подписав смертный приговор местной промышленности.

Ирония заключалась в том, что Джексоны, одно из самых знатных семейств, которое обеспечивало работой почти всех жителей города, обанкротились. Воспоминания о былом положении и былых доходах еще некоторое время поддерживали в них боевой дух, но вскоре выплачивать налоги стало не с чего, и Джексонам пришлось покинуть «Хозяйку Голубого хребта». Почти все они разъехались кто куда, но Джорджи Джексон, бабушка Уиллы, осталась в Уоллс-оф-Уотер. Семнадцатилетняя Джорджи была не замужем и ждала ребенка. Она устроилась горничной к Осгудам, с которыми ее семья когда-то тесно дружила.

Уилла припарковалась на обочине, у съезда к особняку. Она всегда подгадывала момент, когда у строителей заканчивался рабочий день и на холме уже не было ни души. Выйдя из машины, Уилла взобралась на капот и уселась, прислонившись спиной к лобовому стеклу. Стоял конец июля — самая удушливая часть лета, — и разгоряченный воздух наполняло беспрестанное гудение и жужжание насекомых. Уилла надела темные очки, чтобы уберечь глаза от лучей заходящего солнца, и погрузилась в созерцание картины перед собой.

Картина между тем была уже почти завершена. Оставалось лишь привести в порядок окружающий ландшафт, чем рабочие, по-видимому, как раз сегодня и занялись. Уилла обрадовалась: наконец что-то новенькое! Землю перед домом разметили на квадраты, вбив деревянные колья и натянув между ними веревку, а на траве то тут, то там виднелись разноцветные пятна краски, предупреждавшие, что в этих местах под землей проложены трубы и копать здесь нельзя. Основная деятельность, однако, развернулась не возле особняка, а у единственного на холме дерева.

Оно росло на левом склоне, у самого обрыва, широко раскинув ветви с пучками длинных тонких листьев. Когда на закате солнце пронизывало крону, создавалось впечатление, будто это человек, который вот-вот прыгнет со скалы в океан. Сейчас ветки были перехвачены пластмассовыми шнурами, а неподалеку стоял экскаватор.

Неужели дерево срубят?

Но почему? Ведь оно совершенно здорово.

Ну да Осгудам виднее. Всем известно, какой у них отличный вкус. Благодаря им «Хозяйка Голубого хребта» скоро вновь станет местной достопримечательностью.

А ведь Рейчел нынче утром не ошиблась: Уилле действительно безумно хотелось попасть в особняк. Но она считала, что не имеет на это права: «Хозяйка» с тридцатых годов прошлого века не принадлежит более ее семье, и даже просто наблюдать за домом с такого близкого расстояния — все равно что вторгаться на чужую территорию. Но Уилле нравилось ощущать себя нарушителем границы. И это было одной из причин, по которой она приезжала сюда. Много лет назад у подростков существовал особый ритуал посвящения: хочешь играть с нами — заберись в заброшенный дом на холме. Но Уилле не хватало смелости даже на то, чтобы заглянуть в окно особняка. А ведь в детстве она была отъявленной хулиганкой и обожала над всеми подшучивать. Она устраивала такие гениальные розыгрыши, что никто до последнего не догадывался, чьих это рук дело. Она слыла настоящей легендой, ей даже прозвище дали — Шутник средней школы Уоллс-оф-Уотер. Но с этим домом Уилле совсем не хотелось шутить. Он притягивал ее — и отталкивал одновременно. Как и сейчас. Ребята, отважившиеся принять вызов, хвастались историями про таинственные шаги, хлопающие ни с того ни с сего двери и шляпу, плывущую по воздуху, будто в ней прогуливается невидимка. Наверное, поэтому Уилла и старалась держаться от особняка подальше: призраки — спасибо бабушке — всегда наводили на нее ужас.

Уилла приподнялась, достала из заднего кармана джинсов приглашение и еще раз его перечитала. Дойдя до просьбы выслать ответ, она снова заглянула в конверт и, вынув из него карточку, с удивлением обнаружила на ней стикер с текстом:

Уилла!

Кроме наших бабушек, никого из основательниц клуба уже нет в живых. Поэтому мне бы очень хотелось устроить для них обеих что-нибудь особенное. Позвони мне — подумаем вместе.

Пэкс

Этот изящный почерк Уилла помнила еще со школьных времен. Однажды в коридоре она подобрала исписанный лист бумаги, который обронила одноклассница. Содержание оказалось довольно странным: Пэкстон подробно перечисляла, какими качествами должен обладать ее будущий муж. Уилла снова и снова пробегала глазами слова, стараясь запомнить написание каждой буквы, все наклоны и закорючки. Через несколько месяцев она уже без труда могла копировать почерк Пэкстон и, естественно, не стала терять времени даром. Очередная шалость Уиллы закончилась тем, что великосветской задавале Пэкстон Осгуд — Недотроге, как все ее называли, — пришлось пережить не самое приятное объяснение с Робби Робертсом, местной туповатой версией донжуана, который подумал, что Пэкстон прислала ему любовное письмо.

Шутник средней школы Уоллс-оф-Уотер снова нанес удар.

— Красиво, правда?

От неожиданности Уилла чуть не свалилась с капота. Сердце бешено заколотилось о ребра. Приглашение выпало из рук и, подхваченное ветром, понеслось в ту сторону, откуда раздался голос. Уилла повернула голову: справа, в нескольких метрах от джипа, стоял мужчина.

На нем были темные брюки, из кармана которых торчал синий галстук с «огуречным» узором. Белая рубашка намокла от пота, лоб и шею облепили русые пряди. Глаза скрывались за зеркальными очками. Приглашение легонько ударилось о грудь незнакомца и беспомощно затрепетало, напоминая бьющуюся о стекло бабочку. Снимая листок с рубашки, он устало улыбнулся, словно меньше всего на свете ему сейчас хотелось отмахиваться от летающих пригласительных билетов. Это был знак. Непонятно какой, но точно знак. Бабушка всегда так говорила, когда случалось что-то необычное, а потом приказывала Уилле постучать три раза по дереву, повернуться вокруг себя или положить на подоконник каштаны и монетки.

Незнакомец снял очки и посмотрел на Уиллу. На его лице промелькнуло странное выражение.

— Да это и правда ты.

Уилла в изумлении уставилась на него — и вдруг до нее дошло. Вот черт. Ну почему, почему ее застал здесь не кто-нибудь, а один из них? Не помня себя от унижения, девушка соскользнула с капота и запрыгнула в машину. Теперь ясно, что это был за знак: беги отсюда со всех ног и не оглядывайся.

— Постой, — донеслось до нее сквозь шум двигателя.

Ну уж нет. Уилла изо всех сил вцепилась в руль, резко сдала назад, и через мгновение ее джип исчез в облаке пыли.

Глава 2

ШЕПОТ НЕВИДИМКИ

Пэкстон Осгуд допоздна засиделась в информационном центре, разбирая бумаги, и, когда она отправилась домой, на улице уже сгустились сумерки. Фонари вдоль дороги зажигались один за другим, и их тусклые огни мерцали во мгле, как огромные сонные светлячки. Остановившись у родительского коттеджа, Пэкстон вышла из машины. Если все сложится удачно, до заседания клуба она еще успеет искупаться.

Лишь бы только ее не заметили. Она потратила уйму времени, пытаясь спланировать ежедневные дела так, чтобы не попадаться родителям на глаза. Впервые мать с отцом раздражали, их присутствие действовало на нервы, и Пэкстон не понимала, как ей следует себя вести. Еще недавно она вполне мирно уживалась с ними под одной крышей. Ее «сестры» по студенческому сообществу в Тулейнском университете, на встречи с которыми Пэкстон регулярно летала в Новый Орлеан, всегда удивлялись, почему она до сих пор не съехала. Подруги никак не могли взять в толк, зачем после выпуска

Пэкстон вообще вернулась в отчий дом, ведь она могла позволить себе любое жилье — с такими-то деньгами. Пэкстон не знала, что им ответить. Она всем сердцем любила Уоллс-оф-Уотер. У них была общая история, и ей нравилось думать, что она делает для родного города что-то значимое. Здесь ее душа пела, здесь было ее, Пэкстон, место. А поскольку Колин, ее брат-близнец, вечно пропадал в командировках, причем не только по стране, но и далеко за ее пределами, Пэкстон рассудила, что будет справедливо, если хотя бы один из детей останется с родителями.

Тем не менее в прошлом году, незадолго до неумолимо приближающегося тридцатилетия, Пэкстон твердо решила жить отдельно. Ее подруга Кирсти Лемон, подрабатывающая риелтором, как раз продавала дом, который находился всего в 6,3 мили от «Ореховой рощи» — так назывался коттедж Осгудов. Кирсти лично измерила это расстояние с помощью одометра в своей машине и пыталась убедить родителей Пэкстон, что это оптимальный вариант: ничего лучше и ближе им не найти. Однако мать Пэкстон не на шутку расстроилась, ведь с отъездом дочери их несуразному, но такому уютному мирку пришел бы конец, и Пэкстон отказалась от своей затеи. Но она все равно съехала в некотором смысле: перенесла свои вещи в домик у бассейна. Не такие уж и кардинальные перемены, но ведь все большое начинается с малого.

В домике ей дышалось свободнее, но, увы, чтобы попасть в него, нужно было пройти через главное здание, а значит, неизбежно столкнуться с родителями и получить от матери очередную порцию замечаний. Та по любому поводу читала нотации, не оставляя без внимания даже продукты, которые покупала дочь, и от этого Пэкстон порой бывало так тошно, что она мечтала лишь об одном: поставить на кухонный стол большую коробку с пончиками и есть их, когда ей вздумается, не слыша упреков в свой адрес.

Она поднялась на крыльцо коттеджа. «Ореховой рощей» тот назывался потому, что вокруг, по всей огромной территории, которая принадлежала Огсвудам, росли ореховые деревья. Осенью задний двор покрывался сплошным ковром из листьев такой пронзительной желтизны, что в любое время казалось, будто за окном светит солнце. Сбитые с толку птицы не могли отличить день от ночи и пели сутками напролет, пока в изнеможении не падали на землю.

Пэкстон осторожно отперла дверь и так же осторожно закрыла ее за собой. Мать с отцом наверняка сидят в гостиной и смотрят очередной сериал. Она на цыпочках прошмыгнет на кухню, а оттуда, через стеклянные двери, — на улицу. Родители ее даже не заметят.

Пэкстон сделала шаг вперед — и тут же врезалась в какой-то чемодан. Потеряв равновесие, она рухнула на мраморный пол прихожей, выставив перед собой руки. Ладони мгновенно запылали от боли.

— Что там за шум? — всполошилась мать.

Со стороны гостиной послышались торопливые шаги.

Пэкстон приподнялась: содержимое сумки валялось на полу, включая все ее списки. Пэкстон запаниковала. Ведь списки — это ее тайна, никто не должен их видеть. Едва только девушка успела собрать бумаги и снова засунуть в сумку, как над ее ухом раздался голос матери:

— Пэкстон! Ты цела?

— Угу. — Она встала, отряхивая одежду.

— Колин, бога ради, убери ты куда-нибудь эти чемоданы!

— Я хотел отнести их в домик у бассейна, но его заняла Пэкстон.

Колин вернулся! Пэкстон кинулась в объятия брата.

— А мы тебя раньше пятницы и не ждали!

Пэкстон спрятала голову у него на груди и закрыла глаза. Как же с ним спокойно и хорошо! Ей хотелось рыдать от счастья. Однако уже через секунду она так разозлилась, что была готова ударить Колина. Если бы братец бросил постоянно мотаться бог знает куда и жил с ними, ей бы не пришлось сражаться с родителями в одиночку!

— Проект закончился быстрее, чем я думал, — ответил Колин.

Он окинул сестру восхищенным взглядом:

— Шикарно выглядишь, Пэкс. Пора тебе съехать отсюда и найти себе мужа.

— Ну уж нет, никакого мужа! — вмешалась их мать, София. — Ты знаешь, с кем она встречается? С Себастианом Роджерсом!

— Мама, я с ним не встречаюсь — мы просто друзья.

— Себастиан Роджерс, — повторил Колин и вопросительно посмотрел на Пэкстон. — Мы вместе в школе учились, да? Такой женоподобный парнишка в длинном лиловом пальто?

— Он самый, — подтвердила мать с довольным видом, как будто Колин в чем-то с ней согласился.

Лицо Пэкстон окаменело.

— У него больше нет лилового пальто. Он, между прочим, работает стоматологом.

Колин на мгновение замешкался, подыскивая новую тему для разговора.

— Отнесу-ка я чемоданы наверх, в комнату для гостей.

— Не говори глупостей. Ты отнесешь их в свою старую комнату. В ней ничего не изменилось, — возразила София и, схватив мужа за руку, воскликнула: — Дональд, наши малютки снова с нами! Разве это не чудесно? Принеси же шампанского!

Тот кивнул и, ни слова не говоря, ушел.

Отец уже давно передал бразды правления матери. Все решения в семье принимала София, а Дональд молчаливо с ней соглашался и почти не появлялся дома, пропадая на поле для гольфа. Хотя Пэкстон прекрасно знала характер матери и разделяла ее принцип «хочешь сделать хорошо — сделай сама», она удивлялась тому, как спокойно София относилась к отсутствию мужа. Неужели брак — это лишь союз двух деловых партнеров и не более того?

— Я ненадолго, — сказала Пэкстон. — Прости, Колин. У меня сегодня заседание клуба.

Брат тряхнул головой:

— Все нормально. Позже увидимся. У меня тоже кое-какие дела в городе.

София убрала со лба сына непослушные волосы:

— Не успел приехать — и снова куда-то убегаешь?

Колин ухмыльнулся:

— Но ты уже не можешь посадить меня под замок, как раньше. Представляю, как это тебя бесит.

— Ой, да будет тебе, — ласково пожурила его София и направилась в кухню, делая детям знак следовать за ней. Бриллиантовый браслет, украшавший ее холеную руку, загадочно вспыхивал на свету, словно мать пыталась заворожить их этим зрелищем.

Когда она ушла достаточно далеко, Пэкстон вздохнула:

— Слава богу, ты здесь. Может, пора уже вернуться насовсем?

— И променять прекрасные безумства молодости на скучную степенную жизнь? — Братец пожал тощими плечами.

В их семье все отличались немалым ростом, но Колин вымахал под самый потолок. В старших классах друзья даже дали ему прозвище Палочник. У него были русые волосы (свои Пэкстон тщательно осветляла) и такие же, как у сестры, темные глаза, выдававшие в них обоих истинных Осгудов.

— Ты вечно торчишь на работе и не расстаешься с деловым костюмом, — возразила Пэкстон. — Что-то не слишком похоже на безумства молодости.

Он снова пожал плечами.

— Ты хорошо себя чувствуешь? — спросила сестра.

— Я уже двое суток на ногах. Мне просто нужно поспать. Так что там у тебя с этим Себастианом?

Пэкстон отвела глаза в сторону и поправила съехавшую с плеча сумку.

— Мы всего лишь друзья. Мама не одобряет нашего общения.

— А она хоть что-нибудь одобряет? «Хозяйка Голубого хребта», кстати, выглядит потрясающе, даже лучше, чем на твоих фотографиях. Я был там сегодня вечером, хотел увидеть особняк своими глазами. Я понял, что мне делать с ландшафтом: работы совсем немного. А в остальном — все замечательно.

— Ты уверен, что успеешь к юбилею? Он ведь уже в следующем месяце.

Колин взял ее руку в свою и крепко стиснул. На глазах у Пэкстон снова выступили слезы.

— Обещаю, мы все успеем.

— А вот и шампанское! — возвестил отец, грузно поднимаясь по лестнице из погреба. Брат с сестрой дружно вздохнули и поплелись в кухню.

Этим вечером Женский общественный клуб заседал в «Лимонном дереве» — коттедже Кирсти Лемон. И Пэкстон подумала, что сегодня вид коттеджа полностью оправдывал его название. Дорожку, ведущую к дому, освещали бумажные фонарики с вырезанными на них лимонными дольками.

В листве подстриженных деревьев у двери висели искусственные лимоны, а сама дверь была оклеена блестящей желтой бумагой. Почему-то с каждым годом встречи их клуба все больше напоминали не собрания уважаемой благотворительной организации, а состязания в оригинальности.

Пэкстон подошла к двери и постучала. Выпив с родными шампанского, она затем переоделась, сменив повседневный костюм на светлое платье и туфли на каблуках, и уехала одновременно с братом. Родители даже вышли на улицу, чтобы помахать им на прощание.

Ей открыла Кирсти. Эта брюнетка с короткой стрижкой и миниатюрными руками обладала удивительной способностью вызывать обман зрения: любой человек рядом с ней мгновенно увеличивался в размерах. Пэкстон при росте пять футов десять дюймов была как минимум на восемь дюймов ее выше и на пятьдесят фунтов тяжелее. На фоне Кирсти она казалась себе настоящей великаншей, но ничем не выдавала своего смущения: в присутствии подруги никогда не сутулилась и от каблуков не отказывалась. Не к лицу президенту клуба подобные компромиссы.

— Привет, Пэкс. Заходи. Ты что-то сегодня припозднилась.

— Да, прости. Колин приехал раньше времени. Мы немного поболтали, — объясняла Пэкстон, следуя за хозяйкой дома. — А ты как?

Кирсти защебетала что-то про мужа (который, если верить ей, был просто идеальным), про их прелестных мальчишек — такие проказники, никакого сладу с ними! — и про то, как потрясающе работать агентом по недвижимости на полставки.

Они вошли в гостиную. Там на складных стульях, установленных ровными рядами посреди комнаты, уже сидели двадцать четыре участницы клуба. Некоторые держали на коленях тарелки с угощениями: горками куриного салата с лимоном, ватрушками с начинкой из лимона и брокколи и крошечными лимонными меренгами. В глубине гостиной за маленьким столиком шептались три девочки-подростка в нарядных платьях. Их называли Ростками. Матери Ростков, представительницы клубного комитета, тщательно подготавливали себе смену в лице дочерей. Все прекрасно понимали, что здесь тебе рады, лишь пока ты молода. Потом придется покинуть клуб, а твое место займет твоя дочь. Как правило, обеспеченные женщины Юга очень горды и не терпят даже мысли о том, что кто-то может стать им достойной заменой или превзойти их по красоте. И только их дочерям позволительно сделать и то и другое, ибо дочери — их главное богатство, неиссякаемый источник силы.

Пэкстон с улыбкой приблизилась к столику и раздала девочкам пакетики с шоколадом. Она каждый раз приносила им гостинцы, надеясь, что особое внимание со стороны президента клуба поможет Росткам не чувствовать себя лишними на этих собраниях. Девочки с жаром ее обняли. Раньше Пэкстон думала, что к тридцати годам обзаведется собственной семьей и будет, как и подруги, наряжать дочь и приводить ее сюда. Она желала этого всей душой, и ее мечты иногда воплощались в снах, таких правдоподобных, что, пробуждаясь, Пэкстон обнаруживала на шее и запястьях красные пятна — следы от жесткого кружева свадебного платья. Она встречалась с разными мужчинами, но ничего, кроме разочарования и отчаяния, они в ней не вызывали. Как бы ей ни хотелось выйти замуж, она никогда не свяжет свою жизнь с нелюбимым человеком.

Не притронувшись к закускам — как, впрочем, и всегда: некоторые и без того неодобрительно посматривали на ее широкие бедра, — Пэкстон направилась к трибуне. Она шла сквозь ряды, здороваясь со всеми, как вдруг ей показалось, что по комнате пробежал едва слышный заговорщический шепот. Отмахнувшись от мимолетного наваждения, она поднялась на трибуну.

Разложив перед собой блокноты с записями, Пэкстон начала:

— Итак, прошу внимания. Сегодня у нас много работы. Во-первых, ответы на приглашения льются рекой. Во-вторых, Мойра предлагает открыть «Хозяйку» раньше — для того, чтобы пожилые гости, живущие за городом, могли заблаговременно расположиться в номерах и не спеша подготовиться к празднику. Но сначала вспомним итоги предыдущего заседания. Стейси, тебе слово.

Стейси Хёрбст встала, листая блокнот. С недавнего времени она красила волосы в рыжий, и, хотя все наперебой твердили, что им не хватает ее каштановых волос, рыжий цвет шел ей намного больше. Несмотря на это, Стейси подумывала вновь стать шатенкой — она всегда доверяла мнению окружающих.

Стейси нашла нужную страницу, вздохнула — и неожиданно для всех выпалила:

— Я ворую помаду в аптеке. Не могу удержаться. Бросаю в сумочку первую попавшуюся и ухожу. Мне нравится думать, что у меня есть тайна, о которой вы даже не догадываетесь. — Она испуганно прикрыла рот ладонью.

Пэкстон вопросительно взглянула на Стейси, но сказать ничего не успела, потому что Онор Редфорд, предыдущий президент клуба, громко заявила:

— С тех пор как мужа уволили, я все время боюсь, что не смогу платить членские взносы и вы перестанете со мной общаться.

Мойра Кинли повернулась к соседке:

— Знаешь, почему я люблю повсюду бывать вместе с тобой? Потому что на твоем фоне я кажусь еще красивее, а это дает мне уверенность в себе.

— Я заказала ту пристройку к дому только для того, чтобы вы мне завидовали.

— А я действительно увеличила грудь.

— А я знаю, что у тебя проблемы с мочевым пузырем, но всем говорю, будто ты страдаешь булимией — поэтому и бегаешь так часто в туалет.

В гостиной поднялся дикий гвалт. Женщины выкрикивали все новые и новые признания, одно другого невероятнее. Пэкстон взирала на них в полном недоумении. Сначала у нее возникла мысль, что это розыгрыш. Наверное, кто-то из участниц клуба решил, что любопытно будет посмотреть, какова вечно невозмутимая Пэкстон в гневе. Но потом она поняла, что розыгрышем здесь и не пахнет. Ее подруги явно паниковали, а в их глазах читался неподдельный ужас. Все тайны, которые они так тщательно скрывали, вдруг хлынули на поверхность, и остановить этот поток было невозможно.

— А ну-ка тихо, — приказала Пэкстон. — Успокойтесь немедленно.

Ее слова потонули в оглушительном оре.

Тогда Пэкстон вскочила на стул, хлопнула в ладоши и завопила:

— Эй! Прекратите! Да что с вами такое?

Это возымело действие: ее наконец-то заметили — и в комнате воцарилась тишина. Пэкстон спустилась на пол. Она внезапно ощутила, как все тело начинает зудеть от странного нетерпения. Окружающие предметы изогнулись, словно отраженные в кривом зеркале, и Пэкстон усиленно заморгала, пытаясь прогнать иллюзию. Зуд становился невыносимым. Еще чуть-чуть — и она во всеуслышание объявит, что влюбилась в человека, с которым ей ничего не светит. Ну и пусть это главный секрет ее жизни — если она сейчас же не обнародует его, то просто умрет на месте!

Пэкстон судорожно сглотнула. Нужно взять себя в руки.

— Кирсти, я думаю, у тебя кондиционер сломался. Мы все надышались какими-то вредными парами.

— Зато я живу в своем собственном доме, — пробормотала Кирсти, вставая и направляясь к термостату, — а не ючусь у родителей, в домике у бассейна.

— Что? — Пэкстон оторопела.

— Ой... я... — Кирсти запнулась. — Неужели я произнесла это вслух?

По настоянию Пэкстон окна распахнули настежь, чтобы впустить свежий воздух, но вместо свежести их ожидал удушливый июльский зной, от которого на припудренных лицах дам выступили капли пота. Все снова расселись по местам, и заседание возобновилось. Они подробно обсудили вопросы из списка Пэкстон, но у многих при этом был такой вид, будто их мысли витают где-то далеко. Около десяти вечера все, к счастью, закончилось. Чмокнув друг друга на прощание, участницы клуба помчались по домам. Каждая спешила удостовериться в том, что ничего не изменилось: коттедж не сгорел дотла, муж не ушел к другой, а любимые платья по-прежнему впору.

Пэкстон задумчиво глядела из окна машины на подруг, которым явно хотелось поскорей убраться отсюда, и в который уже раз спрашивала себя: «Что же, черт возьми, здесь сегодня произошло?»

В отличие от остальных, Пэкстон отправилась не домой, а к Себастиану Роджерсу. Завидев издалека, что в окнах еще горит свет, она свернула на подъездную дорожку к его коттеджу.

Вернувшись в Уоллс-оф-Уотер в прошлом году, Себастиан не только занял стоматологический кабинет доктора Костово, но и купил его дом: прежний владелец удалился на покой и переехал в Неваду, поскольку местный влажный климат пагубно влиял на его больные суставы. Дом — построенный из темного камня и украшенный башенкой — назывался «Тенистое дерево», и Себастиан как-то сказал Пэкстон, что его пленяет атмосфера этого места: он чувствует себя одним из персонажей сериала «Мрачные тени».

Пэкстон постучала. Себастиан открыл почти сразу.

— Привет, красавица. — Он распахнул перед ней дверь. — Не ждал тебя сегодня.

— Да вот — ехала мимо и решила поздороваться.

Какая ужасная банальность! И к чему этот виноватый тон? Ведь он совершенно точно не против ее визита.

Пэкстон прошла в гостиную и села на диван. Судя по всему, Себастиан только что смотрел телевизор. Хотя внешний вид «Тенистого дерева» наводил на мысли о стенах, увешанных средневековым оружием и фамильными гербами, внутри было светло и уютно. Себастиан обосновался здесь вскоре после того, как ее затея купить дом обернулась неудачей. Ей нравилось наблюдать, как он обустраивает коттедж по своему вкусу, и временами она ловила себя на том, что завидует его свободе. Пэкстон скинула туфли и устроилась на диване, поджав под себя ноги. Себастиан, в домашних брюках и футболке, присел рядом. Он положил ногу на ногу, и Пэкстон видела его босые ухоженные ступни.

Природа наделила Себастиана удивительной красотой: его лицо с тонкими, изящными чертами могло бы принадлежать герою какой-нибудь романтической поэмы. Еще со школьных времен все гадали, гей он или нет, склоняясь к первому, но сам Себастиан так еще ни разу не подтвердил — хотя и не опроверг — их домыслов. А вот Пэкстон была уверена, что она единственная в Уоллс-оф-Уотер знает правду. В старших классах худощавый блондин Себастиан подводил глаза черным карандашом, ходил в длинном пальто и вместо огромного рюкзака, как у всех школьников, носил маленькую сумку через плечо. Такого поневоле заметишь. Они оба учились тогда в выпускном классе, и Пэкстон почти каждое воскресенье проводила в Эшвилле — городке в часе езды от Уоллс-оф-Уотер, — гуляя по торговому центру. Там-то она однажды и увидела Себастиана. Он сидел в кафе в компании таких же неформалов: шести-семи парней с немыслимыми прическами и вызывающе одетых. Ребята эти явно были не из Уоллс-оф-Уотер: слишком уж причудливая публика для маленького городка. Они о чем-то болтали, и тут один из них — с черными, торчащими дыбом волосами, в длинных черно-белых перчатках без пальцев — нагнулся через стол к Себастиану, и они начали целоваться. В какой-то момент Себастиан открыл глаза и встретился взглядом с проходившей мимо Пэкстон. Он смотрел на нее — и целовался с тем парнем. Вопиющая, безумно возбуждающая дерзость...

Но теперь это совсем другой Себастиан: на нем всегда деловой костюм с иголочки и галстук из натурального шелка, а держится он так отстраненно, словно и мужчины, и женщины ему одинаково безразличны.

— Как прошел день? — Себастиан облокотился о спинку дивана, повернувшись к Пэкстон.

Они почти касались друг друга.

— Вроде бы неплохо.

Пэкстон потянулась к кофейному столику, взяла недопитый бокал вина и сделала маленький глоток.

Он прищурился:

— Вроде бы?

— Из хороших новостей: Колин приехал раньше, так что с ландшафтом мы точно управимся вовремя. А вот на заседании клуба творилось что-то из ряда вон. До приема считаные недели, а все думают бог знает о чем.

— То есть?

На мгновение Пэкстон замолчала, подбирая нужные слова.

— В детстве, когда я слишком любопытничала и совала нос куда не следует, бабушка говорила: «Если узнаешь чей-то секрет, то и свой тоже расскажешь в ответ, а стоит одному с языка соскочить — остальные уже нипочем не сокрыть». Именно так сегодня и было: все вдруг кинулись поверять друг другу тайны и никак не могли остановиться.

Себастиан улыбнулся:

— Ты меня совсем запутала. Мне казалось, что на этих клубных встречах все только тем и занимаются, что сплетничают, разве не так?

— Это было совсем другое, — покачала головой Пэкстон. — Поверь мне.

— Да? — Он удивленно поднял брови. — И какие же, интересно, личные тайны поведали дамы из Женского общественного клуба? Включая и его президента?

Пэкстон попробовала рассмеяться, но у нее тут же разболелась голова.

— У меня нет тайн, — ответила она, потирая лоб.

Выражение его лица не изменилось.

Раз уж она завела этот разговор, то придется выдать какой-нибудь секрет. И определенно не тот, что чуть было не вырвался у нее на сегодняшнем собрании.

— Я до сих пор еще не сказала бабушке о приеме, потому что до смерти ее боюсь. Я обещала маме, что завтра утром схожу к Агате, но если бы ты знал, как же мне этого не хочется. Ужасно, просто до слез. И мне от этого становится так гадко. Ведь бабуля Осгуд помогла основать наш клуб, и держать ее в неведении несправедливо. Но она такая...

Себастиан понимающе кивнул:

— Хочешь, вместе сходим?

— Не стоит. Она обращается с тобой хуже некуда.

Пэкстон навещала бабушку по воскресеньям, и с тех пор, как все воскресенья она стала проводить с Себастианом, — Пэкстон уже с понедельника начинала считать дни до их встречи — он неизменно составлял ей компанию. Но сейчас она не собиралась ни о чем его просить. Целых два визита к бабуле Осгуд за неделю — никто не заслуживает такого наказания.

— Милая, да она со всеми так обращается.

Себастиан взял у Пэкстон бокал, поставил его на стол и, сжав ее руку, сказал:

— Позволь себе немного расслабиться. Не обязательно все делать самой. — И мягко добавил: — Завтра мы вместе сходим к твоей бабушке.

— Правда?

— Ты же знаешь: ради тебя я и не на такое готов.

Она прижалась щекой к его ладони и закрыла глаза. Какая прохладная, нежная кожа. Помнится, Себастиан как-то сказал, что если моешь руки по сто раз на дню, то увлажняющий крем поневоле станет твоим лучшим другом.

Что же она делает? Словно очнувшись от сна, Пэкстон резко отпрянула, встала и начала обуваться.

— Мне пора, — сказала она, пытаясь совладать с непослушными ремешками туфель. — Спасибо, что выслушал.

— Энергии в тебе хоть отбавляй. Ты вообще спишь?

Она слабо улыбнулась:

— Иногда.

Себастиан медленно поднялся с дивана, задумчиво наблюдая за Пэкстон. В прошлом году, когда он вернулся в город, они случайно встретились возле кафе «Хартли», где у Пэкстон только что закончилось заседание местного книжного клуба. Увидев Себастиана, она непроизвольно вздрогнула, будто ее ударило током. Тогда девушка еще не знала, что это — тот самый Себастиан, для нее он был таинственным незнакомцем, от чьей невероятной красоты у нее перехватило дыхание. Пэкстон твердо решила выяснить, кто это такой и что привело его в Уоллс-оф-Уотер. Она не сводила с красавчика глаз, пока он шел к своей машине, припаркованной в нескольких метрах от нее. Незнакомец открыл дверь, бросил на сиденье сумку с эмблемой магазина «Слайтли Фокст», повернулся — и увидел Пэкстон. Он несколько секунд изучал ее лицо и вдруг, усмехнувшись, сказал: «Здравствуй, Пэкстон». Пэкстон стояла как громом пораженная, не в силах вымолвить ни слова. А красавец представился и напомнил, что они вместе учились в школе. Они немного поговорили, потом решили продолжить беседу в кафе и в результате проболтали не один час. К моменту расставания Пэкстон с ужасом поняла, что влюбилась. Эта истина по-прежнему ее ошеломляла. Сколько бы она ни убеждала себя в том, что ни к чему хорошему это не приведет, ее чувства к Себастиану были сильнее логики.

— Спокойной ночи, дорогая.

Себастиан погладил ее по голове, и в этом жесте ей почудилась какая-то неловкость, будто он пытался за что-то извиниться. Боже мой, а ведь он все знает! У Пэкстон заныло в груди.

Ошарашенная, она повернулась к двери. Интересно, и с каких пор? С самого начала? Или она выдала себя какой-нибудь недавней выходкой? Что за мерзкий вечер! Вселенная явно решила поразвлечься за ее счет.

— Пэкс, что с тобой? — спросил стоявший у нее за спиной Себастиан.

— Ничего. Все хорошо. Увидимся завтра утром, — бодро ответила она и шагнула в сырую мглу.

Пэкстон могла поклясться, что в этот момент кто-то потихоньку рассмеялся ей вслед.

Глава 3

КОДЕКС ОТЩЕПЕНЦЕВ

Уилла как раз доставала из сушилки последнюю партию белья, когда в дверь постучали. Она почти наверняка знала, кого это принесло; а ей-то казалось, что если плотно закрыть окна и включить кондиционер, то поющий на полной громкости Брюс Спрингстин не потревожит покоя ее ворчливых соседей.

Она поставила таз с чистыми вещами на кухонный стол и направилась в другой конец узкого коридора, к парадной двери, так и не исполнив своего любимого ритуала — зарыться лицом в только что выстиранное, еще теплое белье.

Когда живешь в старом районе, где дома стоят почти стена к стене, приходится мириться с некоторыми неудобствами. И все же это дом ее детства — он достался ей по наследству лет семь назад, когда умер отец. И за него не нужно выплачивать ссуду, а это вам не шутки, особенно учитывая, что ей лишь недавно удалось погасить баснословный долг по кредитной карте, накопленный за годы учебы в колледже. Большую часть населения Уоллс-оф-Уотер составляют зажиточные горожане, и раньше Уилла бесилась оттого, что не принадлежит к их числу. Кредитка же давала опьяняющее чувство свободы, позволяя в любой момент тратить деньги — на что угодно и не задумываясь. Отец умер, так и не узнав, что дочь по уши в долгах.

Теперь у нее свой магазин и собственное гнездышко, за которые она уже никому ничего не должна, а все благодаря отцу, застраховавшему свою жизнь в пользу дочери. Уилла просто обязана оправдать его чаяния и стать наконец взрослой — для него это было очень важно. Ее нынешняя жизнь — это покаяние перед ним и бабушкой за все то горе, что причинила им когда-то юная неугомонная девчонка, совершенно неспособная совладать с хлещущей через край энергией и усидеть на одном месте, как им обоим хотелось.

Под хит Спрингстина «I'm on Fire» Уилла открыла дверь. Мужчина, стоявший на пороге, был очень высоким, так что ей даже пришлось задрать голову, чтобы увидеть его лицо.

— Это снова я.

Все заготовленные слова тут же вылетели у нее из головы. Уилла открыла рот, но не смогла произнести ничего, лишь издала какой-то нечленораздельный лепет.

— Ты сегодня так поспешно сбежала, что забыла вот это. — Он протянул ей пригласительный.

Уилла схватила билет и почему-то спрятала его за спину.

Гость засунул руки в карманы. На нем были все те же брюки и рубашка, которая теперь, просохнув, напоминала жеваную бумагу. Он щурился от яркого света лампочки, висевшей рядом с дверью, из-за чего вокруг глаз у него собрались мелкие морщинки. Несколько секунд мужчина внимательно смотрел на Уиллу, а потом сказал:

— В школе мне постоянно приходилось отдуваться за твои приколы вместо тебя. Меньшее, что ты можешь для меня сейчас сделать, — это пригласить в дом.

Уилла словно очнулась.

— Не «отдуваться», а купаться в лучах славы, — парировала она.

Мужчина улыбнулся:

— Значит, ты меня помнишь.

Еще бы она его не помнила. Потому-то и убежала с Джексон-Хилл, сгорая от стыда. Уилла никогда не обращала на Колина внимания, но прекрасно знала, кто он, — как и вся школа. Потому что он был Осгуд. Правда, Колин всегда находился в тени своей знаменитой и самоуверенной сестры-близняшки, но, похоже, его самого это нимало не смущало. Он наверняка легко бы мог стяжать себе не меньшую популярность, чем Пэкстон, просто, в отличие от нее, не стремился баллотироваться в президенты ученического совета или состоять в миллионе разных клубов одновременно. Вместо этого Колин Осгуд почти все время проводил в компании мальчишек, которые носили голубые рубашки поло и по выходным играли в гольф. Все ожидали, что, окончив колледж, он пойдет по стопам отца и станет таким же непревзойденным мастером клюшки и лунок, но Колин предпочел уехать из Уоллс-оф-Уотер. Уилла так и не поняла почему.

Она вовсе не собиралась подставлять одноклассника, это вышло случайно. Как-то раз, в начале последнего для них учебного года, Уилла прокралась ночью на школьный двор и написала на стенде у входа «Конфеты — эффектны, но аперитивы — оперативней». Девушка нечаянно подслушала, как Колин произнес эту фразочку, — он повторял ее весь день напролет, — и она показалась Уилле ужасно смешной. Она и понятия не имела, что Осгуд занимался исследованием творчества Огдена Нэша и лишь вчера сдал эссе на эту тему, так что ее розыгрыш — пусть и не намеренно — указывал прямо на него. И хотя доказать вину Колина не удалось, а его родителей заверили, что привлекать мальчика к ответственности никто не собирается, все розыгрыши, которые устраивала Уилла — и до, и после, — теперь приписывались Колину. Отныне его считали Шутником средней школы Уоллс-оф-Уотер — героем учеников и проклятием учителей. И только за три недели до конца учебного года, когда Уиллу поймали на месте преступления, все узнали, кто настоящий Шутник.

— Так ты меня впустишь или нет? Эта неопределенность убивает.

Она вздохнула и слегка попятилась, давая гостю пройти. Закрыв за ним дверь, Уилла поспешила к колонкам, стоявшим у компьютера, и убавила громкость — Спрингстин с его сексуальной хрипотцой в данной ситуации был совершенно неуместен. Обернувшись, она увидела, как Колин медленно ходит туда-сюда, рассеянно гладя спинку ее супермягкого дивана. Такие диваны всегда тянет потрогать. Его доставили всего несколько дней назад. Он стал первой за семь лет вещью, которую Уилла позволила себе купить в дом. Диван был дорогой и непрактичный, поэтому ее немного мучила совесть, но она влюбилась в него с первого взгляда.

— Мне никто не говорил, что ты вернулась в Уоллс-оф-Уотер, — пожаловался Колин.

— А должны были сказать?

Колин покачал головой, словно сам не был уверен в ответе.

— И давно ты здесь живешь?

— С тех пор как умер папа.

Его плечи поникли.

— Грустно, что так вышло.

Отца Уиллы насмерть сбила машина, когда он помогал кому-то на трассе заменить колесо. Это случилось в последний год ее учебы в колледже, — вернее, это был бы ее последний год в колледже, если бы Уиллу не отчислили за неуспеваемость. Еще одна тайна, о которой папа так и не узнал.

— Учитель он был прекрасный. Он вел у нас химию в одиннадцатом классе и даже устраивал здесь ужины для учеников, которых готовил к поступлению в колледж.

— Я помню.

Она терпеть не могла эти ужины, ведь дети из школы приходили к ним и видели, как они живут. Уилла чаще всего притворялась, что ей нездоровится, и пряталась у себя в комнате. Ей было стыдно: по сравнению с особняками, в которых жили все эти ребята, их дом, такой старенький и крошечный, казался убогой халупой.

— Я столько лет думал о тебе: где ты сейчас, что вытворяешь? — Он сделал паузу. — А ты, оказывается, все это время была здесь.

Уилла молча смотрела на незваного гостя: ему-то какое дело?

Колин еще раз прошелся из угла в угол и оглядел комнату, словно решая, чем бы еще заняться. Наконец, тяжело вздохнув, он сел на диван и запустил пальцы в темную шевелюру. У него были крупные руки. Он вообще был высоким и статным, совсем не таким, как в школе.

— Так чем ты нынче занимаешься, Уилла Джексон?

— У меня магазин спорттоваров на Нэшнл-стрит.

Вот так-то. Ответ нормального, взрослого, практичного человека.

— А как развлекаешься в свободное время?

Что за идиотский вопрос.

— Белье стираю, — с непроницаемым видом ответила Уилла.

— Муж есть? — продолжал допрос Колин. — Дети?

— Нет.

— То есть ни единого потомка, которому можно передать свою мудрость? Как незаметно растянуть километры туалетной бумаги по школьной лужайке, разрисовать машины учителей арахисовым маслом, написать возмутительные стишки на школьном стенде, поменять вещи в шкафчиках у всего класса? — Колин захохотал. — Нетленная классика! На каждый прикол, наверное, целая ночь уходила.

Казалось, эти воспоминания доставляют ему огромное удовольствие, но что до самой Уиллы, то она уже много лет сознательно не ворошила прошлое. Да и о Колине тоже никогда не думала. Однако сейчас у нее перед глазами вдруг возникло его лицо в тот день, когда она включила пожарную сигнализацию. Все дети и преподаватели высыпали на лужайку перед школой, и Уилла, проходя мимо них в сопровождении полицейских, слышала, как они шептались: «Так это она! Уилла Джексон! Вот кто столько лет всех разыгрывал!» Колин Осгуд застыл как громом пораженный: то ли он не ожидал, что Шутником окажется именно Уилла, то ли испугался, что пришел конец его славе.

А сейчас они стояли и молча смотрели друг на друга. Колин открыто разглядывал ее с ног до головы, и Уилла уже собиралась объяснить ему, что он ведет себя неприлично, но Осгуд ее опередил:

— Ну так как? — Он кивнул на пригласительный, который она до сих пор держала в руке. — Ты придешь?

Уилла уже и забыла о нем. Нахмурившись, она бросила билет на стол. Одни неприятности от этой бумажки!

— Нет, не приду.

— Что так?

— Этот праздник не имеет ко мне отношения.

— А ты посещаешь исключительно те праздники, которые имеют к тебе отношение? Вечеринки в честь твоего дня рождения, например? — Колин замолк и нахмурился. — В моей голове это звучало смешнее. Прости. Если не спать двое суток подряд, все почему-то начинает казаться смешным. По дороге сюда я смеялся над знаком ограничения скорости. Сам не знаю отчего.

Он еле шевелил языком от усталости, словно пьяный. Теперь Уилле многое стало ясно.

— А почему ты не спал двое суток?

— В самолете не удалось вздремнуть, — я сегодня прилетел из Японии, — а потом не хотелось нарушать режим. Думал дотерпеть до вечера, чтобы лечь как обычно и не запутаться окончательно из-за разницы во времени.

Уилла посмотрела в окно:

— Кто тебя привез?

— Никто.

От взгляда его темных, бесконечно усталых глаз Уилле стало не по себе.

— Ты сам-то обратно доедешь?

Колин усмехнулся:

— Какая ты заботливая.

— Давай-ка я сварю тебе кофе.

— Кофе так кофе. Хотя прежняя Уилла не преминула бы воспользоваться ситуацией и приколоться.

— Ты понятия не имеешь, на что была способна прежняя Уилла.

— И ты сама, судя по всему, тоже.

Ничего не ответив, она развернулась и пошла в кухню. Уилле так не терпелось поскорее зарядить гостя кофеином и отправить его восвояси, что, пытаясь совладать со старой отцовой кофеваркой, она умудрилась и разлить воду, и рассыпать зерна.

— И часто ты бываешь на холме у «Хозяйки Голубого хребта»? — спросил Колин.

— Нет, — соврала она.

Рано или поздно он бы обязательно задал этот вопрос.

— То есть сегодня ты сидела там не потому, что замышляешь какой-то розыгрыш в честь грядущего приема?

— Господи, да хватит уже, — чуть слышно произнесла Уилла.

Облокотившись о стол, она смотрела на булькающую кофеварку и радовалась этой короткой передышке. Дождавшись, когда будет готова одна порция, она налила немного кофе в чашку и понесла ее в гостиную.

Колин по-прежнему сидел на ее драгоценном сером диване с обивкой из микрофибры, положив руки на колени и запрокинув голову.

— Ну вот, этого еще не хватало. — Уиллу охватила паника.

Она поставила чашку на журнальный столик.

— Пожалуйста, только не это. Колин, проснись!

Он даже не пошевелился.

Уилла протянула руку и дотронулась до него.

— Колин, вот кофе. Проснись и хлебни немного. — Девушка потрясла его за плечо. — Эй, Колин!

Он открыл глаза и, уставившись на нее туманным взглядом, пробормотал:

— Да что с тобой такое? Ведь ты была храброй... самой храброй из всех, кого я знал.

Глаза его снова закрылись.

— Колин?

Она посмотрела на его длинные ресницы: когда человек притворяется, что спит, ресницы дрожат. Колин не притворялся.

— Колин!

Бесполезно.

Уилла растерялась. Она постояла у дивана еще некоторое время и только собралась уйти, как вдруг уловила какой-то сладкий аромат. Повинуясь инстинктивному желанию распробовать его, она втянула носом воздух — и чуть не закашлялась: сладость осела на языке такой невыносимой горечью, что девушка невольно поморщилась.

Как однажды сказала бабушка, приготовив на редкость неудачный пирог с лимонным кремом: именно такой вкус у сожаления.

Густой туман, окутывающий по утрам Уоллс-оф-Уотер, сам по себе был достопримечательностью. В каждом магазинчике на Нэшнл-стрит продавались «банки с туманом» — баночки из серого стекла, которые туристы раскупали как оригинальные сувениры. Для Уиллы же это погодное явление было примерно таким же необычным, как океан для того, кто живет на его берегу. Когда видишь его каждый день, нет-нет да и спросишь себя: и с чего столько шума?

Когда на следующее утро Уилла отправилась в дом престарелых, туман уже понемногу отступал под натиском июльского зноя. Колин, к счастью, уехал еще ночью, явно разочарованный тем, что Уилле уже не восемнадцать и она больше не подшучивает над ничего не подозревающими людьми.

Лучше бы он вообще не появлялся в ее доме. Она уже давно выросла и теперь совершает лишь правильные, взрослые поступки — как раз для того, чтобы никого больше не разочаровывать.

— Привет, бабуля, — радостно сказала Уилла, входя в комнату Джорджи Джексон.

Бабушка была уже одета и, слегка ссутулившись, сидела у окна в кресле-каталке. В лучах утреннего солнца, освещавших ее белые волосы и бледную кожу, она казалась почти прозрачной. В молодости это была красивая женщина с огромными глазами, высокими скулами и тонким носом, и Уилле временами чудилось, что под сеткой морщин она видит юное прекрасное лицо — словно мимолетное отражение в волшебном зеркале.

Первые признаки старческого слабоумия появились у бабушки, когда Уилла уехала в колледж. Отец сразу перевез ее к себе, и она заняла бывшую комнату внучки. Через два года у Джорджи случился сердечный приступ, и папа был вынужден поместить ее в дом престарелых. Уилла знала, как непросто далось ему это решение, но у него получилось устроить мать в лучшее учреждение в городе. После смерти отца Уилла взяла на себя обязанность регулярно навещать бабушку — ведь ему бы этого хотелось. Он обожал мать и всю жизнь из кожи вон лез, чтобы только ей угодить.

Уилла считала бабушку милым, но весьма непростым человеком: у нее словно бы имелись невидимые шипы, которые не давали к ней приблизиться. В нервной и недоверчивой Джорджи Джексон не было ни капли легкомыслия, что, учитывая, в какой роскоши она выросла, неизменно поражало Уиллу. После того как ее семья обанкротилась, Джорджи пошла в гувернантки и до семидесяти с лишним лет работала в самых богатых домах города.

Бабушка отличалась спокойным нравом, как и отец Уиллы. В их семье самой громкой была мать. Уилла до сих пор помнила ее смех — приятное стаккато, как потрескивающие в камине угольки. Мама работала секретаршей в адвокатской конторе и умерла, когда Уилле было всего шесть. После этого девочка полюбила играть в смерть. То, облившись водой с ног до головы, она ложилась на диван и неподвижно лежала, притворяясь, что утонула; то, распластавшись на капоте машины, делала вид, будто ее сбили. Но больше всего малышке нравилась «смерть от ложек»: она лежала на кухонном полу, облившись кетчупом и засунув ложки под мышки. В шесть лет Уилла не понимала, что такое смерть, и не видела в ней ничего плохого, ведь плохое не могло бы произойти с ее прекрасной мамочкой. Откровенно говоря, смерть ее завораживала.

Однажды Джорджи, застав внучку за воображаемым разговором с матерью, бросилась открывать окна и жечь шалфей. «Призраки ужасны, — предупредила она. — Никогда не говори с ними. Не подпускай их близко». Уилла тогда крепко обиделась на бабушку и долго не могла простить ей того, что она лишила ее связи с мамой, заставив бояться умерших, пусть и таким нелепым образом.

Все суеверия давно стерлись из бабушкиной памяти, как и образ внучки. Но Уилла знала, что, хотя Джорджи не понимает ни слова, ей нравится слушать голоса, поэтому несколько раз в неделю приходила сюда и рассказывала: что творится в мире, как выглядят деревья в это время года, чем нынче торгуют в магазинах и какие перемены случились в отцовском доме. Сегодня она похвасталась новым диваном, но о визите Колина промолчала.

Она говорила до тех пор, пока сиделка не принесла еду. Уилла помогла покормить бабушку и, когда поднос опустел, аккуратно умыла ее и снова присела рядом.

Немного поколебавшись, она достала из заднего кармана джинсов пригласительный билет:

— Я долго думала, показывать его тебе или нет. В следующем месяце в «Хозяйке Голубого хребта» будет праздник — юбилей Женского общественного клуба. Пэкстон Осгуд собирается чествовать тебя как одну из его основательниц. Это приятно, конечно, но ты ведь никогда не говорила мне об этом клубе, и я даже не знаю, значит ли он для тебя хоть что-нибудь. Если да, я бы сходила туда, а так — понятия не имею, как лучше поступить.

Уилла посмотрела на приглашение и впервые догадалась посчитать: оказывается, на момент основания клуба бабушке было всего семнадцать лет, то есть именно в этот год Джексоны лишились фамильного особняка и родился отец Уиллы.

Как ни больно было это признавать, но в юности Уилла не особенно гордилась тем, что она из семьи Джексонов. Лишь недавно она начала ценить своих предков за их трудолюбие и за то, что они не стыдились собственной бедности, в отличие от нее самой. Уилла смирилась с тем, что бабушка уже никогда не ответит на ее вопросы, а в прошлом, когда и Джорджи, и отец могли бы ей многое рассказать, она попросту не придавала этому значения. Но иногда — сейчас, например, — девушка до слез жалела об упущенных возможностях. Как же ей хотелось повернуть время вспять: сказать им обоим, как сильно она их любит, исправить то, что натворила, дать родным повод для гордости, а не для вечного беспокойства.

Она оторвала взгляд от приглашения и замерла в изумлении: Джорджи повернула голову, и ее глаза, такие же серые, как у внучки, смотрели прямо на нее, как будто в словах Уиллы прозвучало нечто ей знакомое. Такого уже много лет не бывало, и сердце Уиллы взволнованно забилось. Она подалась вперед:

— Бабуля Джорджи, что? «Хозяйка Голубого хребта»? Женский общественный клуб?

Джорджи шевельнула правой рукой, подвинув ее ближе к Уилле, — левая сторона ее тела была парализована, — и зашевелила губами, силясь что-то произнести.

Наконец Уилле удалось разобрать одно слово: «персик».

— Персик? Тебе захотелось персиков?

Но внезапный проблеск памяти тут же погас: лицо Джорджи обмякло, и она снова уставилась в окно.

— Ладно, бабуля, — вставая, сказала Уилла и поцеловала ее в макушку. — Я попрошу принести тебе персиков.

Она укутала бабушкины плечи шалью и пообещала, что скоро вернется. Бросив последний взгляд на Джорджи, девушка развернулась и вышла из комнаты.

Глупо, конечно, было ожидать от нее чего-то глубокомысленного: то, что старушка вообще попыталась заговорить, — уже само по себе чудо.

Уилла задержалась у поста медсестер, чтобы узнать, не оставил ли лечащий врач каких-нибудь рекомендаций, и заодно договориться насчет персиков.

Затем она надела темные очки и шагнула в широкий, выложенный кирпичом дворик, залитый ярким солнцем. Она направилась к парковке. Солнечный свет, отраженный стеклами машин, ослеплял, поэтому Уилла не сразу заметила, что кто-то движется ей навстречу.

Перед ней вдруг выросла Пэкстон Осгуд в миленьком розовом платье и роскошных туфлях. Она была такой же высокой, как Колин, но, в отличие от брата, имела довольно пышные формы. Видимо, кто-то из ее костлявых предков-французов решил шокировать общественность и женился на хорошенькой, крепко сбитой молочнице, и вот, несколько поколений спустя, результат их союза в полную силу проявился в Пэкстон. С нею был бледный блондин в строгом костюме, который, несмотря на худобу владельца, сидел на нем просто превосходно. Поражала необычная красота этого человека: есть такие люди, глядя на которых зачастую невозможно понять, чего в них больше — мужского или женского.

Интересно, рассказал ли Колин сестре о прошлой ночи? А вдруг Пэкстон до сих пор злится на нее из-за того любовного письма Робби Робертсу? Что она сейчас сделает: поздоровается или пройдет мимо, не удостоив ее вниманием? Уилла не знала, что и думать.

И меньше всего она ожидала, что Пэкстон улыбнется и воскликнет:

— Уилла, это ты! Здравствуй! Как я рада тебя видеть! Значит, ты бываешь здесь по утрам, да? Вот почему мы не пересекаемся! Ты получила мою записку? Я написала тебе, что хочу поздравить наших бабушек на торжественном приеме.

Руки Уиллы непроизвольно потянулись к голове, чтобы пригладить вьющиеся, торчащие во все стороны волосы. Свои Пэкстон, как обычно, собрала в аккуратный пучок на затылке. Эта женщина всегда и во всем была безупречна.

— Бабушка не очень хорошо себя чувствует, — ответила Уилла. — Она и меня-то не помнит, не то что клуб.

— Да, я знаю. Это очень грустно, — вздохнула Пэкстон. — Но я рассчитывала поздравить миссис Джексон с твоей помощью. Передать ей через тебя подарок.

— Да, но... кажется, у меня на этот вечер уже есть планы, — пробормотала Уилла.

— О, правда? — удивилась Пэкстон.

В воздухе повисло неловкое молчание.

Его нарушило вежливое покашливание Себастиана.

— Привет, Уилла. Приятно снова с тобой увидеться. Столько лет прошло.

— Привет, Себастиан. Говорят, ты теперь вместо доктора Костово.

Себастиан Роджерс был живым доказательством того, что перевоплощение, в силу которого верила Уилла, возможно. В школе она иногда вела себя так тихо, что ровесники зачастую даже забывали о ее присутствии, но Себастиану повезло намного меньше. Уилла обладала способностью становиться невидимкой, а вот Себастиану, с его-то внешностью, такое было не под силу. Его постоянно дразнили. А теперь только посмотрите на него: дипломированный стоматолог в шикарном костюме, который наверняка стоит не меньше, чем годовое обслуживание ее джипа.

— Когда я тебя видела в последний раз, ты ходил с накрашенными глазами и в длинном лиловом пальто с погонами.

— А когда я тебя видел в последний раз, тебя арестовывали за хулиганскую выходку с пожарной сигнализацией.

— Один-один. Заходи как-нибудь в «О Натюрель» на Нэшнл-стрит — угощу тебя кофе за счет заведения.

— Может, и зайду. Ты же была пациенткой доктора Костово, ведь так? Надеюсь, ты продолжишь регулярно посещать кабинет стоматолога. Профилактика очень важна.

— А ты, я смотрю, настроен серьезно. Смерть кариесу и все такое, да?

Себастиан невозмутимо приподнял одну бровь:

— Совершенно верно.

Уилла рассмеялась и лишь сейчас заметила, что Пэкстон как-то странно на нее смотрит. Прекратив смеяться, Уилла перевела взгляд с Пэкстон на Себастиана, потом вновь на его спутницу.

— Что ж, мне пора, — сказала она наконец.

— До свидания, Уилла, — попрощался Себастиан.

А Пэкстон промолчала.

Пэкстон искоса наблюдала за Себастианом, пока они шли по коридору. Она тяжело топала на каблуках, в то время как Себастиан, в своих итальянских лоферах и с букетом гортензий в руках, двигался совершенно бесшумно.

— Не помню, чтобы в школе вы с Уиллой были особенно дружны.

— А мы и не были.

— Кажется, тебе она обрадовалась больше, чем мне.

— Это кодекс отщепенцев, — улыбнулся Себастиан. — Тебе не понять.

Пэкстон хотела спросить, что это еще за кодекс такой, но они уже стояли у бабушкиной двери.

— Ну что, леди, вы готовы к встрече с драконом?

— Нет, — честно ответила Пэкстон.

— Не бойся, я с тобой.

Себастиан положил руку ей на талию и слегка прижал к себе.

Они вошли в комнату, и Пэкстон осторожно приблизилась к кровати, на которой лежала Агата Осгуд. Пэкстон всю жизнь боялась бабушки как огня, но никому в этом не признавалась. Глядя на Агату, девушка с ужасом спрашивала себя: неужели и я когда-нибудь стану такой же?

— Бабуля Осгуд, — мягко позвала внучка. — Это я, Пэкстон. Ты спишь?

— А что — не видно? — огрызнулась Агата, не открывая глаз.

— Я сегодня с Себастианом.

Агата наконец соизволила взглянуть на посетителей:

— А, и модник здесь.

Пэкстон вздохнула, но молодой человек, улыбнувшись и подмигнув ей, ответил как ни в чем не бывало:

— Я принес вам гортензии, Агата. Вы ведь их любите.

— Это я и без тебя знаю. Только зачем вы упорно таскаете мне цветы? Мне, слепой, которая их все равно не увидит? Сколько раз я вам говорила: лучше принесите мне шоколадных конфет. Единственная осталась радость — и той лишают.

— Бабуля, но мама говорит, что сладкое тебе вредно.

— Много она понимает, твоя мама. Подай мне зубы.

— А где они? — спросила Пэкстон.

— Там же, где и всегда, — на столе, — раздраженно отозвалась Агата и села в постели. — Могла бы уже и запомнить. И с какой стати ты здесь? Сегодня не твоя очередь.

— Мне нужно рассказать тебе кое-что удивительное о «Хозяйке Голубого хребта», — ответила Пэкстон, оглядывая прикроватный столик.

— В «Хозяйке Голубого хребта» нет ничего удивительного. Держитесь от этого дома подальше. Там водятся призраки. И дай мне зубы.

Пэкстон потихоньку начинала паниковать.

— Но их здесь нет.

— Ну конечно.

Агата сбросила с себя одеяло, вскочила с кровати и оттолкнула внучку в сторону. Ощупав поверхность стола, она разинула беззубый рот и закричала:

— Мои зубы украли! Воры! Подлые воры!

— Поставлю-ка я цветы в воду, — сказал Себастиан.

Взяв с комода вазу из уотефордского хрусталя, он направился в ванную. А через несколько секунд выглянул оттуда и окликнул Пэкстон:

— Милая!

Девушка в этот момент стояла на коленях и, пока бабуля вопила, искала под кроватью ее зубы. Она подняла голову: Себастиан едва сдерживался от смеха. Пэкстон нравилось, что придирки Агаты ему совершенно безразличны; что он по своей воле помогает ей и от него не нужно скрывать, какая ужасная у нее бабушка. И пусть Себастиану известен самый большой ее секрет, а их отношения никогда не перерастут в нечто большее — она согласна и на то, чтобы все оставалось так, как сейчас.

— Кажется, я нашел Агатины зубы, — сказал Себастиан.

Агата Осгуд сидела на стуле и, поджав губы, нервно теребила кардиган, подобранный в тон платья. Точнее, она полагала, что попала в тон. Макулярная дегенерация почти полностью лишила ее зрения, но она без труда ориентировалась в комнате. Мебель была мягкой и удобной, а на обивке, как Агате однажды сказали, красовались голубые гортензии. При ярком солнечном свете она почти их различала. В комнате даже стоял маленький холодильник, который ее семейство регулярно набивало вкусностями. Агату, любившую хорошо поесть, это радовало, пусть ей и не давали достаточно шоколада. В целом она считала это место вполне сносным. На деле же это был самый лучший и, соответственно, самый дорогой дом престарелых в округе, но Агату деньги не волновали. Когда их слишком много, они становятся чем-то вроде пыли — вечно перемещаются с места на место, но руками ты их не трогаешь.

Она-то думала, что к ней прислушиваются. Думала, ее мнение для всех — закон. Родные всегда давали ей это понять, когда приходили навестить. Теперь же Агате стало ясно, что она потеряла бдительность. Ее, как и прочих, убаюкало это место, внушив, что весь мир сжался и поместился в этих стенах, вне которых больше ничего нет. Но ошеломительная правда такова, что мир за окном по-прежнему существует — и даже без ее участия.

Неужели ее сын с женой действительно купили «Хозяйку Голубого хребта»? Столько лет было потрачено на то, чтобы распустить слухи про призраков, отпугнуть от «Хозяйки» всех и каждого, а потом смотреть, как особняк разваливается, год за годом ожидая, когда он исчезнет с лица земли, а вместе с ним и то, что там произошло. И вот, пожалуйста, все труды пошли прахом.

А тут еще Пэкстон со своим юбилеем. Чего только ни делала Агата, чтобы заставить девчонку передумать: говорила мерзости, которых на самом деле не имела в виду, угрожала, хотя была бессильна исполнить свои угрозы, — все без толку. Теперь клуб возглавляла ее собственная внучка, и Агата как никогда остро ощущала недостаток былой власти.

Глупышки, да они ни малейшего понятия не имеют о том, что вообще собрались праздновать. Им совершенно невдомек, что семьдесят пять лет назад Агата и еще несколько девушек создали Женский общественный клуб для того, чтобы объединиться перед лицом опасности, ведь защитить их было некому. Но со временем их благородное создание превратилось в гадкого уродца, которого богатые дамы использовали для того, чтобы хвастаться размером подаяний. И допустила это сама Агата. Похоже, вся ее жизнь — это расплата за те давние события, которым она позволила случиться.

И празднование юбилея клуба в «Хозяйке» не простое совпадение. Совпадений вообще не бывает. Это судьба. Какая жестокая ирония, если задуматься, ведь то, что произошло в том доме, и заставило их основать свой клуб. Тайное всегда становится явным, как ни пытайся запрятать его поглубже. Именно этого всегда и боялась Джорджи.

Агата встала и направилась на пост медсестер, считая шаги. Подойдя поближе, услышала голос медсестры, которая заходила к ней утром. Какая молоденькая. Ну совсем юная — ей бы еще в скакалку с подружками прыгать, а не работать. И почему это девочкам так не терпится вырасти? Неужто они не понимают, что детство — это пора волшебства и, взрослея, мы несем невосполнимую утрату.

— Здравствуйте, миссис Осгуд.

Медсестра очень старалась, чтобы ее голос звучал приветливо, но получалось неважно. И Агата понимала, что сама была в этом виновата. В какой-то момент — лет десять назад или около того — она внезапно осознала, что если постоянно изливать желчь на окружающих, то чувствуешь себе лучше. Это обслуга спрятала ее зубы в ванной, где их нашел модник, никаких сомнений. Небось решили отомстить старухе.

— Чем я могу вам помочь?

— Если мне понадобится твоя помощь, я так и скажу, — отрезала Агата и прошаркала мимо.

Ощупывая сухими сморщенными пальцами стену и считая двери, она добралась до третьего коридора. Когда Хэм, сын Джорджи, обратился к ней, чтобы устроить мать в этот дом престарелых, Агата дала ему денег не раздумывая. Больше всего на свете она хотела помочь Джорджи и загладить свою вину за то, что однажды, когда подруге было очень плохо, она отвернулась от нее — и поэтому все изменилось самым роковым образом... Агата ревностно следила за лечением Джорджи, но навещала ее редко. Приходи она чаще, Джорджи бы этого не одобрила. «Ты по одну сторону, я — по другую. Ничего не попишешь», — сказала бы она.

Открыв дверь в комнату подруги, Агата смогла различить лишь большое темное пятно, окаймленное светом утреннего солнца, — словно черная дыра, угрожающая поглотить ее.

За свою долгую жизнь Агате довелось многое потерять, но ничто не оплакивала она так горестно, как былую дружбу. Она тосковала по утраченному зрению, по мужу, по отцу с матерью — но подруги детства были важны для нее ничуть не меньше. Если бы только они были живы! Она бы сражалась за них до последнего вздоха. Но, увы, Агата слишком поздно спохватилась. Никого из них уже не осталось, кроме Джорджи, которую с этим миром связывает лишь тоненькая сияющая ниточка.

Агата подошла к подруге и села рядом.

— Ну, вот и началось, — прошептала она.

Джорджи — милая, невинная Джорджи — повернулась к ней и сказала:

— Персик.

Агата нащупала руку Джорджи и крепко ее сжала.

— Да, — ответила она. — Он все еще там.

Но надолго ли?

Глава 4

СПИСКИ ПОЖЕЛАНИЙ

Колин сидел в дальнем углу магазина «О Натюрель» и потягивал капучино, задумчиво глядя в окно на поток машин. На Нэшнл-стрит, ведущей прямиком в заповедник, их всегда хватало. Эта часть города представляла собой отдельный, совершенно особенный мирок — сумбурный и как будто ненастоящий. Последний раз Колин был здесь давным-давно, но с тех пор почти ничего не изменилось, включая и привычки местных жителей: они по-прежнему редко появлялись на Нэшнл-стрит, сетуя, что из-за туристов тут яблоку негде упасть. От выстроившихся длинными рядами кирпичных домов веяло стариной, но под их крышами располагались современные магазины, большинство которых держали приезжие.

Все-таки он по-прежнему связан с этими местами, пусть и одними лишь воспоминаниями. Благодаря своей работе он уже объездил полмира. Задача ландшафтного архитектора не в том, чтобы превращать города в неотличимых друг от друга близнецов; наоборот, он должен уловить и выразить в новом облике любого города его самобытный характер. И в этой области Колин был одним из лучших. Он занимался как раз тем, чего ему больше всего хотелось: путешествовал с места на место, знакомясь с обычаями разных стран и нигде надолго не задерживаясь. А потом вдруг, повинуясь обиженному тону матери, — или, как сейчас, просьбе сестры, которая впервые в жизни попросила о помощи, — возвращался сюда и не мог отделаться от странного ощущения, будто ноги наливаются тяжестью и он погружается в землю, опутываемый корневой системой родного города. А ему этого очень не хотелось — не хотелось становиться прежним Колином, напоминавшим дерево с подстриженной на чужой вкус кроной.

От размышлений его отвлек звон дверного колокольчика.

Уилла Джексон только что переступила порог магазина. На ней были джинсы, из-под которых выглядывали черные ковбойские сапоги, и черный топ, открывающий плечи. Вьющиеся золотисто-каштановые волосы непослушным облаком колыхались над головой. В школе она всегда заплетала их в небрежную косу. Может, конечно, и не всегда, просто Колин помнил ее именно с длинной косой.

Сейчас же ее волосы едва достигали мочек ушей. Она зачесала их на сторону и прихватила у виска блестящей заколкой. Прическа дерзкая — как раз в стиле Уиллы Джексон. По крайней мере, Колин считал, что именно это слово — «дерзкая» — как нельзя лучше описывает его бывшую одноклассницу. Он и думать не хотел, что это не так. Если он заблуждается насчет Уиллы — во что тогда ему вообще верить?

Брюнетка, сделавшая ему капучино, извинилась перед покупателем, с которым разговаривала, и подошла к Уилле:

— А тебя тут кое-кто спрашивал.

— И кто же именно? — осведомилась Уилла.

— Какой-то мужчина, не знаю, как его зовут. Пришел с полчаса назад, поинтересовался, на месте ли ты. Я ответила, что нет, но скоро будешь, вот он и сидит в кафе, ждет. *Капучино с одним кусочком тростникового сахара*, — закончила она почти шепотом, будто сообщала великую тайну.

Уилла сделала пару шагов к столикам, но, увидев Колина, на мгновение замерла, а потом резко отвернулась. Колин улыбнулся.

— Ты чего? — оторопела брюнетка. — Кто он?

— Колин Осгуд, — ответила Уилла.

— Родственник Пэкстон?

— Родной брат.

— Его ты тоже ненавидишь? — уточнила девушка.

— Перестань. Я их вовсе не ненавижу, — пробормотала Уилла.

А затем развернулась и направилась к Колину. Подойдя к его столику, она вежливо улыбнулась:

— Вижу, до дома ты добрался вполне благополучно.

— Да. И хотел бы извиниться за вчерашнее. Давно я так не уставал. — Колин потер глаза. Ему казалось, будто он превратился в бесплотную оболочку: попробуй дотронуться — и рука встретит лишь воздух. — Я бы, наверное, мог еще несколько дней проспать.

— Тогда почему ты сидишь здесь?

— Остановился подзарядиться на дорожку. — Он поднял стаканчик с крышкой, в который Рейчел налила ему капучино. — Очень хороший капучино, между прочим.

— Уезжаешь? Так скоро? — Лицо Уиллы просветлело.

— Нет, я здесь на месяц, не меньше. А сейчас направляюсь в Эшвилл.

— Тогда не буду тебя задерживать. — Она повернулась, чтобы уйти.

— А я совершенно не тороплюсь. Посиди со мной. — Колин указал на свободный стул.

Уилла ответила выразительным взглядом прищуренных глаз — прекрасных светло-серых глаз, — потом выдвинула стул и села.

— Итак, ты хозяйка этого магазина?

— Да, верно, — медленно произнесла девушка, словно ожидая какого-нибудь подвоха. — Как я вчера и говорила. Поэтому нашел ты меня именно здесь.

Колин покрутил головой по сторонам. Он насчитал на Нэшнл-стрит еще два магазина спортивных товаров, но заведение Уиллы выгодно выделялось на их фоне, предлагая одежду и инвентарь из экологически чистых материалов. К тому же здесь имелось кафе, благодаря которому это место пропитал завораживающий аромат жареных кофейных зерен.

— Ты, наверное, без ума от пеших прогулок и ночевок на свежем воздухе?

— Отнюдь. Последний раз я была в Катаракте в третьем классе, на экскурсии. Обожглась ядовитым плющом.

— Значит, ты обожаешь кофе?

— Не больше, чем все остальные. — Уилла кивнула на девушку за стойкой. — Кафе — это царство моей подруги Рейчел.

Колин был явно сбит с толку.

— Тогда почему ты держишь магазин спорттоваров и кафе в придачу?

Уилла пожала плечами:

— Несколько лет назад, думая, чем бы заняться, я познакомилась с человеком, который хотел продать эту лавочку.

— И ты решила ее купить.

— Ну да.

Колин подался вперед, положив локти на стол. Почему, собственно, ему это так интересно? Увидев ее вчера на Джексон-Хилл, он испытал прилив истинного счастья, словно нашел себе наставника. Подумать только, та самая Уилла Джексон, автор легендарных розыгрышей, о которых на редких встречах одноклассников все вспоминали в первую очередь! Поразительно, сколько времени и терпения она тратила на то, чтобы осуществить некоторые из них, тщательно продумывая каждую мелочь. Никогда им не забыть ее последней проделки: она включила пожарную сигнализацию, а после того как все высыпали на улицу, развернула, стоя на крыше, здоровенный плакат, на котором было написано: «Уилла Джексон — Шутник средней школы Уоллс-оф-Уотер».

— Я наблюдал за тобой, когда полицейские выводили тебя из школы, — ты ничуть не стыдилась. Казалось, ты чувствовала облегчение, будто даже рада была, что тебе больше не надо притворяться. Я вообще думал, что теперь ты навсегда уедешь из города.

В глазах Уиллы вспыхнуло раздражение. И Колин понял почему. Лучше бы ему заткнуться и не лезть не в свое дело.

Но ему хотелось сказать еще кое-что.

— Это из-за тебя я решил пойти собственной дорогой, вместо того чтобы возвращаться сюда и делать то, чего от меня ожидали, — признался он.

Уилла смотрела на него в изумлении.

— Никто и подумать не мог, что ты способна провернуть такое, а ты им всем показала, что зря остальные тебя недооценивали. И я подумал тогда: раз уж Уилла может быть храброй, то и я смогу. Я многим обязан тебе. То есть Шутнику.

Уилла покачала головой:

— Эта, как ты выразился, «храбрость» очень дорого обошлась. Меня оштрафовали, чуть не исключили из школы и запретили приходить на выпускной. А моего отца уволили, потому что для своих приколов я тайком брала у него ключи, да еще и раскопала пароли к его компьютеру. Не нужно романтики, Колин. Здорово, что ты нашел свое место в жизни, и я рада, что смогла как-то этому поспособствовать, но и я тоже нашла свое, нравится тебе это или нет.

Она действительно думает, что ее отца уволили? Но ведь тот сам ушел. Это случилось на глазах у Колина, так что сомнений быть не могло. С чего бы отцу скрывать от дочери правду?

Уилла воспользовалась его молчанием и встала.

— Мне нужно работать, — сказала она. — Спасибо за приглашение на юбилей.

— Не передумала? — спросил он, тоже поднимаясь.

— Нет, не передумала. И — предвосхищая твой следующий вопрос — нет, я не собираюсь затевать грандиозный розыгрыш.

— А жаль. Им всем не помешала бы хорошая встряска.

Намеренно не глядя на него, Уилла пошла прочь:

— Это без меня.

Колин смотрел ей вслед. До его ноздрей долетел ее аромат — свежий и сладковатый, напоминающий запах лимона.

— Хочешь, сходим куда-нибудь? — неожиданно произнес он. Промолчи он сейчас — никогда бы себе этого не простил.

Уилла застыла как вкопанная. Девушка за стойкой подняла голову и с улыбкой взглянула на них. Уилла развернулась и быстро подошла к нему.

— Мне кажется, это не очень хорошая идея, — сказала она тихо.

— Я спросил, хочешь ли ты куда-нибудь со мной сходить, а не о том, что тебе по этому поводу кажется.

— А что, есть разница?

— Зная тебя, Уилла, могу предположить, что определенно есть — и огромная.

— Ты собираешься пробыть здесь всего-навсего месяц. Думать, будто за столь незначительный отрезок времени можно убедить меня в том, что я сбилась с пути истинного, довольно самонадеянно, если не сказать смехотворно.

Вот это прозорливость. Похоже, она его раскусила.

— Это вызов?

— Ничего подобного.

Улыбаясь, он направился к двери:

— Увидимся, Уилла.

— Вряд ли я захочу снова тебя видеть, Колин.

А вот это уже самый настоящий вызов.

Все-таки он был прав: прежняя Уилла не исчезла бесследно.

— Ты где это пропадал прошлой ночью? Мама так истерила, — сказала брату Пэкстон.

Она только что вернулась из своего офиса в информационном центре. Вся благотворительная деятельность семейства Осгуд лежала на ее плечах. Они с братом, не сговариваясь, одновременно подъехали к дому. Как все близнецы, они многое делали одновременно, и Колину этого иногда не хватало.

— Прости. — Колин приобнял сестру, и они вместе вошли в дом. — Я не хотел вас расстраивать. Просто нечаянно заснул кое у кого на диване.

— «Кое у кого»? Звучит интригующе, — заметила Пэкстон.

На кухне Нола, их экономка, готовила ужин. Нола жила с ними так долго, что представить «Ореховую рощу» без нее было уже невозможно. Ее семья из поколения в поколение трудилась на Осгудов. Превыше всего Нола ценила хорошие манеры и уважительное отношение, и Колин с Пэкстон никогда не жалели для нее ни того ни другого. А она, в свою очередь, разрешала им внеурочные перекусы. Колин как раз собрался поискать в холодильнике что-нибудь съедобное, но экономка неодобрительно цыкнула на него и, вручив молодому человеку только что испеченную булочку, со словами «А ну кыш отсюда!», вытолкала их с Пэкстон из кухни.

Они вышли во дворик. Пэкстон остановилась и, повернувшись к брату, сказала:

— Ну же, выкладывай! На чьем диване ты заснул?

Колин надкусил булочку и улыбнулся сестре. Та улыбнулась в ответ. Ладно, можно и подождать.

Последний раз они встречались почти год назад, когда Пэкстон бросила все свои дела и на целую неделю примчалась к нему в Нью-Йорк, чтобы отпраздновать их тридцатилетие. С каким восторгом она говорила ему, что наконец-то съезжает из «Ореховой рощи»! Но ее планы рухнули — ясное дело, не без вмешательства матери, — и теперь он видел перед собой совсем другую Пэкстон. Без слов было понятно, что она глубоко несчастна. Сестра была по-прежнему красива и держалась превосходно, но слишком уж долго она прожила в этом доме, вместе с родителями, слишком добросовестно тащила на себе все атрибуты истинной Осгуд, и в этом отчасти был виноват сам Колин. Он бросил ее здесь совсем одну. Они оба знали, чего от них ждут, но Пэкстон смирилась, а он — нет. Он жаждал вырваться отсюда и самостоятельно создать нечто совершенно новое, доказав им всем, что на Уоллс-оф-Уотер свет клином не сошелся. Для него, но не для Пэкстон.

— Ну пожалуйста, — снова начала сестра, — расскажи!

Колин сдался:

— Я заснул на диване у Уиллы Джексон.

Пэкстон не на шутку удивилась:

— Вот уж не знала, что вы с ней друзья.

— А мы и не друзья, — сказал Колин, дожевывая булочку. — Вчера я увидел, как Уилла кое-что обронила. Пришлось заскочить к ней домой, чтобы вернуть потерю. Я и не думал, что так зверски устал. Представляешь, как она удивилась, обнаружив, что я уснул прямо у нее на диване!

Пэкстон рассмеялась. Давненько он не слышал смеха сестры.

— Расскажи-ка мне об Уилле, — попросил Колин. Сложив руки на груди, он прислонился спиной к бетонному заборчику.

Пэкстон поправила висевшую на плече сумку, с которой никогда не расставалась.

— А что ты хочешь знать?

— У нее, кажется, в жизни тишь да гладь?

— Ну да. — Пэкстон склонила голову набок. — А почему тебя это удивляет? Ее семья всегда так жила.

— Но ведь Уилла — Шутник средней школы Уоллс-оф-Уотер, — упрямо произнес Колин.

— И что?

Пэкстон не понимала, к чему он ведет, да Колин и сам не очень-то это понимал.

— Я думал, она более... общительная, что ли...

— Колин, она выросла. Как и все мы.

Он рассеянно провел ладонью по щеке:

— А почему Уилла упорно не желает идти на этот прием? Ее бабушка ведь стояла у истоков Женского общественного клуба.

— Не знаю. Я написала Уилле, что хотела бы поздравить ее бабушку, но ей как будто все равно.

— Она и в реставрации «Хозяйки» участвовать отказалась?

Пэкстон смутилась:

— Я ее и не спрашивала.

— Ты хочешь сказать, что не просила Уиллу Джексон поискать у себя старые снимки или вырезки из газет, не приглашала ее в особняк, чтобы она своими глазами увидела, что делается внутри? Ты серьезно?

— В архивах оказалось достаточно фотографий. И вообще, Колин, при чем тут Уилла? Мне нужно было нанять подрядчиков и дизайнеров, отыскать редкие старинные вещи, ради которых, между прочим, пришлось прошерстить все аукционы и распродажи. Как, интересно, Уилла могла мне с этим помочь?

В ответ Колин лишь пожал плечами. Его взгляд скользнул по дворику, к бассейну, домику возле него, а затем устремился к расстилавшемуся впереди пейзажу: куда ни посмотри — кругом горные вершины и леса; издалека казалось, будто это дети играют под огромным зеленым одеялом. Все-таки ни одно место в мире не сравнится с Уоллс-оф-Уотер. И часть его, Колина, души до сих пор где-то здесь, вот только где именно? Хорошо бы знать наверняка, чтобы отправиться туда и вернуть себе эту недостающую часть.

— Просто я думаю, что с твоей стороны было бы любезно привлечь к реставрации Уиллу.

— Да я тут просто из кожи вон лезла! — взорвалась Пэкстон. — А вот тебя все это время где-то носило! Ты умудрялся помогать мне на расстоянии, по телефону да по почте! Даже ради такого случая не счел нужным приехать!

— А ты хотела, чтобы я лично присутствовал при реставрации? Я не знал. — Он нахмурился, потрясенный реакцией сестры, и, помолчав, добавил: — Никто не просил тебя браться за это в одиночку, Пэкс.

В прошлом году Пэкстон позвонила Колину и изрядно его удивила, попросив заняться ландшафтом Джексон-Хилл. Но отказать сестре он не мог. Она собиралась посадить возле «Хозяйки Голубого хребта» большое дерево, и после длительных поисков Колин нашел подходящий дуб. Он рос недалеко от места стройки, и в скором времени ему грозила гибель. Дерево было огромное и очень старое, и его пересадка требовала скрупулезной подготовки. Пришлось нанять арбористов, и Колин в течение года звонил им каждую неделю, проверяя, все ли правильно рассчитал. Наконец он взял отпуск на целый месяц, чтобы лично контролировать завершающий этап подготовки к торжественному открытию «Хозяйки», а это, по мнению Колина, было настоящей жертвой с его стороны, ведь он уже лет десять не оставался дома на столь длительный срок.

Пэкстон беспомощно развела руками:

— Но ведь «Хозяйка Голубого хребта» — первое, что бросается в глаза на въезде в город, а выглядела она кошмарно! Ее нужно было либо сносить, либо восстанавливать. Этот дом — неотъемлемая часть нашей истории. Я все сделала правильно, пусть и без помощи Уиллы Джексон.

— Пэкс, успокойся. Что это на тебя нашло?

Она закрыла глаза и, глубоко вздохнув, ответила:

— Все нормально. Просто у меня такое ощущение, будто я вечно недотягиваю.

— А зачем тебе до чего-то дотягивать? Чтобы отец с матерью по головке погладили? Пора уже начинать жить своей жизнью, иначе ты никогда не станешь счастливой.

— Семья — это очень важно, Колин. Но я и не ждала, что ты поймешь. — Пэкстон направилась к кухне. — Прикрой меня за ужином, ладно? Скажи родителям, что мне пришлось задержаться в офисе, — слишком много работы навалилось.

— Серьезно?

Она резко повернулась к нему и выпалила:

— Тебе что — трудно? Я тебя впервые за десять лет о таком прошу, между прочим.

И ведь не поспоришь.

— А ты и правда в офис?

Его вопрос застал сестру уже на пороге кухни.

— Нет.

Пэкстон остановилась у дома Себастиана. Не увидев его машины, она вдруг вспомнила, что по четвергам он работает допоздна, поэтому-то утром у него и было время сходить с ней к бабушке. Получается, теперь ей необходимо видеть его целых два раза в день? И как только она справлялась раньше? А вот так: заедала стресс малиновыми тянучками да изводила тонны бумаги на свои списки.

Пэкстон опустила стекла и выключила двигатель. Даже просто сидя в машине и глядя на «Тенистое дерево», она чувствовала себя лучше. Потянувшись к своей верной спутнице — сумке, она достала маленький блокнотик. Девушка повсюду носила с собой блокноты, их были целые десятки. Если их не оказывалось рядом, она использовала все, что попадалось под руку, будь то бумажная салфетка или оборотная сторона конверта, а потом засовывала это в сумку. В основном записи представляли собой план действий: как ей упорядочить ту или иную сферу своей жизни. Но иногда Пэкстон просто составляла списки пожеланий. Что может быть приятнее, чем изложить на бумаге самые заветные мечты? Ведь тогда они обретают форму и поверить в то, что они могут осуществиться, становится немного проще.

Пэкстон пролистала заполненные страницы блокнота и, остановившись на чистой, начала список, посвященный Себастиану. Списков, связанных с ним, у нее уже набралось немало. «Что Себастиан любит больше всего», «Наш с Себастианом отпуск: предполагаемые места отдыха». Сегодня настало время для нового перечня.

ПОЧЕМУ МНЕ ХОРОШО С СЕБАСТИАНОМ

Его не волнует, что мы почти одного роста.

Его не волнует, что я вешу больше.

Он всегда готов мне помочь, но не считает слабой.

Он восхитительно пахнет.

Он выглядит безупречно и ведет себя соответственно.

— И часто ты так делаешь, пока меня нет? Сидишь у моего дома и сочиняешь очередной список?

Пэкстон вздрогнула и повернула голову: Себастиан, положив руки на крышу ее машины, заглядывал в открытое окно. При солнечном свете было видно, какая чистая, без малейшего изъяна, у него кожа, а его голубые глаза казались хрустальными. Он припарковался прямо позади нее, а она даже не заметила.

Пэкстон улыбнулась и быстро убрала блокнот.

— Вовсе нет. Я просто жду тебя.

Он открыл дверь и подал девушке руку:

— Нельзя в такую жару сидеть в машине.У тебя даже волосы влажные.

Он положил прохладную ладонь ей на шею, и Пэкстон с трудом сдержала дрожь. Это был какой-то базовый инстинкт, всплывший из глубин ее естества, из того бездонного колодца, где томились самые потаенные из ее желаний. Ни избавиться от них, ни воплотить их в жизнь она не могла, но делала все, чтобы Себастиан о них не догадывался, ведь это положило бы конец их прекрасной дружбе.

Она улыбнулась:

— А ты никогда не потеешь. Ты вообще человек?

— Просто я очень люблю кондиционеры и предпочитаю пользоваться ими как можно чаще. Прошу. — Он отпер дверь коттеджа и жестом пригласил Пэкстон войти.

Себастиан положил ключи на столик в прихожей. Поймав свое отражение в позолоченном зеркале в виде солнца, Пэкстон тут же сняла с плеча сумку и принялась поспешно убирать выбившиеся прядки в пучок на затылке.

— Ты ужинала? — спросил Себастиан.

Она отвлеклась от прически:

— Нет.

— Тогда поужинаем вместе. Я приготовлю лосося на гриле. Хорошо, что я сразу поехал домой.

— А куда еще ты мог поехать?

— Иногда после работы я заглядываю в закусочную на трассе.

— Что? В «Счастливые денечки»?

Пэкстон не верила своим ушам. Себастиан — и «Счастливые денечки»? Когда-то это был семейный ресторанчик, но теперь он превратился в мерзкую грязную забегаловку и держался на плаву лишь благодаря завсегдатаям, которые продолжали приходить туда по старой памяти.

Ее недоумение развеселило Себастиана.

— Хочешь — верь, хочешь — нет, но с этим местом связаны дорогие моему сердцу воспоминания. В детстве я там часто бывал с двоюродной бабушкой. — Он ослабил узел галстука. — Что у тебя нового?

— На работе — ничего, а вот дома меня ждал сюрприз. — Пэкстон замялась. — Мне кажется, мой брат неравнодушен к Уилле Джексон.

Себастиан вздернул бровь:

— И тебе это неприятно?

Звук, с которым он стянул с шеи шелковый галстук, заставил ее напрячься еще больше. Было в нем что-то соблазнительное, отчего по коже тут же поползли мурашки.

— Дело не в этом. Если бы она смогла удержать Колина в Уоллс-оф-Уотер, я бы ее расцеловала.

— Тогда в чем проблема? — спросил Себастиан.

Пэкстон колебалась, все еще чувствуя себя задетой.

— Кажется, он считает, что мне следовало привлечь Уиллу к реставрации «Хозяйки Голубого хребта».

— А почему ты этого не сделала?

— Да мне даже в голову подобное не пришло, — ответила она. — По-твоему, Колин прав?

Он пожал плечами:

— Это было бы довольно любезно с твоей стороны.

— Вот и брат так сказал. Я вовсе не хотела никого уязвить.

— Я знаю. Просто ты любишь сама стоять у руля. И тебе никогда не приходит в голову попросить о помощи. — Себастиан улыбнулся и погладил ее по щеке. — Но кое о чем, дорогая, просить все же стоит.

— Тебе легко говорить, — пробубнила подавленная Пэкстон.

— Нет, нелегко, поверь мне, — возразил он. — Ладно, я пойду переоденусь. Ты ведь еще не видела спальню после ремонта?

— Не видела.

— Тогда пойдем вместе.

Пэкстон знала расположение всех комнат в «Тенистом дереве»: гостиная, спортзал с навороченными тренажерами, пустое помещение, в котором Себастиан вроде бы собирается устроить кабинет, и, наконец, спальня. В прошлом месяце он вскользь упомянул, что решил довести ее до ума, но к таким радикальным переменам Пэкстон оказалась совершенно не готова. Ее взору предстали серые с металлическим отливом стены и черная полированная мебель. С первых дней после покупки дома Себастиан занимался в основном тем, что ремонтировал первый этаж, попутно избавляясь от убранства в средневековом стиле, оставшегося от предыдущего владельца. Пэкстон нравилось наблюдать, как это место преображается и становится все больше похожим на самого Себастиана. Но его спальня... Она ожидала увидеть все, что угодно, но только не это — темное, мрачное логово мужчины, обставленное в стиле минимализма.

Пэкстон уже хотела уйти, чтобы дать ему переодеться, но Себастиан попросил ее остаться, а сам скрылся в гардеробной.

— Зачем тебе одному такой большой дом? — полюбопытствовала гостья, прохаживаясь по комнате.

Размер кровати потрясал. Несомненно, в ней с избытком хватило бы места и для двоих, вот только Себастиан, по-видимому, ни с кем не спешил ее делить, хотя желающих — и среди мужчин, и среди женщин — было хоть отбавляй.

— В жизни всегда должно оставаться немного свободного пространства — чтобы его в любой момент могло занять что-то хорошее.

— Ну надо же, Себастиан, какая глубокая мысль.

Он засмеялся.

Пэкстон прошла вдоль кровати, ведя пальцами по черному шелковому покрывалу. Над комодом висела какая-то картина, и Пэкстон остановилась, чтобы получше ее рассмотреть. Картина была ей незнакома: потемневшая, покрытая трещинами, несомненно, старинная, словно экспонат музея народного искусства. На ней была изображена миска спелых ярко-красных ягод, на краю которой примостилась черная-желтая птичка. Птичка угрожающе поглядывала со своего насеста, словно говорила: только посмейте тронуть мои ягоды! На кончике клюва виднелось что-то красное: то ли ягодный сок, то ли кровь. Пэкстон стало немного не по себе.

— Это досталось мне от двоюродной бабушки, — пояснил Себастиан. — Он подошел к ней так близко, что касался грудью ее руки. — Бабуля ее обожала. Картина висела у нее в гостиной рядом с камином. Единственная фамильная реликвия. Я много лет ее не трогал.

— А почему раньше не повесил? — удивленно спросила Пэкстон, не отрывая глаз от полотна.

— Не знал, надолго ли я здесь.

Пэкстон почувствовала, как ее голову сжали невидимые тиски. Девушка окаменела от неожиданности и ужаса, словно только что ей чудом удалось избежать неминуемой катастрофы. Значит, она могла потерять Себастиана? Ну почему всем так хочется сбежать из этого города? Что с ним не так? И что плохого в том, чтобы жить там, где родился, чтя свои корни и свою семью, даже если временами она невыносима?

— Ты уже дважды за вечер упомянул свою двоюродную бабушку. Кажется, раньше я вообще о ней не слышала, — заметила Пэкстон, стоя все так же спиной к Себастиану.

— Из всех родных только она одна и любила меня по-настоящему, просто потому, что я — это я. К сожалению, бабушка отошла в мир иной, когда мне было десять.

Себастиан не любил распространяться о своей семье. Из его немногословных рассказов Пэкстон знала лишь то, что отец постоянно их унижал и что у Себастиана есть брат намного старше его, который сейчас переехал в Западную Виргинию. Они жили в западной части города, на самой окраине, в трейлерном парке. «Вот и ответ на мои вопросы, — подумала Пэкстон. — Наверное, есть вещи, от которых просто необходимо сбежать подальше». Но если Себастиана она понимала, то понять своего брата не могла. Желая сменить тему разговора, девушка с улыбкой повернулась к Себастиану и весело предложила:

— Поужинаем?

Она не рассчитывала, что он стоит так близко.

— Если только у тебя на уме нет другого занятия, — ответил он.

«Держись, Пэкстон. Нельзя».

— Ты намекаешь на то, что мне не мешало бы воспользоваться твоими тренажерами? — пошутила она.

Себастиан опустил взгляд и отвернулся:

— Ни в коем случае, милая. Я люблю тебя такой, какая ты есть.

Глава 5

КЛАД

У Уиллы с Рейчел день выдался таким сумасшедшим, что обедать пришлось на бегу: пончик в кофейной глазури, схваченный прямо с витрины, да бумажный стаканчик глясе — вот и весь обед. Сейчас казалось совершенно невероятным, что после Дня благодарения на Нэшнл-стрит наступит мертвое затишье. Зимой они могли целую неделю просидеть в магазине, так и не дождавшись ни одного покупателя. В феврале, самом морозном месяце из всех, ненадолго становилось оживленнее: многие отправлялись в Катаракт, чтобы полюбоваться на великолепные завесы изо льда и снега, в которые мороз превращал водопады. Но в целом пора с декабря по апрель была самой тяжкой для тех, кто кормился за счет туристов. Они еле сводили концы с концами, согреваясь мечтами о солнышке, лазурном небе и зелени, удивительно сочной и яркой, словно ее только что нарисовали: кажется, дотронься до любого листочка — и непременно измажешься зеленой краской.

Именно в эти беспросветные месяцы многие отчаивались: закрывали магазины и уезжали. Уилла не раз такое наблюдала. Рейчел продержалась здесь больше года, но Уилла понимала, как губительны холода для этой неугомонной стрекозы, и приходила в ужас при мысли о надвигающейся зиме, которая могла отнять у нее Рейчел. И что она тогда будет делать? Ведь только благодаря Рейчел и ее кофейно-шоколадным шедеврам самой Уилле удается хоть как-то мириться со своей жизнью, особенно теперь, когда «Хозяйку Голубого хребта» полностью восстановили, отняв у нее причину каждый день ездить домой через Джексон-Хилл.

— Уилла, глянь-ка, — сказала Рейчел.

Было около четырех, и они наслаждались долгожданной передышкой. Рейчел, которая раскладывала сласти на витрине, отвлеклась от своего занятия и уставилась в окно.

— Прямо по курсу высокий богатый брюнет.

Это был Колин Осгуд, и он направлялся к двери их магазина.

— Черт. Скажи, что меня нет. — Уилла бросилась в кладовку, которая находилась в глубине кофейни.

— Да что это с тобой?

Едва захлопнув за собой дверь, Уилла услышала приветственный звон колокольчика.

А действительно, что это с ней? Вопрос хороший, но вот как на него ответить, особенно Рейчел? Уилла тоже тяжело переживала зиму, пожалуй, даже тяжелее, чем остальные, потому что знала наверняка: она не может все бросить и уехать. В отличие от Рейчел и прочих. У нее здесь бабушка. Дом, который приобрел отец. Здесь ее корни. Иногда она стояла за прилавком, подперев рукой подбородок, и задумчиво смотрела на хлопья снега за окном, тоскуя по какой-то другой жизни. В животе что-то ухало и замирало, и она вспоминала, что точно такое же чувство испытывала в школе, когда, пообещав себе больше не творить глупостей, ходила несколько недель как неприкаянная. А внутри ухало все сильнее и сильнее, и вот — в два часа ночи она сбрасывает из окна школьного танцзала канат из связанных гимнастических трико, чтобы утром все подумали, будто затанцевавшихся допоздна девчонок случайно заперли в зале и бедняжки, соорудив спасательное средство из собственных костюмов, были вынуждены бежать домой голышом.

Вот почему Колин Осгуд ее пугал. Уилле прежде никогда не говорили, что она стала чьим-то вдохновением, никто так открыто ею не восхищался. Те, кому довелось пройти через адские муки старшей школы, хотят лишь одного — поскорее избавиться от заработанной за эти годы репутации, и Уилла Джексон не была исключением. И тем не менее уже в который раз она ловила себя на мысли: а что, если прежняя Уилла была более настоящей?

Она услышала разговор: низкий голос Колина, следом смех Рейчел.

Внезапно круглая дверная ручка повернулась. Уилла, упиравшаяся в дверь спиной, попыталась сдержать натиск, но физическая сила и внезапность соперника не оставили ей ни малейшего шанса, и она отступила в сторону.

Дверь распахнулась. Колин успел вытянуть руку и подхватить Уиллу, чтобы она не врезалась в стену, а потом принялся ее с любопытством разглядывать. За долгий день ее и без того пышная шевелюра, казалось, вдвое увеличилась в объеме, поэтому, пытаясь усмирить непослушные волосы, девушка повязала на голову бандану. Ее наряд составляли джинсы, сникеры на платформе и футболка с надписью «Будь ближе к природе! „О Натюрель: спорттовары и кафетерий“. Уоллс-оф-Уотер, Северная Каролина». Разумеется, на футболке красовалось пятно от кофе.

— Ты зачем держала дверь? — поинтересовался Колин.

— Я же сказала: не надейся, что сможешь со мной видеться.

— Потому что ты будешь каждый раз прятаться в кладовке? Что за детский сад?

— Согласна: вышло так себе, — признала Уилла.

Колин был в брюках защитного цвета и лоферах. Очки-авиаторы он повесил на грудь, зацепив их дужкой за ворот голубой рубашки. Он выглядел предельно собранным и спокойным. Умеют все-таки Осгуды напустить на себя такой вид, что в их присутствии всегда чувствуешь себя немного растерянно. Видимо, это у них семейное.

— Послушай, Колин, чего ты добиваешься?

— Хочу, чтобы ты съездила со мной к «Хозяйке Голубого хребта», — последовал ответ. — Я тебе кое-что покажу.

Что ж, звучит заманчиво, но, вероятно, на это он и рассчитывал.

— Не получится. У меня работа, — отрезала Уилла и, в подтверждение своих слов, схватила коробку бумажных стаканчиков и протиснулась в щель дверного проема, который молодой человек загораживал почти полностью.

— Это ненадолго, — не отставал от нее Колин. — Сегодня там кое-что откопали. Может, с твоей помощью мы выясним, кому это принадлежит?

— Навряд ли. Я ведь ничего не знаю о «Хозяйке», — возразила Уилла.

И это, как ни печально, была чистая правда. Бабушка никогда ничего ей не рассказывала о жизни в стенах особняка.

Уилла передала стаканы Рейчел, которая наградила ее красноречивой улыбкой — «тили-тили-тесто!» — и повернулась к Колину. Тот оказался ближе, чем она думала.

— А что именно вы нашли?

Он слегка наклонился вперед, нависая над ней, и, улыбнувшись, произнес дразнящим тоном:

— Поедешь со мной — покажу.

От него исходил будоражащий аромат, не похожий на обычную для Нэшнл-стрит тяжелую смесь сандала и пачулей, которой здесь пропах каждый закоулок. Аромат был резковатым и свежим, совершенно чужим и вместе с тем до боли знакомым.

Уилла отшатнулась:

— Да не могу я.

— Ты хочешь сказать, что тебе даже не любопытно взглянуть?

— О, что вы, ей очень любопытно, — заверила его Рейчел.

Уилла злобно зыркнула на нее исподлобья.

— Так поехали, — настаивал Колин. — Мы ненадолго.

Соблазн был велик... Уилла больше года жаждала попасть в этот дом, и вот наконец ей выпала такая возможность! И даже не надо надевать вечернее платье, поддерживать никчемную светскую болтовню или терпеть рядом Пэкстон Осгуд. Правда, придется потерпеть ее брата, который явно преследует какие-то собственные интересы. Их тянет друг к другу, с этим не поспоришь. Но через месяц Колин уедет, и она больше не будет думать, куда бы ей от него спрятаться.

— Рейчел, держи оборону, я быстро.

— Не торопись. — На губах Рейчел играла понимающая улыбка. — Я пока поразмышляю над тем, что означает капучино с кусочком тростникового сахара.

Кто бы сомневался.

— Надо же, она помнит мой прошлый заказ, — удивился Колин, опережая Уиллу, чтобы открыть перед ней дверь.

— За Рейчел такое водится. Садись в автомобиль, я поеду за тобой.

Уилла уже собралась повернуть в ту сторону, где стоял ее джип, но Колин взял девушку за локоть и со словами: «Не беспокойся, поедем на моей» — указал на огромный черный «мерседес». Надавил кнопку на брелоке: моргнули фары, щелкнули дверные замки. Уилла знала, что это за машина. Такую сложно не заметить. Она принадлежала его отцу.

Колин сошел с тротуара и открыл пассажирскую дверь. Видя, что спорить бесполезно, Уилла вздохнула, села в салон — и почти утонула в гигантском кожаном кресле. Колин устроился на водительском сиденье за громадным рулем (исполинские размеры автомобиля заставляли всерьез задуматься о комплексах его владельца), надел темные очки и, сдав назад, вырулил на проезжую часть. Он плавно лавировал в потоке машин, одной рукой держа руль, а другую положив на колено.

Несколько минут они ехали молча. Наконец Уилла повернулась к нему и прямо спросила:

— Почему ты решил остаться здесь на целый месяц?

В ее устах это прозвучало как «на целую вечность», и Колин усмехнулся:

— Я взял небольшой отпуск, чтобы помочь Пэкстон с «Хозяйкой». И сходить на прием.

— А живешь ты где?

— В основном в Нью-Йорке. Но я много путешествую.

Они свернули на подъездную дорожку к «Хозяйке», круто уходящую вверх, и Уилла умолкла. Коротенький разговор вежливости ради состоялся, а серьезная беседа ей не нужна. Она забыла о Колине и впилась взглядом в особняк, который становился все больше. Ее охватила шальная веселость, она чувствовала, что все ее существо словно бы растягивается в улыбке.

«Это будет нечто особенное, — думала девушка. — Какие там призраки. Это все равно что вернуться домой».

Колин остановился перед особняком, на дорожке, предназначенной для разгрузки багажа, и Уилла тут же выскочила из машины. Ей сразу бросилась в глаза какая-то пустота: чего-то не хватало, но она никак не могла сообразить, чего именно. Налетел резкий порыв ветра, в котором ей почудился шелест чьих-то голосов. Она развернулась в ту сторону, откуда дул ветер и доносился шепот, и на самом краю площадки увидела работающий экскаватор, вокруг которого стояли несколько мужчин в касках.

— Дерева больше нет, — осенило ее наконец.

Колин обошел машину и встал рядом:

— Все верно: тут прежде было персиковое дерево.

— Персиковое? — с удивлением переспросила Уилла. — Я и не знала, что персиковые деревья могут расти на такой высоте.

— Расти могут, но они не плодоносят. Весной здесь слишком холодно, и бутоны гибнут. — Он прислонился к машине.

— Для чего тогда вообще было его здесь сажать?

Колин пожал плечами:

— Мне и самому интересно. Пэкстон сказала, что на первых снимках никакого дерева нет. Выходит, его посадили уже после того, как съехала твоя семья. А поскольку ни исторической, ни практической ценности оно не имеет, сестра рассудила, что его можно убрать.

— С чего ты взял, что это персиковое дерево, если на нем ни разу не было персиков? Сомневаюсь, чтобы кто-то из местных мог рассказать, — они и сами не знают.

— На то я и ландшафтный архитектор, — справедливо заметил Колин.

Картина начала проясняться.

— Так ты занимаешься ландшафтом? Вот почему ты здесь.

— Точно. Перед тем как приехать, я все рассчитал, составил подробный план и нанял нужных людей. Но самая большая моя гордость — это дуб, который мы здесь посадим. Ему полторы сотни лет. Я нашел его в Банкомбе, рядом с одной стройплощадкой. Рано или поздно пришлось бы его срубить, но застройщику не улыбалось иметь дело с зелеными, так что он согласился взять на себя половину расходов по пересадке. Я почти год к этому готовился. Дуб привезут сюда во вторник, ради такого случая даже движение перекроют. — Он с улыбкой повернулся к Уилле. — Приходи посмотреть.

— На тебя с лопатой в руках? Умеешь ты кадрить девчонок, скажу я тебе.

Колин расхохотался:

— Будет куда интереснее, чем ты думаешь, поверь мне. Как можно держать магазин спорттоваров и не любить природу?

Внезапный окрик, раздавшийся со стороны раскопа, не дал ей ответить.

— Эй, Палочник!

Колин удостоил кричавшего лишь поворотом головы, не меняя своей непринужденной позы. Однако Уилла почувствовала, как по телу его прошла волна напряжения. Ее спутник стоял, прислонившись к машине, и молча смотрел на окликнувшего его рабочего, пока тому не стало ясно, что ответа он не дождется. Уилла могла поклясться, что Колин делает это нарочно.

Парень вздохнул и направился к ним. Когда он подошел ближе, Уилла узнала в нем Дейва Джеффриса, с которым они вместе учились в школе. Он тогда играл в футбольной команде, о чем все еще напоминал его широченный — правда, теперь уже не столько за счет мышц — торс.

— В чем дело, Дейв? — спросил Колин, когда тот остановился перед ним.

— Гляди, что мы выкопали, когда ты уехал. — Дейв протянул ему тяжелую чугунную сковороду, покрытую коркой ржавчины и грязи.

Колин осмотрел находку:

— Сковорода?

— Ага.

— Становится все интереснее и интереснее.

Узнав Уиллу, Дейв ухмыльнулся.

— Уилла Джексон, — пробасил он, сдвинув каску на затылок. — Тебя нынче и не видать. Помнишь, как ты звонок запрограммировала, чтобы он звенел каждые пять минут? Вот это было круто. Звенит звонок, мы встаем в шеренгу и топаем в коридор, а бедные преподы из сил выбиваются, чтобы загнать нас обратно.

Он окинул Уиллу оценивающим взглядом и, ткнув пальцем в нее, а потом в Колина, бесцеремонно спросил:

— Неужто ты встречаешься с Палочником? Если нет, может, дашь шанс старине Дейву? Ты только свистни.

— Заманчивое предложение, Дейв, — ответила Уилла, — но я, пожалуй, воздержусь. Спасибо.

Дейв хохотнул и ткнул Колина кулаком в плечо, по-дружески, но довольно сильно. Уилле показалось, что Дейв явно переборщил, хотя — откуда ей знать? Может, у мужчин так принято?

— Удачи, — рявкнул Дейв и пошагал назад к раскопу.

Когда он отошел на приличное расстояние, Уилла с недоумевающим видом повернулась к Колину:

— Палочник?

— Мое прозвище в старших классах. Дейв придумал.

— Потому что ты высокий?

— Всем казалось, что поэтому.

На несколько секунд воцарилось молчание.

— А на самом деле почему?

Колин вздохнул:

— Дейв однажды сказал, что я веду себя так, будто у меня здоровенная палка застряла в заднице, — и пошло-поехало.

От неожиданности Уилла прыснула со смеху, но тут же прикрыла рот ладошкой:

— Ой, прости.

— Вообще-то, в этом была доля истины: я и правда держался довольно холодно и сдержанно — подражал знакомым мне взрослым мужчинам. А парни вроде Дейва любили насмехаться над такими, как я, — серьезными не по возрасту ребятами, которые словно бы и не слыхивали о шутках и веселье. Зато как здорово было в последний год, когда все поверили, будто Шутник — это я. В глазах каждого читалось: «Вот это да! Никогда бы не подумал, что все это замутил Колин...»

— Я помню, каково это, — сказала девушка. И пока он не завел очередной разговор о храбрости и явном недостатке этого качества в характере нынешней Уиллы Джексон, быстро спросила: — Так что ты собирался мне показать?

Колин снял очки, зацепил их за ворот рубашки и жестом пригласил гостью следовать за собой. Они подошли к портику и стали подниматься по ступеням. Размеры особняка ее поразили: кто бы мог подумать, что он такой огромный. Уилла чуть не задохнулась от нахлынувших эмоций: столько времени лишь издалека наблюдать за домом — и теперь вдруг чувствовать под ногами его ступени, прикасаться к колоннам... Неужели это не сон?

— Сегодня мы выкорчевывали пень, оставшийся от дерева, и нашли клад: чемодан и фетровую шляпу. А теперь вот еще и сковородку, — добавил Колин, покрутив в руке заржавевший предмет кухонной утвари. — У меня аж мурашки по спине побежали, когда мне принесли эту шляпу. Каждый ребенок, который отважился залезть в этот дом, утверждал, будто там по воздуху плавает фетровая шляпа. Этим слухам уже лет сорок, не меньше. Бабушка часто рассказывала нам о призраке, который здесь обитает. Ну и боялись же мы.

— А сам ты его видел? — поинтересовалась Уилла.

— Как-то раз мы с друзьями пробрались в дом, но я крепко зажмурился, — признался Колин. — Учти, если кому-то расскажешь — я буду все отрицать.

Уилла бросила на него озадаченный взгляд. Кому, интересно, она может рассказать?

— А ты? — спросил Колин. — Ты призрак видела?

— Я здесь даже и не бывала никогда, — ответила она.

— Шутишь? Такая сорвиголова, как ты, — и ни разу не добралась до «Хозяйки Голубого хребта»?

— Я вообще первый раз подошла к особняку так близко.

Уилла протянула руку и дотронулась до стены, словно желая убедиться, что дом не исчезнет от ее прикосновения, как мираж.

— Но почему?

Она резко отдернула руку, подумав, что со стороны это выглядит ужасно глупо.

— Потому же, почему все остальные жаждали сюда попасть. Из-за привидений. Моя бабушка тоже часто о них рассказывала.

— Ты что — боишься привидений? Ты? — изумился Колин.

— Просто мне кажется, что покой ушедших лучше не тревожить, — произнесла Уилла, поймав себя на мысли, что говорит почти в точности как бабушка.

Она шагнула к стоявшему на крыльце чемодану. Он был сделан из черной кожи и, несмотря на следы гниения и слой грязи, выглядел на удивление целым. Его содержимое в аккуратном порядке лежало тут же, рядом со шляпой.

Уилла присела на корточки и внимательно все осмотрела, сама не зная зачем: навряд ли ей могла попасться на глаза знакомая вещь. Да, ее бабушка жила здесь когда-то, но это не в счет: настоящая жизнь для Джорджи началась, только когда она покинула эти стены.

Кроме старомодной мужской одежды изо льна и хлопка, в чемодане нашлись полуистлевшая газета и альбом. Уилла аккуратно перевернула несколько желтых, затвердевших от клея страниц: их сплошь покрывали вырезки из газет, посвященные кинозвездам 1930-х годов. В этом, очевидно, и состояло главное назначение альбома. Однако изредка в нем попадались и фотографии, очень старые: размытые силуэты людей на фоне фруктового сада.

— Это такие же персиковые деревья, как и то, что росло здесь? — спросила она у Колина, и тот нагнулся над ее плечом, чтобы рассмотреть снимок.

Наклоняться так низко было вовсе не обязательно, но Уилла даже не сомневалась, что он сделал это нарочно.

— Точь-в-точь. Интересная зацепка.

Пролистав альбом до конца, она обнаружила свидетельство об окончании школы для мальчиков-сирот в Аптоне, штат Техас, выданное некоему Такеру Девлину.

— Тебе это о чем-нибудь говорит? — осведомился Колин, по-прежнему нависая над ее плечом, как огромный вопросительный знак.

— Вроде бы нет, но... — Она запнулась, уставившись на последнюю страницу в альбоме.

С древнего снимка на нее смотрел красивый мужчина в светлом костюме и фетровой шляпе — может, даже в той самой, что нашли в земле рядом с чемоданом. Он прекрасно знал о своей красоте, это было видно. И наверняка не сомневался, что стоит ему захотеть — и весь мир будет лежать у его ног.

— Но — что? — продолжал допытываться Колин.

— Не знаю. Кого-то он мне напоминает. — Однако Уилла так и не поняла, кого именно, и закрыла альбом.

— Найденная в чемодане эшвиллская газета датирована августом тридцать шестого — в этом году Джексоны съехали из «Хозяйки», — сообщил Колин, выпрямившись.

— А еще в августе тридцать шестого был основан Женский общественный клуб — твоя сестра так написала в пригласительном билете, — добавила Уилла, вставая. — Но мне ничего об этом не известно. К сожалению. У меня на чердаке хранятся кое-какие бабушкины вещи. Я покопаюсь в них — вдруг найдется что-нибудь про этого Такера Девлина.

— Было бы здорово, — улыбнулся Колин. — Хочешь заглянуть в «Хозяйку»?

Ей пришлось призвать на помощь всю свою силу воли, чтобы не завопить: «Еще бы!»

Колин направился к огромной филенчатой двери. С обеих сторон ее украшал ряд круглых стекол ручной работы. Слева висела медная пластина с надписью: «Гостиница „Хозяйка Голубого хребта“. Особняк начала XIX века». С виду массивная, дверь открылась на удивление легко.

С трясущимися от волнения руками Уилла переступила порог прошлого. Сначала она увидела парадную лестницу, уходящую вверх длинной широкой дугой. Там, где дуга заканчивалась, висел портрет темноволосой сероглазой женщины в великолепном платье сапфирового оттенка. Женщина глядела задумчиво и печально.

А ведь бабушка жила в этом доме. Невероятно, но Джорджи в кресле-каталке и Джорджи, когда-то порхавшая среди этих дивных, пышно убранных покоев, — один тот же человек. Уилле очень хотелось испытать особую связь с этим местом, ощутить хоть что-нибудь... Но она стояла, смотрела по сторонам — и не чувствовала ничего.

Вообще ничего.

Передняя превратилась в холл гостиницы. За темно-вишневой стойкой регистрации женщина, одетая в джинсы и футболку, разговаривала по телефону. Увидев Колина, она помахала ему рукой.

Колин помахал в ответ и повел свою спутницу в правое крыло дома. Пройдя через арку, они оказались в просторном обеденном зале, который утопал в солнечном свете, льющемся из огромных, во всю стену, окон. Все пространство было занято несколькими десятками круглых столиков, внушительным камином и расставленными вокруг него старинными стульями.

— Пэкстон говорит, что нашла шеф-повара, который возглавлял ресторан в пятизвездочном отеле. У него превосходные рекомендации. «Ребекку» скоро откроют, вот только все столики здесь уже забронированы чуть ли не до начала следующего года.

— Почему «Ребекка»? — не поняла Уилла.

— В честь жены твоего прапрадеда. Это ведь для нее он построил «Хозяйку Голубого хребта».

— Вот как, — смущенно пробормотала Уилла, не решаясь признаться, что впервые об этом слышит.

Они покинули зал, и Колин повел ее к арке с противоположной стороны холла, пояснив:

— Раньше это была библиотека, а теперь — гостиная. Постояльцы будут пить здесь чай.

Отделка гостиной, как и почти всего первого этажа, была выполнена в темных тонах. Камин ничем не отличался от того, который они видели в обеденном зале, разве что обрамлением в виде книжных полок со старинными книгами. Повсюду стояли кушетки и стулья, обитые цветастой тканью.

Внезапно на пороге комнаты возникла женщина — та самая, что сидела за стойкой регистрации.

— Извини, Колин, у нас тут постоянно какие-то проблемы! Я уже с ног сбилась, чтобы найти поблизости прачечную. Пэкстон меня огорошила, спросив, сможем ли мы после приема оставить гостей на ночь.

Колин счел нужным представить их друг другу:

— Уилла, это Мария, наша управляющая. Пэкстон переманила ее из «Гран Деверо Инн» в Чарльстоне. Таких профессионалов поискать. Мария, перед тобой Уилла Джексон, прямой потомок первой хозяйки Голубого хребта. Особняк был построен ее предками.

— Для меня это большая честь, — сказала Мария. — Добро пожаловать, Уилла.

— Спасибо, — пролепетала та в ответ.

Ей становилось все больше не по себе, краска смущения заливала шею, подбираясь к лицу. Она здесь лишняя. И всегда это понимала. Ее семья десятки лет назад лишилась прав на этот дом, вот почему Уилла даже не приближалась к нему. Но с самого детства в ее душе теплилась надежда на чудо: она представляла, как в один прекрасный день вдруг выяснится, что произошла какая-то ошибка и на самом деле все это принадлежит ей, Уилле Джексон.

— Вот Мария подтвердит, что здесь водятся привидения, — произнес Колин. — Ты же видела плывущую по воздуху шляпу?

Управляющая засмеялась:

— Да мне просто померещилось. Если тебе говорят, что в доме водятся призраки, то поневоле каждый шорох будешь списывать на их проделки.

— Я собирался показать Уилле второй этаж. Комнаты для гостей еще не заперты?

— Нет, — ответила Мария. — Приятной экскурсии.

Они вернулись в холл.

— Там, за стойкой регистрации, — банкетный зал, — рассказывал Колин, пока они поднимались по лестнице. — В нем и будет проходить торжество.

Он остановился у портрета дамы в сапфировом платье.

— А это — Ребекка Джексон, твоя прапрабабушка. Картину нашли в чулане завернутой в одеяла. Просто удивительно, что за все эти годы она не стала добычей мародеров.

Уилла не отрываясь смотрела на портрет. Значит, вот какая бабушка была у ее бабушки. А Джорджи, интересно, ее застала?

— У меня такие же глаза, — вдруг вырвалось у нее.

— Я знаю.

— Никогда ее прежде не видела.

Колин покачал головой:

— Не понимаю, почему Пэкстон не приглашала тебя сюда во время реставрации.

— От меня бы все равно не было толку, — заверила его Уилла. — А Пэкстон и сама блестяще справилась.

— Что ж, пойдем, покажу тебе гостевые комнаты, — предложил Колин и направился дальше, но Уилла не шелохнулась.

— Не нужно. Хватит на сегодня.

— Что случилось?

— Ничего. Это место великолепно. Спасибо, что показал мне его, но я должна идти. Очень жаль, что не смогла помочь тебе с кладом.

Если, как Уилла думала, все это не имеет к ней отношения, то почему же тогда ей так тяжело?

Она уже собралась спуститься с лестницы, как вдруг пол задрожал у нее под ногами.

Уилла замерла. Взглянув в темные глаза Колина, она поняла, что и он растерян ничуть не меньше.

— Ты тоже почувствовал? — прошептала она.

— Да, — ответил он и нахмурился. — Не нравится мне это.

— Это... это призрак, да?

Несколько секунд Колин смотрел на нее, улыбаясь от умиления, а потом помчался вниз по лестнице. Девушка бросилась следом и вместе с ним выбежала из дома. Снаружи трясло еще сильнее. В недрах земли слышался какой-то гул, а массивная люстра, висевшая в портике, раскачивалась из стороны в сторону.

Колин вгляделся в даль: там, где раньше росло персиковое дерево, зияла внушительных размеров яма.

— Похоже на взрыв газа, но сомневаюсь, чтобы строители могли задеть газопровод — он проходит не здесь. А места остальных коммуникаций мы пометили.

Гул усиливался, казалось, еще чуть-чуть — и барабанные перепонки не выдержат.

— Сейчас рванет! Давай в дом, живо!

Колин подбежал к краю портика и замахал руками, стараясь привлечь внимание рабочих.

— Уходите оттуда! — крикнул он. — Быстро уходите!

Услышав его, рабочие тут же со всех ног кинулись прочь от раскопа.

Колин повернулся и увидел Уиллу. Она все еще стояла в портике, одной рукой цепляясь за колонну, чтобы не упасть. Он подскочил к ней, схватил в охапку и, не давая девушке опомниться, вместе с ней прижался к стене. С каждой секундой мир вокруг сотрясался все сильнее, и Уилла уже не сомневалась: сейчас случится что-то ужасное. Раздастся взрыв... земля расколется пополам... нечто вырвется на поверхность... Она зажмурилась и спрятала лицо на груди у Колина, вцепившись ему в рубашку. И вдруг, в один миг, все закончилось. Гул и дрожание, достигнув своего пика, резко прекратились, и воцарилась пугающая, сверхъестественная тишина, которую нарушал лишь скрип покачивающейся люстры.

Колин отстранился и посмотрел на Уиллу. Несколько долгих мгновений они не сводили друг с друга глаз, а потом одновременно повернулись туда, где стоял экскаватор. На нем уже устроились какие-то черно-желтые птицы — их явно заинтересовало содержимое ямы. Один из рабочих осторожно приблизился к краю раскопа. Заглянув туда, он изменился в лице.

— Что там? — крикнул ему Колин.

Парень озадаченно поправил каску и крикнул в ответ:

— Вы лучше сами посмотрите!

Колин повернулся к Уилле.

— Тебя не задело? — спросил он, погладив ее по щеке.

Уилла мотнула головой и медленно разжала кулаки, выпуская его рубашку. Колин сбежал вниз по ступеням портика и зашагал к раскопу. Девушка, переведя дыхание, пошла за ним.

Колин немного опередил ее. Заглянув в яму, он ошеломленно произнес:

— Черт возьми.

— Да что там такое? — спросила она.

— Сдается мне, мы нашли хозяина чемодана, — ответил Колин.

Уилла заглянула в раскоп. Сначала она не увидела ничего, кроме большого белого камня, но уже через пару секунд поняла, что ошиблась. Это был не камень, а человеческий череп.

Глава 6

СКАЗКА

Пэкстон плавала кругами, пока у нее не онемели руки.

Она гребла так исступленно, словно спасалась бегством: еще один рывок — и она окончательно оторвется от невидимых преследователей. Наконец, выбившись из сил, девушка легла на спину. Уже стемнело, но яркое освещение бассейна не давало увидеть на небе звезды. Вот бы навечно остаться здесь, ничего не слыша, отгородившись от всего мира.

Хотя это все равно не поможет. Да и мать скоро выйдет крикнуть, что пора вылезать из воды. Пэкстон встала на дно, убрала с лица мокрые волосы и, положив руки на голову, сделала глубокий вдох. Она непременно найдет решение. Любую проблему можно решить, если задаться целью.

Постепенно до Пэкстон дошло, что она уже не одна. Девушка и сама не поняла, в какой именно момент это заметила. Так бывает ночью, когда медленно просыпаешься оттого, что в окно монотонно барабанит дождь. Она огляделась — и в одном из шезлонгов увидела Себастиана. Его пиджак лежал на соседнем кресле. По выражению его лица было совершенно невозможно догадаться, о чем он думает. Пэкстон уже давно поняла, что этот человек умеет мастерски скрывать свои эмоции, если захочет.

— Себастиан? Ты что здесь делаешь?

Он никогда не бывал у нее дома. Подплыв к лестнице, Пэкстон выбралась из воды, схватила полотенце, лежавшее на краю бассейна, и, вытираясь на ходу, направилась к Себастиану. Ей было довольно неловко, ведь он в первый раз видел ее в купальнике. Хотя какое это имеет значение? Для него — уж точно никакого.

Себастиан поднялся, взял с шезлонга пиджак и перекинул его через плечо.

— Я услышал, что рядом с «Хозяйкой Голубого хребта» нашли скелет. Мне хотелось убедиться, что ты в порядке. А на звонки ты не отвечала.

— Все нормально, все непременно наладится.

Эту фразу Пэкстон твердила про себя уже несколько часов: вдруг, если повторить ее много-много раз, то так оно и будет?

— А как ты сама?

— Тоже нормально.

Пэкстон закуталась в полотенце, придерживая его рукой у груди, чтобы не распахнулось, и бросила взгляд на коттедж: интересно, как мать пережила визит Себастиана?

— Не верится, что ты отважился встретиться с моими родителями, лишь бы узнать, как я тут. Надеюсь, они тебе не нагрубили?

— Я давно привык к косым взглядам, — уклончиво ответил Себастиан. — Главное, твоя мать меня впустила. Пятнадцать лет назад об этом можно было лишь мечтать. За меня не беспокойся — я с чем угодно справлюсь.

Почему-то эти слова задели девушку. Она и сама не могла бы объяснить почему.

— А я, по-твоему, не справлюсь?

Себастиан внимательно посмотрел на нее, но ничего не ответил. Если он и правда так думает, то его можно понять. Ведь по большому счету Пэкстон Осгуд никогда не приходилось в одиночку бороться с трудностями. И живет она до сих пор с родителями.

— Пойдем внутрь, — сказала Пэкстон, направляясь к домику у бассейна. Она еще раз взглянула на коттедж: за стеклянными дверями уже стояла София, не сводившая с них обоих глаз. — Давно ты здесь сидишь?

— Не очень. Ты отлично плаваешь на спине.

Пэкстон зашла в домик первой, за ней Себастиан. Она поспешно собрала листы с записями, лежавшие на кофейном столике, и сунула их в сумку.

— Хочешь чего-нибудь выпить? Правда, кроме виски, больше ничего нет.

В прошлом году после ремонта коттеджа мать перенесла все спиртное в домик у бассейна, но после переезда сюда Пэкстон она убрала все бутылки, оставив лишь виски, которое дочь не любила. Пэкстон уже подумывала о том, что ей не помешало бы пополнить запасы. У Себастиана, например, всегда большой выбор напитков. Однако для этого нужно пойти в главный дом, где мать непременно спросит встревоженным голосом, не много ли она пьет. Как будто не знает, что Пэкстон вообще не любительница крепких напитков: чтобы опустошить свой — очень скудный — бар, ей понадобился целый год.

— Не хочу, спасибо, — ответил Себастиан, осматривая комнату.

Мать Пэкстон, в порыве признательности дочери за ее решение не покидать родное гнездо, приказала основательно обновить домик, чтобы сама обстановка располагала к расслаблению и отдыху. Вышло довольно несуразно: сама Пэкстон бы в жизни не выбрала эту бело-золотистую гамму, эту мягкую квадратную мебель, этот ковер... Если в «Тенистом дереве» все говорило о вкусах и характере Себастиана, то здесь от Пэкстон не было ровным счетом ничего. Здесь она не чувствовала себя дома. А где вообще ее дом? Иногда ей казалось, что она может быть счастлива в том особняке, который чуть-чуть не купила в прошлом году. Иногда — что в каком-то месте, где еще никогда не бывала. Но в том, что это место существует, Пэкстон не сомневалась ни на секунду. Там пахнет лимонами. Всегда пахнет лимонами. Эта мысль преследовала ее неотступно. А еще — свежескошенной травой и пончиками.

— Значит, у тебя все нормально, — повторил ее слова Себастиан, устраиваясь на диване.

Его не интересовали подробности, связанные со скелетом. Он волновался за нее, Пэкстон. В отличие от всех остальных.

— Ну конечно. — Она попробовала рассмеяться.

Было очевидно, что Себастиан ей не верит. Все-таки он слишком хорошо ее знает. Это даже нечестно.

— Вообще-то, — сказала Пэкстон, — у меня такое чувство, будто мне не хватает воздуха.

— Присядешь?

— Нет. Мне хочется глубоко вдохнуть, свободно подышать, но я не могу. Потому что вот тут, — девушка стукнула себя кулаком в грудь, — стоит какой-то ком. Колин бесится, придумывает запасной план, потому что этот древний дуб привезут уже во вторник и его нужно будет сразу сажать, иначе мы потеряем уникальное дерево. Не говоря уже о нескольких сотнях тысяч долларов, потраченных на него. Но мы даже не знаем, позволит ли нам полиция посадить дуб. Сказать тебе, почему я выключила телефон? — И, не дав Себастиану вставить слово, сама ответила на свой вопрос: — Потому что мне постоянно названивают из клуба и спрашивают, как же нам теперь быть с юбилеем! Некоторые с самого начала хотели устроить его не в «Хозяйке», а в загородном клубе, но их оказалось меньшинство. А сегодня они позвонили в этот клуб и забронировали его на вечер приема, как и мечтали! Им будто не терпится поскорее убедиться, что из-за этого скелета все наши труды пойдут прахом!

Управляющая гостиницы говорит, что уже поступило несколько звонков: люди волнуются — стоит им отменять бронь или нет? И это учитывая, что «Хозяйка Голубого хребта» официально откроется только в сентябре! В сентябре!

Выкрикнув последние слова, она судорожно начала хватать ртом воздух.

Себастиан поднялся с дивана и подошел к Пэкстон. Он взял ее за руки и, глядя прямо в глаза, тихо произнес:

— Пэкс, ты не можешь контролировать все на свете. Сколько раз я тебе об этом говорил. У тебя феноменальная способность вмешиваться в естественный ход вещей. Погоди немного — и увидишь: как только шумиха стихнет, никто и не заикнется, что прием нужно устраивать в другом месте. Сейчас люди истерят и напиваются дрянным вином — не мешай им. Пусть напиваются — а наутро пожалеют о содеянном. Позволь им и это тоже. А на каждого передумавшего всегда найдется тот, кто с удовольствием остановится в «Хозяйке». Многих притягивают зловещие тайны.

— Но я вовсе не планировала зловещую тайну! — взвизгнула Пэкстон. — Я хотела, чтобы все было идеально!

— Ничто не идеально. Даже то, что на первый взгляд кажется таковым.

Пэкстон покачала головой. Ей это прекрасно известно. Вот только она не умеет иначе. И никогда не умела. В детстве она рыдала, если не получалось заплести одинаковые косички или если на уроке танцев кто-то танцевал лучше ее. Она бы очень хотела стать другой, но как?

— Милая, расслабься, — сказал Себастиан и обнял ее. (И не важно, что она мокрая. Вот почему Пэкстон так его любит.) — Пусть все идет своим чередом.

Девушка не могла обнять его в ответ, поскольку боялась выпустить из рук полотенце. Но ей нравилось стоять вот так, завернувшись в его объятия, как в кокон, — от этого она чувствовала себя маленькой и хрупкой. Она положила голову ему на плечо, ощущая на шее тепло его дыхания.

Он наверняка услышал, как учащенно забилось ее сердце.

Пэкстон казалось, будто кто-то накинул на них петлю и с каждой секундой затягивает ее все сильнее, не позволяя им оторваться друг от друга. Безысходность и страстное желание заставили девушку забыть обо всем на свете. Полотенце соскользнуло на пол. Она прижалась к Себастиану и обвила руками его шею. Приблизившись к его лицу, слегка потерлась щекой о его щеку, шероховатую от едва заметной щетины.

Пэкстон слишком устала, чтобы бороться с собой. Это единственное, что она могла бы сказать сейчас в свое оправдание. Девушка медленно повернула голову и прикоснулась губами к губам Себастиана. Запустив пальцы в его волосы, она его поцеловала. Через краткое мгновение она поняла, что Себастиан вовсе не против. Он ответил на ее поцелуй! Душа Пэкстон запела! Она сама не помнила, как подтолкнула его к кушетке. Она целовала его, усевшись сверху, как наездница. В ее власти смести все барьеры между ними, заставить его вспомнить тот возбуждающий момент, как много лет назад, целуя кого-то другого, он посмотрел ей в глаза. Он может полюбить ее так же, как она сама любит его. Если она постарается.

— Пэкстон... — прохрипел Себастиан в перерыве между ее поцелуями. — Подумай как следует. По-твоему, это хорошая идея?

Пэкстон открыла глаза и медленно отстранилась от него. Оба тяжело дышали. Из-за выступившего на щеках румянца Себастиан казался еще красивее. Его руки сжимали ее ягодицы.

Что она творит? Когда Себастиан посоветовал ей расслабиться, он явно имел в виду не это. Но тогда почему он ее не останавливает? Господи, неужели из жалости?

Пэкстон вскочила на ноги, подобрала с пола полотенце и поспешно в него завернулась. Себастиан остался на кушетке. Он сидел неподвижно, опустив голову и вытянув перед собой руки, сцепленные в замок. Его дыхание было по-прежнему неровным. Молодой человек уставился в пол, пытаясь собраться с мыслями.

Наконец он поднялся и произнес:

— Думаю, мне пора.

Пэкстон молча кивнула и через силу улыбнулась. Она все поняла.

Не сказав больше ни слова, Себастиан ушел.

Итак, подведем итоги. Она не съехала от родителей, потому что не хотела их расстраивать. Ей приходится все делать самой, потому что попросить помощи не позволяет гордость. Предполагалось, что реставрация «Хозяйки Голубого хребта» укрепит добрую репутацию семьи Осгуд, но появился какой-то скелет и спутал все карты. Торжество по случаю семидесятипятилетия Женского общественного клуба должно было стать величайшим ее достижением как президента, но и оно под угрозой срыва. И наконец, всего за несколько минут она умудрилась превратить в прах то, что считала самым дорогим, поддавшись искушению и приняв желаемое за действительное.

Какая насыщенная жизнь. И какая чудовищная пустота.

Пэкстон подошла к бару, достала бутылку и налила себе виски. Взяв стакан, она сделала глубокий вдох и, морщась от отвращения — ну и мерзость, — выпила его залпом.

Сырой ночной воздух врывался в машину, приятно освежая и не давая Уилле клевать носом. У нее был очень длинный день. Каждую пятницу Рейчел устраивала пикник, на который обязательно звала Уиллу, но та традиционно отказывалась. На пятницу у нее и своих планов хватало. Пропылесосить комнаты, например. Или отправиться на пробежку, чтобы поразмяться и растрясти калории от съеденных за рабочий день печенек. И это лишь часть ее обычных пятничных безумств. Но из-за этого черепа у Уиллы пропало желание проводить вечер в одиночестве, а от Колина не было вестей с тех пор, как он отвез ее в магазин и, попросив прощения за спешку, тут же помчался назад в «Хозяйку».

Поэтому, закрыв магазин, они вместе отправились к Рейчел, и вот семь часов спустя она наконец едет домой. Семь часов — это очень много. По крайней мере, для Уиллы. Но когда она уезжала, веселье было в самом разгаре. Пусть Рейчел и мудра не по годам, но на вечеринке она отрывается так же лихо, как и ее сверстницы. Все-таки восемь лет — это серьезная разница в возрасте. Не то чтобы эти ребята вызывали в ней тоску по прошлому: в двадцать два года Уилла бросила колледж, много пила и тусовалась с утра до ночи. Просто, глядя на них, она захотела снова испытать, каково это — жить здесь и сейчас, наслаждаясь моментом.

Попрощавшись со всеми, она поехала обратно в Уоллс-оф-Уотер. (Рейчел со своим парнем снимали крошечный домик почти на границе округа.) Через несколько миль впереди замаячил круглосуточный магазинчик «Подзаправься!». Летом его особенно любили студенты, потому что пиво здесь было дешевое, а удостоверение личности спрашивали редко. На парковке стояло несколько машин, и Уилле, зевающей от усталости, показалось, что она узнала одну из них.

Может, ее зрение подводит?

Она сбросила газ, чтобы получше рассмотреть автомобиль.

Так и есть: белый «БМВ» Пэкстон Осгуд.

А вот и его хозяйка — как раз выходит из магазинчика.

Что, скажите на милость, делать Пэкстон Осгуд в таком сомнительном месте, да еще в столь поздний час?

Уиллу разобрало любопытство. Она резко затормозила и свернула на обочину. Мимо, недовольно просигналив в ответ на ее маневр, промчалась какая-то машина.

И тут Уилла увидела, что следом за Пэкстон идет их бывший одноклассник Робби Робертс.

Робби относился к разряду мужчин, которые с годами начинают выглядеть лишь хуже. Он всегда держался нахально, но при желании мог и очаровать. Еще он слишком часто пил, работал не дольше, чем требовалось для получения пособия по безработице, и, по слухам, жена каждую неделю выгоняла его из дома.

Робби всегда был разгильдяем, но вполне безобидным. Такие никогда не лезут на рожон.

Но вот его дружки, которые околачивались возле магазина, были явно другого склада.

Уилла не слишком хорошо представляла, какая Пэкстон Осгуд на самом деле, но одно она знала наверняка: эта девушка в любой ситуации может постоять за себя и в телохранителях не нуждается. Есть в ней что-то особенное, что заставляет окружающих притихнуть и внимательно слушать, и даже вечные каблуки и высокий рост не портят общего впечатления. «Не стоит со мной тягаться» — вот что говорит всем своим видом Пэкстон Осгуд.

Но чем дольше Уилла наблюдала, тем яснее ей становилось, что Пэкстон, в кои-то веки, совершенно не владеет ситуацией. В легком летнем платье и украшенных ярко-красными розами босоножках на каблуках, она топталась у дверей этого паршивого магазинчика где-то на окраине города, а какие-то мужики не давали ей пройти. В обеих руках она держала пакеты, в которых, судя по всему, были бутылки вина и пачки чипсов. С трудом верилось, что Пэкстон Осгуд питается чипсами, запивая их дешевым спиртным. Ее хорошенькое круглое лицо обрамляли пряди выбившихся из тугого узла волос. Она выглядела растерянной и слегка пошатывалась.

Неужели пьяна?

Уилла бы непременно сочла это зрелище смешным и от души повеселилась, глядя, как пьяная вдрызг мисс Совершенство, одно присутствие которой вызывает у любой женщины чувство неполноценности, с грохотом падает со своего пьедестала... Если бы не окружившие Пэкстон мужчины.

Между всеми представительницами слабого пола существует необъяснимое, но бесспорное взаимопонимание. Каждой женщине ведом страх оказаться беспомощной перед лицом превосходящей силы. У каждой начинает бешено колотиться сердце при мысли, каково это — когда тебя преследуют. Когда в окно машины раздается стук и незнакомец просит его подвезти. Когда, выпив слишком много, не решаешься отказать. Когда с улыбкой сносишь посягательства мужчин, опасаясь задеть их чувства или показаться нелепой... Даже если с тобой ничего подобного не случалось, тебе все равно это знакомо. Часть так называемого «коллективного бессознательного».

Уилла попросту не могла бросить Пэкстон в такой ситуации. Что именно делать, она не знала, но тратить время на раздумья было непозволительной роскошью. Резко надавив на газ, она рванула через дорогу и влетела на парковку магазина. Пусть у нее сегодня все не как у людей, зато от скуки она точно не умрет.

И пусть она никогда и никому — даже самой себе — не признается, но ей определенно по вкусу этот день!

Уилла остановилась прямо перед развеселой компанией, направив на них свет фар. Один из отморозков схватил Пэкстон за руку. Та вырвалась, но не успела ступить и пары шагов, как путь ей преградил второй.

Уилла достала из сумки перцовый газовый баллончик и, распахнув дверь, спокойно сказала:

— Привет, Пэкстон. — (Сердце прыгало в груди как сумасшедшее. Вот это адреналин!) — Что ты тут делаешь?

Парни обернулись. Пэкстон вскинула голову, и Уилла прочла в ее глазах ужас. Первобытный ужас. Это был взгляд лани, окруженной стаей волков. *«Помоги мне»*.

— Ты глянь — мини-версия! Теперь точно на всех хватит, — ухмыльнулся верзила, вцепившийся Пэкстон в руку.

Он любил причинять боль. Это было видно невооруженным глазом. Когда-то причинили боль ему — он начал срываться на других и вошел во вкус. Жестокость стала для этого парня настолько естественной, что он смотрел на окружающих и представлял синяки на их лицах. Все это Уилла поняла, как только поймала его взгляд, скользнувший по ее шее и скулам.

— Давай ты просто ее отпустишь? Я на все сто уверена, что девушке хочется домой, — произнесла она бодрым голосом.

Она так исступленно сжимала баллончик, что костяшки пальцев побелели. Зрение и слух вдруг обострились, ни одна мелочь не ускользала от ее внимания.

Робби заржал. В школе он водился с самыми отпетыми хулиганами, но не потому, что сам был таким. Просто он умел им подыграть и сойти за своего. И, как многие, быстро смекнул, что лучше подыгрывать, чем оставаться за бортом.

— Да ладно тебе, Уилла! Когда еще нам повезет встретить подвыпившую королеву бала? Она, между прочим, прислала мне любовное письмо! А потом давай отпираться, и все смеялись надо мной, будто я идиот. Но письмо-то было! Признайся, Пэкстон, ведь было?

— Господи, Робби, да это я прислала тебе его, — устало произнесла Уилла. — Я была Шутником и творила разные глупости вроде того письма. Пэкстон и понятия о нем не имела.

Пока Робби переваривал услышанное, Уилла решительно подошла к двери магазина, приоткрыла ее и крикнула парню за прилавком:

— Звоните девять-один-один!

Тот оторвался от журнала, посмотрел на Уиллу как на пустое место и снова опустил голову.

— Это мой брат, — нахально заявил второй приятель Робби. — И он не будет никуда звонить.

Уилла медленно отступила назад. Выход один: быстро добежать до джипа, заблокировать двери, набрать 911 и отсидеться до приезда полиции. Но как же Пэкстон? Что в такой ситуации может быть страшнее для женщины, чем видеть, как единственный человек, который в силах тебе помочь, отвернулся от тебя? Пэкстон, казалось, прочла ее мысли и умоляюще заглядывала Уилле в глаза.

— Пэкстон, бросай пакеты, — сказала наконец Уилла.

— А как же...

— Просто брось их, ладно? Давай прокатимся на моем джипе.

— У меня есть своя машина, — упрямо возразила Пэкстон.

— Я знаю. Но мы поедем на моей, хорошо?

Уилла сделала едва заметный жест рукой, и Пэкстон, опустив глаза, увидела баллончик. Она послушно бросила пакеты на бетонный пол. Раздался жалобный звон разбитого стекла.

— Никуда она не пойдет, — рявкнул верзила, схвативший Пэкстон. — Разве что со мной за угол.

Сделав глубокий вдох, Уилла подняла баллончик и направила его верзиле в лицо. Она надеялась, что до этого не дойдет, но — сами напросились. И теперь не колебалась ни секунды. В годы шальной юности она опустошила не один баллон аэрозольной краски, разрисовывая все подряд, так что рука у нее была набита. Первому струя попала прямо в лицо. Второй увернулся, но Уилла нагнала его у входа в магазин, и он тоже получил свое. Расправившись и с ним, Уилла со всех ног кинулась к Пэкстон и схватила ее за руку, выронив баллончик.

Они почти добежали до джипа, как вдруг перед ними вырос Робби. Верзила отчаянно кашлял и тер глаза, но от этого они горели еще сильнее, а он зверел все больше и орал, чтобы Робби «хватал уже наконец этих сучек». Второй парень заскочил в магазин, что-то крикнул продавцу, и тот кинулся к дверям. Обороняться девушкам было уже нечем.

— То письмо и правда написал Шутник? — спросил Робби.

— Правда, — ответила Уилла.

— Вот как? Тогда извини, Пэкстон.

Пэкстон уже почти висела на Уилле, и та не сомневалась, что от ее мертвой хватки у нее останутся синяки.

Ни с того ни с сего Робби вдруг упал на колени и закричал, закрывая лицо руками, словно в него тоже брызнули слезоточивым газом. Уилла с изумлением наблюдала за его нелепым представлением, как вдруг Робби поднял на нее глаза и процедил сквозь зубы:

— Да бегите же, черт вас дери!

Повторять ему не пришлось.

Уилла прыгнула за руль, Пэкстон обессиленно рухнула на пассажирское сиденье. Уиллу трясло так, что ей не сразу удалось справиться с коробкой передач. В детстве, проведя целую ночь за подготовкой к какому-нибудь грандиозному розыгрышу, она тайком пробиралась в свою комнату и ее точно так же колбасило. Но не потому, что она чувствовала себя плохо, — скорее это было ощущение долгожданной разрядки. Совладав с дрожью, Уилла резко дала задний ход, выруливая с парковки. Пэкстон качнуло, и она бы вывалилась из машины, не ухвати ее Уилла за платье.

Они выехали на дорогу, тянущуюся параллельно шоссе, и только тогда Пэкстон наконец смогла сидеть прямо. Их волосы бешено развевались, а тишину нарушали лишь рев мотора да хлопающая на ветру одежда. Уилла беспокойно поглядывала в зеркало заднего вида, пока ей не стало ясно, что никто не собирается их преследовать.

Долгое время они ехали молча. Пэкстон заговорила первой:

— У тебя есть салфетки?

Слезы ручьями бежали по ее щекам, из носа текло.

— В бардачке поищи.

Немного повозившись, Пэкстон достала пачку салфеток.

— Я не плачу, — уверила она Уиллу.

— Ясно.

— Нет, правда не плачу. Просто ты в меня газом попала.

— Ой, — опешила Уилла, — прости. А я-то думала, что хорошо целюсь.

Пэкстон смешно шмыгнула носом, и Уилла улыбнулась. Пэкстон долго сморкалась, а потом, видя, что они уже пересекли черту города, спросила:

— Куда мы едем?

— К тебе домой.

Пэкстон запаниковала.

— Нет, только не домой! — воскликнула она. — Сейчас же выпусти меня! — И принялась дергать ручку двери.

Боясь, как бы Пэкстон не выпрыгнула из машины на полном ходу, Уилла съехала на обочину и остановилась. Теперь, когда адреналин уже не будоражил кровь, она со всей ясностью осознала, во что влипла: у нее на руках пьяная Пэкстон Осгуд, и что с ней делать — совершенно непонятно.

— Тогда куда тебя отвезти?

Они были в районе, где жила Пэкстон. Впереди возвышался дом, похожий на старинный английский особняк. Там залаяла собака.

— К Кирсти Лемон?

Откинувшись на спинку сиденья, Пэкстон пробормотала:

— Боже упаси. Вот уж она обрадуется, узрев меня в таком виде.

— Я думала, вы подруги.

— Черта с два, — буркнула Пэкстон.

Уилла изумленно уставилась на нее. Женщины из клуба всегда держатся вместе и так друг на друга смотрят, словно посвящены в какой-нибудь известный только им секрет. По крайней мере, ей так казалось.

— Тогда к Себастиану?

Немного подумав, Пэкстон еле слышно произнесла:

— Не надо.

Оставался последний вариант. Да за что же ей это? Уилла резко развернула джип на сто восемьдесят градусов.

— Интересно, что ты делала в «Подзаправься!» в час ночи? — спросила она, глядя на дорогу.

— В это время спиртное больше нигде не купишь. И еще я не хотела, чтобы меня видели, — призналась Пэкстон, потирая глаза. — Ужасно чешется. А ведь в меня совсем чуть-чуть попало. Надеюсь, эти сволочи только через неделю очухаются.

— Да туда в такой час никто в здравом уме не сунется. Даже студенты не рискнут.

— Мне-то откуда знать? — ощетинилась Пэкстон. — Я там раньше никогда не бывала.

— А сегодня почему вдруг решила побывать?

— Хотела напиться, потому что жизнь — дерьмо.

Это у нее-то жизнь — дерьмо, у Пэкстон Осгуд? Ну-ну.

— Тебе что, дома выпить нечего?

— Уже нечего, — промямлила Пэкстон.

— Во всем вашем необъятном коттедже закончился алкоголь? — не поверила Уилла.

— Я выпила все, что было в *моем* доме. В том, который у бассейна. А идти к родителям — нет уж, спасибо. Мать бы мне такое устроила. Она мне вечно жизни не дает. А знаешь, кто еще мне жизни не дает? Эти дамочки из Женского общественного клуба! Один несчастный скелет — и они уже готовы поставить крест на всей нашей работе! А у самих целая куча таких скелетов по шкафам попрятана! Ты бы их слышала! — Пэкстон развернулась, и Уилла почувствовала на себе ее пристальный взгляд. — И ты мне тоже жизни не давала. В школе.

— Это было всего один раз, — сказала в свое оправдание Уилла.

— Поверить не могу, что это ты написала Робби Робертсу.

— Прости. — Уилла остановилась у бордюра и выключила двигатель. — Мне правда очень жаль.

— Я помню ту записку. Ты так здорово скопировала мой почерк. Я даже сама сначала засомневалась. Ты могла бы зарабатывать на жизнь подделкой документов.

Уилла вышла из машины:

— Да уж. Представляю, как бы отец мною гордился.

Пэкстон только сейчас поняла, что они уже приехали.

— Где это мы? — спросила она, вертя головой во все стороны.

— У моего дома. Пошли.

— Ты позволишь мне переночевать в твоем доме?

— До отеля «Ритц» отсюда далековато.

Пэкстон не очень твердо держалась на ногах, поэтому Уилле пришлось поддерживать ее за локоть, пока она поднималась по ступенькам. В доме Уилла довела Пэкстон до дивана и принесла ей одеяло и подушку.

Пэкстон разулась и, взбивая подушку, восхищенно произнесла:

— Потрясающий диван.

— Я подумываю назвать его Мемориальный диван Осгудов. Твой брат тоже на нем спал.

С этими словами Уилла ушла на кухню и вернулась оттуда с намоченным холодной водой полотенцем. Она протянула его гостье.

— Мой брат к тебе неравнодушен, — сообщила та, ложась на спину и прижимая полотенце к опухшим глазам. — Как-нибудь попроси его остаться.

Уилла встряхнула одеяло и укрыла Пэкстон.

— Мы с твоим братом не особенно близки.

— Ну так будете. А знаешь почему? Потому что так надо. Это же сказка. Вы встречаетесь, влюбляетесь, целуетесь — причем никого из вас не передергивает от отвращения! — потом женитесь, заводите детей и живете долго и счастливо.

— Про «не передергивает от отвращения» мне особенно понравилось, — улыбнулась Уилла.

— Я знаю, о чем говорю. Я люблю Себастиана Роджерса. А он меня не любит.

Как ни странно, Уиллу ее признание ничуть не удивило. Она заперла дверь и, выключив свет, сказала в темноту:

— Не такая уж у тебя и гламурная жизнь, оказывается.

— Что тебя навело на эту мысль? Поездка за вином в «Подзаправься!» или признание в том, что я влюблена в мужчину, который, скорее всего, гей?

Несмотря на ее насмешливый тон, Уилла почувствовала, что Пэкстон не шутит.

— И то и другое, — ответила она.

Пэкстон тихонько рассмеялась. Уилла поняла, что она давно уже привыкла к такому отношению со стороны окружающих.

И тут случилось нечто из ряда вон выходящее.

Уилле стало жаль Пэкстон Осгуд.

Это было уже слишком. Хватит с нее на сегодня откровений. Чуть не падая от усталости, Уилла поплелась к лестнице, ведущей в ее спальню.

— Спасибо, Уилла, — услышала она за спиной.

— Не за что, Пэкстон.

Глава 7

РОДСТВЕННЫЕ УЗЫ

Кое-как разлепив склеившиеся ресницы, Пэкстон открыла глаза.

Она приподнялась, опершись на локти, но даже это нехитрое движение отозвалось мучительной болью во всем теле, и Пэкстон застонала. Превозмогая страдания, она села и огляделась.

Домик был маленький, со старомодной мебелью, не считая этого серого, невероятно мягкого дивана. На подоконнике панорамного окна сидела черно-желтая птичка и с любопытством заглядывала внутрь. Пэкстон уставилась на нее как завороженная. Внезапно тишину прорезал непонятный высокий звук. Девушка дернулась, и птичка испуганно упорхнула.

Пэкстон схватилась руками за голову: что это за кошмарный звон?

Послышались чьи-то шаги. В комнату, шаркая и спотыкаясь, ввалилась заспанная Уилла. Хлопковые шорты и майка были измяты, на голове колыхалось пушистое облако волос.

Пэкстон часто казалось, что Уилла похожа на светлоглазых, не по возрасту серьезных детей с очень старых фотографий. Ей не хватало лишь белой муслиновой кофточки, огромного банта и фарфоровой куклы в руках. Рядом с ней Пэкстон всегда было не по себе.

— Я думала, что отключила твой телефон. Он вчера просто разрывался, словно в него сам дьявол вселился.

Она схватила раскладушку Пэкстон (до которой только сейчас дошло, что ее сотовый лежит рядом на кофейном столике) и щелчком открыла крышку.

— Слушаю. — Пауза. — Нет, это Уилла... А кто ее спрашивает? — Тут рука ее, которой она прикрывала глаза от солнечного света, безвольно упала. — Ясно, — пробормотала Уилла и протянула телефон хозяйке. — Это тебя.

Пэкстон осторожно взяла раскладушку. Главное — не делать резких движений, чтобы ненароком не отвалилась голова.

— Естественно, телефон-то мой.

Нахмурившись, Уилла отвернулась и вышла из комнаты. Надо же, какие мы по утрам нервные.

Пэкстон поднесла мобильник к уху:

— Алло.

— Я в домике у бассейна, а тебя здесь почему-то нет. Ты где? — Это был Колин.

Пэкстон посмотрела по сторонам:

— Точно не знаю. Кажется, у Уиллы Джексон.

— Так вот почему она взяла трубку вместо тебя. А что ты там делаешь? — полюбопытствовал Колин.

События вчерашнего вечера вдруг всплыли в ее памяти... Она никому о них не расскажет, даже родному брату. Господи, да если всплывет, во что она вляпалась...

— Ты пробыла там всю ночь?

— Похоже на то.

Колин замолчал, и Пэкстон точно знала, о чем он думает.

— Здесь в гостиной бутылка из-под виски. Ты пьяна?

— Уже нет. И убирайся из моего дома!

Он засмеялся:

— Что там у тебя произошло?

— Так я тебе и сказала.

— Рано или поздно я все равно узнаю.

— Только через мой труп, — прорычала Пэкстон.

— Ладно, проехали. Слушай, я вот зачем звоню: похоже, в том, что касается «Хозяйки Голубого хребта», мое мнение совершенно не авторитетно. Все хотят говорить только с тобой. Давай встретимся в полицейском участке? Мне срочно нужно выяснить, когда снимут оцепление: дерево привезут совсем скоро.

— Понятно. — Пэкстон пыталась собраться с мыслями. — Буду там через час.

Она отложила телефон и обхватила голову руками. Даже волосы и те, казалось, болели. Просидев так какое-то время, она услышала голос Уиллы:

— Как ты себя чувствуешь?

Пэкстон подняла глаза: Уилла протягивала ей чашку кофе и пузырек с таблетками.

— Ты меня спасла, — проговорила Пэкстон.

Эта картина все еще стояла у нее перед глазами: яростный свет фар, визг тормозов — и вот из джипа выходит Уилла, спеша ей на помощь. Пэкстон еще никому в своей жизни так не радовалась.

Уилла пожала плечами:

— Ты просто оказалась в неправильном месте в неправильное время.

— Но почему ты вообще решила за меня вступиться?

Что за странный вопрос?

— Если кому-то нужна помощь — надо помочь, разве не так? Я думала, это девиз вашего клуба. Вы же сами неустанно «трудитесь ради всеобщего блага», — процитировала Уилла текст приглашения.

Вот, значит, как. Для нее спасение Пэкстон было своего рода благотворительной акцией. Может, поэтому Пэкстон чувствует себя так паршиво? Или потому, что точно знает: ни одна из подруг по клубу никогда не стала бы рисковать из-за нее? В Женском общественном клубе предпочитают творить добро на расстоянии. А после каждого доброго дела надевают свои лучшие платья и празднуют. Благотворительный фонд Осгудов, которым управляет Пэкстон, действительно помогает людям и признания за это не требует. Тогда почему она не бросит клуб? Потому что он — часть истории, наследия ее семьи. Ведь для нее это очень важно.

Пэкстон проглотила несколько таблеток, запила их крепким кофе — желудок немедленно отозвался недовольным урчанием, — и, поставив чашку и пузырек на кофейный столик, искренне сказала:

— Спасибо тебе, Уилла. Спасибо за все. Мне пора. А где моя сумка? — В ее голосе появились панические нотки. — И машина?

В дверь постучали.

— Где твоя сумка, я не знаю, но машина по-прежнему на парковке возле магазинчика «Подзаправься!». Не бойся, я все предусмотрела, — успокоила ее хозяйка дома, направляясь к двери.

На пороге стоял Себастиан. Взглянув на Уиллу, облаченную в смешную пижаму, он произнес:

— Ты посмотри-ка: а под джинсами и футболками и правда скрывается женщина.

В ответ Уилла театрально воздела глаза к потолку и улыбнулась.

В лучах утреннего солнца казалось, будто вокруг его головы сияет нимб. Только не Себастиан, только не сейчас. Пэкстон вскочила на ноги, намереваясь где-нибудь спрятаться, но тут же пожалела: голову, потяжелевшую, словно налитую свинцом, сжало тисками, и девушка почувствовала легкую дурноту.

— Он-то откуда здесь взялся? — прошипела она.

Уилла закрыла за Себастианом дверь, и он снова стал обычным человеком.

— Он всю ночь тебе названивал. Пришлось встать и взять трубку. Бедняга волновался за тебя. Я сказала, что ты жива и ночуешь у меня.

Себастиан подошел к Пэкстон. Он откинул пряди, падавшие ей на лицо, и посмотрел ей в глаза. Его взгляд воскресил в ее памяти все, что произошло между ними вчера. Все, чего она так желала. И чего он не мог ей дать.

— Уилла забыла упомянуть, что тут не обошлось без алкоголя, причем его, похоже, было немало, — сказал он. — Дорогая, будь твои глаза еще чуточку краснее, ты вполне могла бы сойти за Терминатора.

Пэкстон отступила назад, стараясь не смотреть на Себастиана.

— Я в порядке. Это перцовый газ.

— Что, прости?

Пэкстон бросила быстрый взгляд на Уиллу: та энергично замотала головой. Значит, она ему не сказала.

— Ничего.

Себастиан внимательно посмотрел на Пэкстон, прикидывая что-то в уме.

— Мы с Уиллой договорились, что я отвезу тебя к твоей машине, но сейчас я не уверен, что тебе следует садиться за руль.

— Я смогу вести машину, — отрезала Пэкстон. — Я в норме, не волнуйся. Только сначала схожу в ванную.

— Это в конце коридора, за кухней. — Уилла махнула рукой, и Пэкстон, поблагодарив ее про себя, побрела, пошатываясь, в указанном направлении.

Пройдя через симпатичную кухоньку, где все было желтого цвета, она нашла крошечную ванную комнату. Закрыв за собой дверь, Пэкстон вцепилась в края раковины и начала глубоко дышать, чтобы прогнать тошноту. Господи, предстать перед Себастианом в таком отвратительном виде... Жалкая, умирающая с похмелья Пэкстон посыпает голову пеплом, не в силах достойно справиться с тем, что он ее отверг...

Зачем только Уилла его позвала? А ведь она вчера призналась ей, что любит Себастиана. Выдала свою самую сокровенную тайну. Тайное всегда становится явным, так или иначе.

Девушка умылась холодной водой и кое-как оттерла пятна туши вокруг глаз. Стоп. Она что — вчера накрасилась? Пэкстон осмотрела свой наряд. Надеть красное платье и босоножки на каблуках, чтобы съездить в какой-то зачуханный магазинчик за вином? О чем она вообще думала? Да в том-то и дело, что она вообще не думала. Пэкстон подколола растрепанные волосы в узел, взглянула в зеркало и вздохнула: лучше ее отражение не стало. Твердо решив побыстрее покончить с этой мукой, Пэкстон вышла из ванной.

В гостиной Себастиан и Уилла непринужденно болтали. Завидев ее, оба, как по команде, замолкли.

— Ты готова? — спросил Себастиан.

— Да, поехали. Я помню, что сегодня ты ведешь прием в бесплатной клинике, — сказала она, направляясь к двери. — Спасибо еще раз, Уилла.

— Не за что, — ответила та. — Обращайся.

Они вышли на улицу. Его «ауди» была припаркована рядом. Себастиан открыл перед Пэкстон дверь, и она быстро скользнула на пассажирское сиденье.

Он сел за руль и завел двигатель. Некоторое время они ехали молча, наконец Себастиан спросил:

— Хочешь поговорить о том, что произошло вчера?

— Нет.

— Я не о том, что было между нами, — тихо уточнил он, — а о ваших приключениях с Уиллой.

— Ерунда. Так, наши обычные женские дела, — ответила Пэкстон, глядя в окно. И, слабо улыбнувшись, добавила: — Тебе, наверное, это знакомо.

— У меня нет никаких женских дел, Пэкстон, — холодно произнес он.

Его тон заставил Пэкстон повернуться.

— Я имела в виду другое. То есть я не в буквальном смысле... Я хотела...

— Где твоя машина? — перебил он ее на полуслове.

— На Стейт-булевард. Возле круглосуточного магазинчика «Подзаправься!».

— Почему там? Она что, сломалась?

— Нет.

— Тогда с какой стати ты бросила автомобиль именно там?

Пэкстон снова уставилась в окно:

— Не важно.

Несмотря на ранний час, возле магазина царило оживление: это была обязательная остановка на пути тех, кто отправлялся на работу. Себастиан припарковался у белого «БМВ», который, слава богу, не пострадал. Пэкстон даже представить боялась, как бы она оправдывалась перед Себастианом и родителями, реши эти подонки выместить злобу на ее машине.

— У тебя, случайно, визина нет? — спросила она. — Мать не переживет, если я заявлюсь в таком виде.

— Дома есть, — ответил Себастиан. — Хочешь, заедем?

— Не нужно, спасибо.

В конце концов ей уже тридцать. Она имеет полное право ночевать, где хочет, и возвращаться, когда ей вздумается.

— Не хочу ехать домой, но нужно переодеться.

— Перевези часть одежды ко мне, и вопрос будет решен.

Пэкстон не могла поверить своим ушам. И это он предлагает ей после всего, что между ними произошло?

— Почему ты мне не позвонила, Пэкс? — вдруг спросил Себастиан, и Пэкстон поняла, что он глубоко уязвлен. — Если тебе так не хотелось домой, ты могла бы остаться у меня.

— Уилла предлагала подкинуть меня к тебе, но я отказалась.

— Почему?

— Потому что я напилась. А мы оба знаем: когда я теряю контроль над собой, ничего хорошего не жди.

— Я считаю, ты всегда прекрасна.

Пэкстон больше не могла этого выносить. Только не сейчас. Она открыла дверь:

— Пока. Спасибо, что подвез.

Себастиан схватил девушку за руку, не давая ей выйти из машины.

— Пэкс, я всего лишь хочу помочь.

— Я знаю. Поэтому больше ни о чем тебя не прошу.

Тихо, как мышка, Пэкстон проскользнула в дом, прижимая к себе сумку, которую, оказывается, попросту забыла в машине. Мать всегда спала допоздна, а отец, если случалась хорошая погода, чуть свет отправлялся на поле для гольфа, так что у нее были все шансы пробраться к себе незамеченной.

На цыпочках дойдя до кухни, Пэкстон облегченно вздохнула — теперь-то ей точно нечего бояться! — и улыбнулась Ноле. Крепко сбитая и широкоплечая, с рыжими волосами, тронутыми сединой, и лицом, сплошь усыпанным веснушками, будто его сбрызнули оранжевой краской, Нола энергично месила тесто, и в воздух то и дело поднимались облачка мучной пыли. Настоящая Госпожа Метелица из сказки.

Улыбка медленно сползла с лица Пэкстон, когда ей стало ясно, что они с Нолой на кухне не одни.

— Мама! Ты почему не спишь?

За столом сидела София с чашкой чая. Поверх длинной белой сорочки она накинула халат, волосы были убраны под широкую повязку. В ушах поблескивали бриллиантовые сережки-гвоздики — даже если днем София Осгуд носила другие серьги, эти она неизменно надевала перед сном.

— Ночью я слышала, как ты уехала, — заявила мать.

— Да, — созналась Пэкстон. — Мне не спалось.

— Может, расскажешь мне, где ты пропадала? — потребовала София. — У этого своего Себастиана? Я оторопела, когда он вчера вот так запросто сюда явился! Мне... мне совершенно непонятно, как себя с ним вести. — И она нервно одернула отвороты халата.

— Нет, мама, я встречалась не с Себастианом.

— С кем бы то ни было, мне не нравится, что ты возвращаешься домой в такое время! Именно теперь, когда вокруг только и разговоров что о «Хозяйке Голубого хребта»! И о чем ты только думаешь, Пэкстон? Что на тебя вообще нашло, хотелось бы мне знать?

— Я и сама не пойму, — тихо сказала девушка.

В детстве у Пэкстон были хорошие отношения с матерью. София считала, что с дочерью с первых дней необходимо устанавливать тесную связь, чем и занималась не покладая рук. В подростковом возрасте подружки даже завидовали Пэкстон: все знали, что в воскресенье ее бесполезно куда-либо звать, потому что воскресенья она проводит с матерью. Обе сидели в комнате для отдыха, делали педикюр, ели попкорн, смотрели слезливые фильмы и обмазывались какими-нибудь кремами. Пэкстон помнила, как мать приносила в ее спальню новые, сшитые специально для танцев платья, которых не было видно под слоями тафты; как помогала ей подбирать наряды: вкус у Софии был великолепный. Пэкстон помнила платья, которые мать надевала двадцать пять с лишним лет назад: голубые, из шелка и атласа; белые, сверкающие, как снег на солнце; и розовые, нежные и воздушные. Помнила, как родители танцевали на благотворительных приемах. Пэкстон с малолетства грезила о том же. Не о бесподобных платьях — хотя поначалу ей казалось, что они здесь играют главную роль, — а о том, чтобы счастливо кружиться в нежных объятиях любимого.

Пэкстон начинала понимать, почему за последний год их отношения испортились: мать по-прежнему видела в ней несмышленую девочку, и разубедить ее в этом оказалось почти непосильной задачей.

Пэкстон осторожно попятилась к застекленным дверям кухни.

— Извини, мне пора, нужно переодеться и ехать. Утром звонил Колин: мы встречаемся в полицейском участке, чтобы выяснить, когда снимут оцепление и он сможет посадить дерево.

Губы Софии тронула улыбка.

— Вечно этот Колин со своими деревьями.

Пэкстон тоже улыбнулась. Колин всю жизнь был помешан на деревьях. Он полдетства провел в ореховой роще у коттеджа: часами лежал под деревьями и смотрел вверх, в гущу их ветвей, словно они могли поведать ему тайны мироздания.

Внезапно мать помрачнела:

— Если он первую же ночь по приезде провел бог знает где, это не значит, что ты должна брать с него пример.

К этим двойным стандартам Пэкстон уже давно привыкла. София все силы бросила на воспитание дочери, пытаясь вылепить ее по своему образу и подобию, тогда как Колином занимался отец. По крайней мере, так было принято думать. Как можно воспитывать сына, все время пропадая на поле для гольфа, для Пэкстон оставалось загадкой. Когда же стало ясно, что Колин не собирается оправдывать смутных отцовских надежд, повлиять на него София уже не могла.

Мать встала, вздохнула и обвела кухню сонным, равнодушным взглядом. Всем своим видом она напоминала сейчас героиню какого-нибудь старого фильма.

— Я полежу до завтрака. Нола, разбудите меня, если я вдруг усну, — сказала она и неспешно удалилась.

— А ты завтракать будешь? — спросила экономка у Пэкстон, когда они остались одни.

Девушку передернуло.

— Нет. Я и смотреть-то на еду не могу.

Она вышла из кухни на улицу.

— Давно бы так, — улыбнулась ей вслед Нола.

По совершенно непонятным причинам — бабушка наверняка увидела бы в этом очередное знамение — брат и сестра Осгуд внезапно вмешались в прежде совершенно нормальную жизнь Уиллы и буквально перевернули ее вверх дном.

К счастью, благодаря всей этой суматохе, связанной с «Хозяйкой Голубого хребта», можно было не беспокоиться, что она в ближайшее время снова увидит Пэкстон или Колина.

В выходные из Эшвилла приезжали репортеры, чтобы снять сюжет о найденном скелете. Кто-то из них обнаружил на черепе следы травмы, поэтому в новостях сообщили, что человек, вероятно, умер насильственной смертью. Более того, было названо имя жертвы — Такер Девлин. Якобы эти сведения предоставил некий анонимный источник. Очевидно, кто-то успел пролистать альбом из чемодана. В архивах Эшвилла нашлись сведения об этом самом Такере Девлине: в частности, стало известно, что в январе 1936 года несколько человек лишились денег в результате его мошеннических манипуляций. Он был коммивояжером.

Весь Уоллс-оф-Уотер тут же встрепенулся. Коммивояжер? Убийство? На каждом углу только об этом и говорили. Уилле тоже было любопытно, но она не принимала происходящее близко к сердцу. Отныне «Хозяйка Голубого хребта» со всеми ее привидениями и мрачными историями не имела к ней отношения.

По крайней мере, так девушка полагала, пока не наступило воскресенье.

— Ты видела этого парня? — крикнула ей из-за барной стойки Рейчел, когда последний покупатель вышел из магазина.

Уилла как раз закончила пересчитывать выручку. Она отвлеклась от кассового аппарата и посмотрела на подругу, которая в этот момент что-то строчила в своем блокноте.

— Он, оказывается, всю неделю карабкался по горам и вот наконец возвращается домой. Знаешь, что он заказал? Кофе глясе! А его пьют те, кто тоскует по комфортной жизни. Говорю тебе, это наука! — Закончив писать, Рейчел потрясла блокнотом, видимо для пущей убедительности.

Глядя на нее, Уилла улыбнулась: волосы торчком, водонепроницаемый топ из ассортимента их магазина, коротенькая юбочка в клетку — экстравагантней некуда, вполне в духе Рейчел.

— Ты чего улыбаешься? — поинтересовалась эта егоза, перехватив взгляд Уиллы.

Уилла покачала головой. Как же ей повезло, что полтора года назад Рейчел появилась в ее магазине.

— Просто так.

— Ну-ка, скажи мне, какой кофе ты бы с удовольствием выпила прямо сейчас?

— Но я вообще не хочу кофе, — озадаченно ответила Уилла.

— Но если бы хотела, то какой?

— Да не знаю я. Холодный и сладкий какой-нибудь. С шоколадом и карамелью.

— Вот! — победно воскликнула Рейчел. — Это значит, что ты думаешь о чем-то таком, что делает тебя счастливой!

— Все, сдаюсь, попала прямо в точку.

Тут зазвенел дверной колокольчик.

Обе машинально повернулись к двери — но на пороге никого не было.

— Это уже второй раз за последнее время, — нахмурилась Рейчел. — Почини ты его, а то так и с ума сойти недолго.

— А я думала, ты не веришь в привидения, — поддразнила ее Уилла.

Она застегнула сумку с деньгами на молнию и понесла ее в кладовку, где стоял сейф.

Снова раздался звон колокольчика.

— Уилла? — позвала Рейчел.

— Да поняла я, поняла. Обязательно починю, обещаю, — пробурчала Уилла, выходя из кладовки.

— Это к тебе.

У Уиллы замерло сердце: неужели Колин все-таки решил ее навестить? У нее не было времени, чтобы разобраться, почему его внезапный визит обрадовал ее, тем более после того, как она убедила себя, что присутствие Колина не сулит ей ничего, кроме бед. Девушка повернулась к двери. Но это был не Колин. К ним заглянул Вуди Олсен, детектив из полицейского управления Уоллс-оф-Уотер.

В старших классах отец Уиллы преподавал Вуди химию, и тот всегда уважал мистера Джексона. Это Вуди позвонил Уилле в Эшвилл, чтобы сообщить о смерти отца. Именно он взвалил на себя все хлопоты по организации похорон и даже произнес надгробную речь, потому что Уилла, совсем юная на тот момент, была слишком растеряна и переполнена горем. Уилла так и не собралась с духом, чтобы поблагодарить Вуди. Вместо этого на каждое Рождество она отправляла ему подарочную корзину. Для Уиллы Вуди Олсен навсегда остался глашатаем дурных вестей, и она ничего не могла с этим поделать. Поэтому сейчас девушка инстинктивно напряглась: какой неприятный сюрприз ждет ее на этот раз?

— Привет, Уилла, — сказал Вуди.

По выражению его больших вечно влажных глаз было невозможно догадаться, что случилось.

— Мне нужно задать тебе несколько вопросов о твоей бабушке. У тебя найдется несколько минут?

— О моей бабушке?

— Да не пугайся ты, ничего страшного не произошло. Честное слово. — Он улыбнулся и медленно поднял руку, указывая на столики кафе. Наверное, думал, что чем медленнее будут его движения, тем спокойнее почувствует себя Уилла. — Давай присядем.

Смущенная Уилла послушно направилась в кафе и села за первый попавшийся столик. Вуди расположился напротив. Странный это был парень: вроде худосочный, но при этом с огромным, выпиравшим вперед животом, на котором сейчас топорщился галстук.

— В чем дело, Вуди? — спросила она.

— Поскольку твоя бабушка не способна общаться, все вопросы, адресованные миссис Джексон, нам придется задать ее единственному родственнику, то есть тебе. Вот и все.

— А какие у вас вообще могут быть к ней вопросы?

Из внутреннего кармана куртки Вуди достал записную книжку.

— Когда твоя бабушка и ее семья съехали из «Хозяйки Голубого хребта»?

— В одна тысяча девятьсот тридцать шестом году. Точной даты я не знаю. — Уилла пожала плечами. — А что?

— Она упоминала о том, что на Джексон-Хилл была чья-то могила?

Вот оно что: Вуди здесь из-за скелета. Уилла облегченно выдохнула:

— А, ты об этом. Нет. Она вообще никогда не рассказывала о жизни в особняке. Извини.

Вуди по-прежнему смотрел в книжку, избегая взгляда Уиллы.

— Насколько я понимаю, на момент, когда ее семья лишилась дома, твоя бабушка была беременна?

— Да, — неуверенно произнесла Уилла.

— Она упоминала, от кого?

— Нет. Она была тогда совсем юной, к тому же не замужем, что по меркам того времени было просто возмутительно. Бабушка не любила об этом вспоминать.

— А твой отец был в курсе?

— Возможно. Но он всегда говорил, что это дело сугубо интимное, вот я и не лезла к нему с вопросами. Хотя, наверное, стоило бы. — Уилла подалась вперед, стараясь заглянуть собеседнику в глаза. — Да брось, Вуди, это просто смешно. Какая может быть связь между скелетом и отцом бабушкиного ребенка?

Вуди наконец оторвал взгляд от книжки.

— Колин Осгуд сказал мне, что ты видела вещи, найденные рядом со скелетом.

— Да, — подтвердила девушка. — Но это было еще до того, как появился скелет. Колин думал, что я узнаю хотя бы некоторые из них.

— То есть ты видела альбом?

Уилла не понимала, к чему он клонит.

— Ну да.

— И не обнаружила там ничего знакомого?

— Нет. А ты?

Вуди положил записную книжку в карман куртки:

— Спасибо, что уделила мне время, Уилла. Это все.

Он поднялся и направился к выходу. И тут ее озарила ужасная догадка.

— Вуди.

Он обернулся.

— Ты что, подозреваешь мою бабушку?

Полицейский замешкался:

— Что бы там ни случилось, в любом случае произошло это очень давно. Навряд ли мы когда-нибудь узнаем правду.

— Ты не ответил на мой вопрос.

— Я сообщу, если будут новости. Но не волнуйся — сомневаюсь, чтобы нам хоть что-то удалось выяснить.

Уже открыв дверь, он чуть заметно улыбнулся и сказал:

— Спасибо тебе за подарочные корзины. Мне всегда очень приятно их получать.

Как только Вуди вышел, Уилла повернулась к Рейчел, которая слышала весь разговор.

— Мне нужно... — начала она и запнулась, сама толком не зная, что именно ей нужно сделать.

Но Рейчел понимающе кивнула:

— Ступай, конечно.

Уилла помчалась прямиком в дом престарелых. Обычно она не навещала бабушку в столь поздний час — та на закате становилась беспокойной, — но сейчас ее подгоняло инстинктивное желание защитить Джорджи.

Бабуля Джорджи уже поужинала и выпила снотворное. Уилла присела на край ее кровати и попыталась собраться с мыслями. Итак, среди вещей из могилы нет ничего, что указывало бы на связь бабушки с этим Такером Девлином. Непонятно, почему Вуди упорно считает иначе.

Газета, лежавшая в чемодане, датирована августом 1936 года. Жаль, неизвестно, когда именно бабушка покинула «Хозяйку Голубого хребта». Если раньше, то волноваться не о чем.

И вообще — подозревать ее бабушку? Просто абсурд какой-то! Эта хрупкая женщина была образцом добропорядочности и трудилась не покладая рук, чтобы поставить на ноги любимого сына. Да она бы и мухи не обидела.

Уилла встала и поцеловала Джорджи в лоб. Ну почему нельзя просто щелкнуть пальцами, как делают гипнотизеры, и заставить старушку очнуться?

Попрощавшись с Джорджи, Уилла пошла на пост медсестер и попросила сообщить ей, если кто-то вдруг захочет увидеться с бабушкой. Под «кем-то» она подразумевала полицейских, но говорить этого медсестрам, разумеется, не стала.

И вдруг Уилла краем глаза заметила, как в конце коридора из-за угла вынырнула какая-то фигура. Это была Пэкстон Осгуд. Очевидно, и ей тоже захотелось нынче вечером навестить бабушку. Сегодня Пэкстон выглядела значительно лучше, чем когда они с Уиллой встречались последний раз. Можно сказать, даже идеально, как и надлежало выглядеть Пэкстон Осгуд.

Если сейчас крикнуть ей «привет!», то Пэкстон наверняка сделает вид, что и не было никакой пятницы. Значит, их ничего не связывает, а коли так — обмен любезностями тут ни к чему. Уилла уже собиралась отвернуться и направиться к выходу, как вдруг ее осенило.

Агата. Ну конечно.

Уилла никогда не общалась с Агатой Осгуд, но была наслышана о ней: упрямая и крикливая, она часто срывала злобу на медсестрах. Но в юности они с Джорджи крепко дружили, и, когда Джорджи родила, Агата помогала ей воспитывать сына. Джорджи тогда работала на Осгудов, и они все вместе жили в «Ореховой роще». Когда Хэму исполнилось шесть, Агата вышла замуж. Отец как-то сказал Уилле, что после этого Джорджи начала подумывать о переезде, и вскоре женщины расстались. Отец обмолвился, что бабушка просто почувствовала себя лишней.

Уилла неслышно последовала за Пэкстон в правое крыло. Подойдя к комнате, в которой та исчезла, она заглянула внутрь: на стенах изящные портреты, выполненные маслом; мебель подобрана тщательно и со вкусом; даже маленький холодильник имеется — настоящие покои знатной дамы старого Юга. Не хватает лишь горничной в белом переднике, которая бы хлопотала у стола, разливая клубничный чай и раскладывая по блюдцам пирожные.

Пэкстон стояла спиной к двери. Уилла тихо кашлянула и окликнула ее:

— Пэкстон?

Та резко обернулась. Испуг на ее лице сменился облегчением.

— Бабушка, посмотри-ка, — обратилась она к Агате, — а у тебя гости. Как мило, правда?

Агата сидела на двухместном диванчике напротив окна. Неподвижная, ссутулившаяся, она напомнила Уилле огромную раковину. Однако, услышав голоса, старушка тотчас мотнула головой в их сторону и проскрипела:

— Кого там еще принесло?

— Здравствуйте, миссис Осгуд, это Уилла Джексон, — осторожно сказала Уилла.

Агата закопошилась, пытаясь встать.

— Зачем ты здесь? Что-то случилось с Джорджи?

— Нет-нет, мэм, — поспешила успокоить ее Уилла. — Она в порядке и сейчас спит.

Агата снова опустилась на диванчик и требовательно вопросила:

— Тогда чего тебе?

Бабушка и внучка вопросительно уставились на нее, и Уилла на мгновение смутилась. Как же они похожи.

— Я лишь хотела поговорить с вами о своей бабушке, но если я пришла не вовремя, то можно и в другой раз.

— Ну конечно, ты вовремя, — вмешалась Пэкстон.

Она поманила Уиллу рукой.

— Поболтать о прошлом так приятно, правда, бабушка?

— Прекрати придуриваться, Пэкс, тебе это не идет, — отрезала Агата и развернулась к Уилле: — Что ты хотела узнать?

Уилла нерешительно шагнула вперед:

— Я... это непростой вопрос, ведь вы с бабушкой дружили...

— И до сих пор дружим, — прервала ее Агата. — И будем дружить, пока мы обе живы.

— Вы уже были знакомы с ней, когда ее семья покинула «Хозяйку Голубого хребта»?

— Естественно. После этого Джорджи сразу же переехала ко мне.

— А вы помните, кого в том году похоронили под персиковым деревом возле особняка? Сегодня полицейский задавал мне вопросы о бабушке Джорджи, намекая на то, что она, возможно, имеет какое-то отношение к мужчине, чью могилу обнаружили под деревом. Но это смешно! Вы ведь знаете, какой она была, — она бы в жизни и пальцем никого не тронула.

Уилла слишком поздно заметила, что Пэкстон неистово машет руками, призывая ее замолчать. Выходит, Осгуды собирались скрыть новости от Агаты.

Слова Уиллы потрясли старуху. Она вскочила с дивана. Ее широко распахнутые глаза тускло поблескивали на лице, как два коричневых мраморных шарика, вдавленных в застывшую глину.

— Что? Что ты такое говоришь? Пэкстон!

— Все в порядке, бабушка, — отозвалась та.

Она подошла к Агате и похлопала ее по руке, но та отшатнулась от внучки, потребовав объяснений.

— Мы выкорчевали дерево, росшее рядом с домом, и обнаружили под ним чей-то скелет. Но ничего страшного, мы уже все уладили. Скоро там посадят другое дерево, большое и красивое.

— Услышав, что вы покупаете «Хозяйку», я поняла: этого не миновать. Вот вы его и нашли, — объявила Агата. — Нашли Такера Девлина.

Уилла с Пэкстон переглянулись. Воздух в комнате сгустился, и внезапный, невесть откуда взявшийся ветерок донес до них едва ощутимый аромат персиков.

— Откуда тебе известно это имя? — осторожно спросила Пэкстон.

— Увидев Такера Девлина хоть раз, уже никогда его не забудешь.

Уилла, хоть и понимала, в каком ужасном положении оказалась из-за нее Пэкстон, не могла сдержаться. Она шагнула к старухе:

— Так вы знали этого человека?

— Он называл себя коммивояжером. Проходимец и плут — вот кем он был на самом деле. Но самое главное, он творил... магию.

Последнее слово Агата произнесла шепотом, словно оно обладало особой силой. Повинуясь какому-то неведомому инстинкту, Уилла и Пэкстон придвинулись ближе друг к другу.

— До сих пор помню тот день. Мы с Джорджи сидели на траве возле их особняка и плели венки из клевера. От сильного ветра юбки хлопали по нашим ногам и волосы то и дело облепляли мне лицо. Тогда Джорджи, смеясь, приказала сесть к ней спиной, она хотела заплести мне косу. Тут-то мы его и увидели. Он поднимался по склону, неся в руке запылившийся чемодан. Мы сразу же его признали. Этот тип уже давно ходил по городу, продавал косметику, и пожилые дамы старались держать его при себе. Но он не желал довольствоваться их вниманием. Он остановился у крыльца «Хозяйки Голубого хребта» и повернулся в нашу сторону. Увидев, как Джорджи заплетает мне косу, а я придерживаю юбку, чтобы ее не поднял ветер, он улыбнулся. Так улыбается Господь, глядя с небес на детей Своих. И вдруг он засвистел. Просвистел несколько чудных нот — и ветер утих. Вот так. — Агата перевела дух. — Этому человеку достаточно было лишь свистнуть, чтобы успокоить ветер.

Тут Пэкстон нечаянно задела руку Уиллы, и они обе тут же отпрянули друг от друга.

— Не бойся, Уилла. Твоя бабушка его не убивала, — твердо сказала Агата. — Уж кому это знать, как не мне.

Уилла с облегчением улыбнулась:

— Ох, у меня просто камень с души свалился.

— Его убила я, — закончила Агата с невозмутимым видом.

Глава 8

ПРЕКРАСНЫЕ СОЗДАНИЯ

Пэкстон отреагировала мгновенно.

— Ты отлично потрудилась, — тихо сказала она и, уверенно схватив Уиллу под руку, потащила незваную гостью за дверь, словно выпроваживать людей ей было не впервой. — Теперь у бабушки начался бред.

— Я не бредила ни единого раза в своей жизни, — пролаяла из комнаты Агата.

Когда они оказались в коридоре, Пэкстон прошипела:

— У бабушки очень неустойчивая психика, она сама не понимает, что несет. Не вздумай возвращаться сюда и снова ее расстраивать. Я не шучу.

И, войдя в комнату, захлопнула дверь. Как ни странно, Уилла совершенно не разозлилась. Чего уж тут обижаться: Пэкстон просто защищала свою бабушку, как и Уилла — свою.

Увы, ее визит в дом престарелых ничего не дал: мало того что Уилла не получила ответов на свои вопросы, так к ним еще и добавились новые. Агата говорила об их дружбе с Джорджи с такой горячностью, словно эта самая дружба была живым существом, которое появилось на свет в незапамятные времена и не может исчезнуть лишь оттого, что о нем перестали упоминать вслух. Ну и на что, спрашивается, способна толкнуть ее подобная преданность? На ложь? Или наоборот — на то, чтобы сказать правду?

Интересно, Пэкстон сейчас думает о том же?

Одно Уилла знала наверняка: отныне все загадки ей придется разгадывать в одиночку. Пэкстон ясно дала понять, что в комнату Агаты ей путь закрыт.

Вернувшись домой, Уилла переоделась и отправилась в единственное место, в котором можно было раздобыть хоть какую-нибудь зацепку.

На чердак.

Давненько она сюда не поднималась. Здесь царил полумрак, повсюду толстым слоем лежала пыль и висела паутина — такая плотная, что Уилле казалось, будто ей предстоит продираться сквозь сплошной клубок белых ниток. Разорвав часть паутинной завесы, девушка увидела настоящую башню из коробок, возвышавшуюся до самых потолочных балок. Коробки с ее игрушками. Коробки с наградами ее отца. В больших белых коробках под упаковочными одеялами — вещи бабушки. Отец перевозил Джорджи в отсутствие Уиллы — она тогда училась в колледже, — поэтому о содержимом ее коробок Уилла не имела ни малейшего представления. Наверное, в них лежали какие-то мелочи. Отец никогда ничего не выбрасывал. Диван, от которого Уилла избавилась на прошлой неделе, родители купили сразу после свадьбы. Сколько раз за эти годы его чинили — уже и не вспомнить, а когда пятна виноградного желе и кофе намертво въелись в обивку, сверху постелили одеяло, которое навсе-гда стало частью дивана.

Глубоко вздохнув, Уилла принялась вытаскивать из горы коробок те, на которых было написано имя бабушки, и по одной сносить их вниз. Вскоре в гостиной почти не осталось свободного места.

Уилла устроилась на полу рядом с одной из коробок, выбранной наугад, и сняла крышку.

Ноздри тут же защекотал до боли знакомый аромат, и она чуть не расплакалась. Кедр и лаванда с ненавязчивой примесью борного мыла и хлорки. Так пахло от бабушки. Джорджи была помешана на чистоте. Отец рассказал Уилле, что впервые заподозрил неладное, когда, навещая бабушку, увидел в раковине грязную посуду, — Джорджи никогда себе такого не позволяла. С того момента ее память становилась все хуже.

Очевидно, отцу было очень непросто упаковывать все эти вещи: он так трепетно относился к личной жизни матери, что, наверное, укладывал их в коробку с закрытыми глазами. По крайней мере, ощущение было именно такое.

Уилла с осторожностью вынимала завернутые в бумагу предметы, когда-то украшавшие скромную гостиную Джорджи. Хрустальное блюдо для конфет. Две подушки с вышивкой. Библия. Альбом с фотографиями — а вот это должно быть интересно.

Уилла положила альбом на колени и открыла его. Старая обложка жалобно скрипнула. В детстве она часто его листала — он был полностью посвящен ее отцу. У Джорджи хранилось также и несколько школьных фотографий внучки — они стояли на телевизоре, — но своему сыну она отвела целый альбом. Уилла с улыбкой переворачивала страницы. Вот малютка Хэм в крестильной сорочке — в волнах кружева его почти не видно. А вот он, смешной карапуз, стоит перед каким-то особняком. Кажется, это коттедж «Ореховая роща». Хэм — школьник. Хэм — выпускник. На следующих снимках ему чуть за двадцать, он немного развязный и беззаботный. Эти фотографии Уилла любила больше остальных — ей нравилось наблюдать, как от снимка к снимку растет природное обаяние отца. Если бы она не знала его — скромного вдовца и учителя химии, — то предположила бы, что этому юноше на роду написано стать широко известным человеком. Кинозвездой. А может, и политиком.

Но он выбрал тихую незаметную жизнь — ту жизнь, которой желала для него мать, ведь ее мнение он ставил превыше всего.

При взгляде на следующую страницу улыбка медленно сползла с лица Уиллы. Отцу почти тридцать. До его женитьбы еще целых восемь лет, до рождения дочери — десять. На нем забавные старомодные брюки; волосы довольно длинные — Уилла с такой прической его никогда не видела. Он стоит, засунув руки в карманы, и смотрит в камеру. Взгляд выдает невероятно сильную личность. Так смотрит человек, для которого весь мир — спелый персик, и он в любой момент готов его надкусить. Уилла уставилась на отца как завороженная, силясь понять: кого же он ей здесь напоминает?

Внезапно на ум пришел разговор с миссис Пирс — коллегой отца, с которой они встретились на похоронах. Та сказала, что до женитьбы отец пользовался невероятным успехом у женщин, чему Уилла при всем желании не могла поверить. Однако миссис Пирс упрямо настаивала на своем. Если в детстве, благодаря суровому воспитанию Джорджи, Хэм был очень застенчив, то после учебы в колледже его вдруг как подменили. В учительской коллеги-женщины не давали ему прохода; они всю ночь могли стоять у плиты, лишь бы наутро побаловать Хэма Джексона выпечкой: нежнейшим бисквитом, миниатюрными пирожными, бесподобным медовым пирогом. Время от времени он приглашал одну из них на свидание, после которого его избранница несколько дней порхала, словно бабочка, вне себя от счастья. Миссис Пирс также поведала, что в Хэма были влюблены и его ученицы: иногда бедняжки рыдали прямо на уроке, подбрасывали ему в ящик стола локоны своих волос. А как-то раз из-за него даже разгорелся небольшой скандал: матери некоторых учеников посчитали, что мистер Джексон достоин повышения и, хотя сам он был вполне счастлив на должности преподавателя, продвигали его кандидатуру на пост директора, не гнушаясь при этом банальным шантажом. «О, твой отец мог покорить кого угодно», — с тоской в голосе закончила миссис Паркер.

Только теперь, глядя на фотографию, Уилла поняла, что она имела в виду. Снимок, скорее всего, сделала Джорджи — на заднем плане угадывался многоквартирный дом, в котором она тогда жила.

Похоже, и мать тоже увидела в сыне нечто поразительное: изображение было чуть размыто, словно она так спешила запечатлеть этот момент, что не успела толком навести фокус.

Продолжая листать страницы, Уилла неизменно возвращалась к этой фотографии. Следовало бы заняться следующей коробкой, ведь в этих старых снимках явно нет доказательств того, что бабушка никоим образом не связана с зарытым под деревом трупом, — но Уилла не могла оторваться от изображения отца. Почему оно кажется таким знакомым, словно недавно попадалось ей на глаза?

В конце концов она вынула фото из альбома и положила на кофейный столик.

За несколько часов девушка перерыла содержимое остальных коробок, но, как и ожидала, не нашла ничего, что проливало бы свет на годы, проведенные Джорджи в фамильном особняке. Что ж, придется поискать где-то еще.

Уилла поднялась с пола и застонала от боли: от долгого сидения затекли ноги. Она кое-как доковыляла до входной двери, убедилась, что та заперта, и затем выключила свет в гостиной. Решив перед сном утолить жажду, Уилла, хромая, добралась до кухни и открыла холодильник. Мощности его лампочки хватило на то, чтобы осветить темное пространство кухни вплоть до стола у противоположной стены. Отхлебнув немного сока из бутылки, девушка поставила ее на место и развернулась.

В этот самый момент что-то привлекло ее внимание.

Оставив дверцу холодильника открытой, она подошла к столу. На нем, в миске, подаренной ей кем-то из друзей с Нэшнл-стрит, лежали перезревшие персики. В воздухе уже появился сладковатый запах гниения.

И тут Уилла почувствовала, как у нее на затылке зашевелились волосы.

Возле миски стояла фотография ее отца. Та самая, которая приковала ее взгляд.

И которую она оставила на кофейном столике в гостиной.

Уилла и представить не могла, что однажды придет день, когда все нелепые бабушкины суеверия вдруг перестанут казаться ей нелепыми. Появление папиной фотографии на кухонном столе вселило в сердце такой ужас, что она поспешила положить на подоконник монетку и приоткрыть окно. Как однажды сказала бабушка, призраки иногда забывают, что они призраки, и, по старой памяти, начинают охотиться за деньгами. А если привидение подлетит к приоткрытому окну, то его, как пылесосом, вытянет струей воздуха на улицу.

Конечно же, за всю ночь Уилла почти не сомкнула глаз. Да еще какая-то черно-желтая птичка ухитрилась утром протиснуться через щель, и пришлось целый час гоняться за ней с метлой, отчего настроение девушки, надо полагать, не улучшилось.

Сегодня она сама открывала магазин, поскольку Рейчел взяла выходной. Включив свет, Уилла направилась в бар. Первым делом она намолола кофе и включила кофеварку. Бариста из нее был весьма посредственный, не чета Рейчел, но все же вполне сносный. На витрине лежали кофейно-шоколадные печенюшки и пончики с капучино, а лично Уиллу ожидала коробка ее любимых батончиков с кофе и кокосовой стружкой. Записка на коробке гласила: «Испекла специально для тебя. Если что — звони». Рейчел, наверное, допоздна трудилась, чтобы все это приготовить.

Подумав об этом, Уилла, прежде угрюмая и рассеянная, не могла не улыбнуться. Ну и пусть кофейное волшебство Рейчел прибавит ей лишний сантиметр в талии, зато ему под силу излечить любой недуг. К ней наконец вернулась способность мыслить трезво (безусловно, она сама поставила фотографию на кухонный стол — машинально прихватила ее по пути на кухню, вот и все), и в голове созрел новый план действий.

Когда поток покупателей схлынул, Уилла позвонила своей подруге Фрэн, которая работала в библиотеке. Фрэн была приезжей и часто заглядывала в магазин по пути в Катаракт, где она проводила почти каждые выходные.

— Фрэн, привет, это Уилла.

— Уилла! Вот так сюрприз! — Фрэн всегда говорила так, словно бы каши в рот набрала. — Чем могу?

— Не подскажешь, как мне узнать, что творилось в городе в тридцать шестом году? Ты можешь поднять какие-нибудь архивы?

— Нас уже об этом спрашивали: и полицейские, и репортеры, — отозвалась Фрэн. — Увы, в тридцать шестом городскую газету еще не выпускали. А что именно тебя интересует?

— Да я тут перебирала бабушкины вещи, думала побольше узнать о годах ее юности, но особо ничего не нашла. Тридцать шестой год был для нее поворотным. Джексоны лишились «Хозяйки Голубого хребта», у нее родился сын...

Фрэн некоторое время молчала. Уилле казалось, что она слышит стук клавиатуры.

— У нас есть подшивка «Вестника Уоллс-оф-Уотер». Я показывала ее полицейским.

— А что это такое?

— По сути, листок бумаги с городскими сплетнями. Выпускался еженедельно в тридцатых и сороковых годах. — Фрэн засмеялась. — Тебе стоит почитать, это бесподобно! Жизнь светских дам без прикрас.

— А можно? — спросила Уилла.

— Конечно можно. Приезжай, с удовольствием помогу.

Тут в магазин вошла пара туристов, и Уилла с улыбкой помахала им рукой.

— Ты до скольки сегодня на работе? — спросила она.

— Сегодня короткий день. Нам бюджет урезали, потому и работаем меньше. Я уже собиралась закрываться. — Фрэн задумалась. — Слушай, а ты позвони мне на домашний, когда закончишь. Я тебя здесь встречу.

— Фрэн, ты лучше всех. Спасибо.

Уилла подъехала к торговому центру, где с недавнего времени располагалась библиотека. Раньше она находилась в подвале здания суда. Фрэн, немного взъерошенная и пахнущая сельдереем, уже стояла у двери.

Проведя подругу в зал, она дала ей микрокарту с фотографиями всех номеров «Вестника», попросила захлопнуть перед уходом дверь и отправилась домой. Уилла с любопытством огляделась. Она еще никогда не оставалась одна в библиотеке. Здесь было так тихо, что казалось, будто ей заложило уши. Осторожно, стараясь не шуметь, девушка пересекла зал и присела на стул возле одного из аппаратов. Она вставила в него микрокарту, и машина тихо загудела.

Уилла терпеливо перелистывала изображения на экране и наконец нашла выпуски за январь 1936 года.

Судя по всему, «Вестник Уоллс-оф-Уотер» был любимым — и единственным — детищем некоей обеспеченной дамы по имени Джоджо Макпит. Каждый листок представлял собой колонку светской хроники с одной-двумя фотографиями.

Вот что Уилла прочла:

На ежегодном зимнем балу в доме семейства Ингрэм миссис Реджинальд Картер с дочерью привлекли всеобщее внимание, появившись в одинаковых розовых пальто. В группе дам, гулявших среди ледяных скульптур, прозвучало мнение, что женщины напоминают фигуры из сахарной ваты. Тем не менее большинство присутствующих сочли очаровательными их наряды, дополненные меховыми наушниками и муфтами в тон.

Все описания событий были почти одинаковыми: Джоджо долго и подробно излагала, кто и в чем был, и обязательно цитировала анонимных скептиков. Помимо этого, в тексте то и дело попадались мелкие детали, приоткрывающие завесу тайны над жизнью городка того времени и представляющие для Уиллы наибольший интерес. Например, девушка узнала, что на некоторых приемах устраивали лотерею в поддержку семей, которые лишились средств к существованию после того, как правительство скупило все леса вокруг Уоллс-оф-Уотер. В каком-то из выпусков Джоджо цитировала Олина Джексона, отца Джорджи, который утверждал, что Джексоны снова создадут экономику в городе, как уже сделали это однажды. Правда, он не уточнил, что именно они собираются предпринять на этот раз. Его слова (предположительно, произнесенные под влиянием винных паров) не внушали Джоджо доверия, и она задавалась вопросом: как человек, позволяющий своей дочери выходить в свет в платьях, сшитых по прошлогодней моде, собирается спасти целый город? Джексоны вообще часто подвергались нападкам, но сами проявляли к ним полное безразличие. Несмотря на финансовые трудности, они по-прежнему оставались истинными королями Уоллс-оф-Уотер.

Едва дыша от волнения, Уилла всматривалась в зернистые черно-белые фотографии, на которых была запечатлена ее бабушка. Какой бесценный подарок — увидеть юную Джорджи! От ее красоты захватывало дух. Жизнерадостная и невинная, она улыбалась так, словно не подозревала о своей красоте или же не придавала ей особого значения. На каждом снимке Джорджи окружали подружки, среди которых неизменно присутствовала Агата Осгуд — очень миловидная, но излишне худая и довольно высокомерная.

Снимки полностью захватили Уиллу. Она могла поклясться, что слышит смех, чувствует аромат духов и табачного дыма. Она почти наверняка знала, о чем думают эти девочки: одна из них только что танцевала с юношей, который ей нравится, и теперь прибежала к подружкам, чтобы похвастаться, а те обсуждают наряды и жалуются на несносных родителей. Беззаботные, прекрасные создания, у которых впереди все радости жизни — лишь успевай подставлять ладошки и ловить!

А потом появился Такер Девлин.

Впервые Джоджо упомянула о нем в февральском выпуске как о продавце косметики, у которого миссис Маргарет Требл приобрела тоник, превративший ее кожу в настоящий шелк. После этого миссис Требл пригласила Такера Девлина на обед, чтобы познакомить с ним и его чудо-товарами подруг. Похоже, все они моментально пали жертвами его чар. Если верить Джоджо, сам он высказался о себе так: «Я родился в Аптоне, штат Техас, в семье, которая из поколения в поколение разводит персиковые деревья. И я горжусь этим. Приятно видеть, что благодаря мне женщины начинают любить себя, но это — всего лишь работа. Истинное мое призвание — персики. В моих венах течет персиковый сок. Из ран моих сочится сладкий нектар. И пчелы жужжат надо мной, куда бы я ни пошел».

Была тут и фотография: Такер Девлин на фоне стола, уставленного баночками и бутылочками. Очевидно, распинается перед дамами, рекламируя свои зелья. Прищурившись, Уилла вгляделась в фото. И точно — тот же самый человек, что и на снимке из найденного в чемодане альбома. От внезапного ощущения дежавю по коже пробежал холодок, но Уилла не придала этому значения.

Отныне ни один выпуск «Вестника» не обходился без Такера Девлина, и, судя по фотографиям, события теперь развивались весьма стремительно. На первых снимках его окружали лишь пожилые дамы, но вскоре красавца-коммивояжера представили высшему свету, и он начал отдавать предпочтение девушкам. Часто попадались его фотографии с Агатой и Джорджи. Казалось, Девлин действовал на всех как магнит — люди тянулись к нему, сами того не сознавая. Со временем на лицах женщин появилось выражение отчаяния и злобы. На групповых снимках какая-нибудь девушка обязательно косилась на соседку с нескрываемой завистью.

Когда Джоджо мимоходом упомянула, что Такер Девлин живет в «Хозяйке Голубого хребта», Уилла остолбенела от изумления.

По крупицам ей удалось восстановить полную картину. Началось все с того, что Олин Джексон прослышал о садоводческих корнях Такера Девлина, — а может, Такер Девлин первым обратился к Олину Джексону, — так или иначе у них возникла идея разбить на Джексон-Хилл фруктовый сад. Это обеспечит работой всех, кому она нужна, и город опять будет спасен. А пока они продумывали план по строительству новой империи, Олин пригласил Такера пожить в его особняке.

Интересно, как им вообще могла прийти в голову мысль сажать плодовые деревья на такой высоте? Если Такер Девлин и в самом деле был потомственным фермером, он отлично знал, что персиков на Джексон-Хилл им никогда не вырастить и затея эта изначально обречена на провал.

И тем не менее он убедил всех в обратном.

Проходимец и плут, как и говорила Агата.

Но навряд ли его убили по этой причине. Тогда что же он натворил?

Летом Такер Девлин, теперь уже всеобщий любимец, постоянно мелькал на фотографиях «Вестника», причем на приемах его всегда сопровождали одни и те же девушки — подружки Джорджи, однако самой Джорджи среди них не было. Несколько раз всплывало, что она неважно себя чувствует, но начиная с июня того года мисс Джексон больше ни на одной фотографии не появлялась. Просто исчезла.

А в августе исчез и сам Такер Девлин. В «Вестнике» о его судьбе — как и судьбе фруктового сада на

Джексон-Хилл — ничего не говорилось. В более позднем выпуске Уилла обнаружила крошечную заметку о том, что по распоряжению суда Джексоны покинули «Хозяйку Голубого хребта» — она отошла правительству в счет уплаты налогов. Это случилось в октябре тридцать шестого, то есть, если верить найденной в чемодане эшвиллской газете, через два месяца после того, как закопали труп.

Получается, в то время, когда этот тип умер, Джорджи и ее семья все еще жили в особняке.

Причем, судя по словам Фрэн, полицейским это уже известно. Вот черт.

Распечатав все номера «Вестника» за тридцать шестой год, Уилла выключила свет и, крепко прижимая к себе стопку листов, вышла из библиотеки и заперла дверь. Она чувствовала себя так, будто только что побывала на самой замечательной вечеринке в своей жизни, и ей бы очень хотелось остаться, да все гости уже давно разошлись. На пути к парковке девушке вдруг почудилось, будто в небо взмыли серебристые ленты серпантинов.

Но стоило моргнуть — и они пропали без следа.

Глава 9

КОРНЕВАЯ СИСТЕМА

Не заметить у дома огромный черный «мерседес» было трудно.

Припарковав джип позади, Уилла вышла из машины. На крыльце на скрипучих подвесных качелях сидел Колин. Луна, спрятавшаяся в кронах деревьев, заливала пространство мягким молочным светом. На память пришла одна из бабушкиных примет: побелел воздух — готовься к переменам. На мгновение Уилла замерла, наблюдая, как Колин медленно покачивается, закинув руку на спинку качелей. Он относился к тому разряду мужчин, о сильной усталости которых в первую очередь говорят их глаза: они становятся сонными и притягательными. А нынче, судя по всему, Колин был измотан дальше некуда.

Ну и что теперь — сразу бежать к ней?

По дивану ее он, что ли, соскучился? Серьезно, и дался же этим Осгудам ее диван! Да она сама на нем еще не спала!

— А хорошо у тебя здесь. — Колин заговорил, лишь когда Уилла подошла к крыльцу. Наверное, тоже чувствовал нечто особенное, витавшее в воздухе этой ночью. — Тихий островок старины.

— Да, но соседи не очень уважают Спрингстина.

— Вот ужас.

Вынув ключи, Уилла остановилась у двери:

— Ты что тут делаешь?

Колин поднялся с качелей, хрустнув суставами.

— Полицейские сняли оцепление, завтра будем сажать возле «Хозяйки Голубого хребта» дерево. Хотел убедиться, что ты придешь.

Опять он со своим деревом.

— Почему ты упорно зовешь меня на это посмотреть?

Колин тряхнул головой и подошел к ней:

— Хочу разбудить юного натуралиста, спящего глубоко в твоей душе.

Уилла отперла дверь.

— Похоже, ты уверен, что знаешь меня лучше меня самой.

— И я могу доказать, что прав, — раздалось прямо у нее над ухом.

— Мой тебе совет: лучше сразу забудь о пробуждении юного натуралиста. Только время зря потратишь, — ответила Уилла, намеренно не оборачиваясь, чтобы ненароком не оказаться с ним лицом к лицу в этом странном молочном сиянии.

Она быстро проскользнула в гостиную.

— А что, кто-то уже пытался? — спросил за ее спиной Колин.

Уилла бросила сумку и распечатки из библиотеки на кофейный столик.

— Рейчел старалась до меня достучаться, когда отправлялась в поход по Аппалачской тропе. Не получилось.

— Что ж, посмотрим, — сказал он тоном человека, который принимает вызов. И, указав на коробки, спросил: — Это твое? Неужели переезжаешь?

— Нет. Это бабушкины вещи, я их с чердака принесла, — ответила Уилла, направляясь в кухню. — Я с обеда ничего не ела. Сделаю сэндвич. Ты будешь?

— Нет, спасибо. — Колин шагал следом. — Я сыт. Ужин в кругу семьи — по-прежнему обязательная повинность в «Ореховой роще». Не понимаю, как Пэкстон это терпит.

Очевидно, в его представлении ужин с родными числился среди наказаний, уготованных для грешников в аду, но сама Уилла считала эту обязанность приятной.

— По-моему, звучит не так уж страшно.

— Может, ты и права. Наверное, я ворчу по привычке, — уступил Колин.

Голос у него был усталый. Тяжело опустившись на стул, он заметил фотографию, стоявшую у блюда с персиками, и с любопытством взял ее в руки. У Уиллы не хватило духу убрать снимок отсюда — вдруг он опять окажется в каком-нибудь другом месте?

— Отличная фотография.

— Да, — согласилась девушка, открывая дверь холодильника.

— Отец тобой очень гордился.

Ну конечно. Да откуда Колину вообще знать, что о ней думал отец?

— Ошибаешься. Но он меня любил; что правда, то правда.

Колин молча смотрел, как девушка достает хлеб, ростки фасоли и сливочный сыр.

— Прости, что с пятницы не объявлялся.

Положив продукты на столешницу, Уилла взяла с полки фиолетовую тарелку.

— Тебе незачем извиняться.

— Этот череп всех нас здорово перепугал. Ты как?

— Я в порядке.

Уилла нашла в ящике стола нож и намазала сыром два ломтика белого хлеба.

— Правда, ко мне в воскресенье приходил Вуди Олсен, — добавила она, не поднимая глаз.

— К тебе? С какой стати?

Колин был искренне удивлен. Уилла бросила на него взгляд через плечо. Выходит, он не знает, что Вуди подозревает ее бабушку. Значит, Пэкстон не говорила ему, что Агата призналась в убийстве. У Уиллы блеснула надежда, что они с Пэкстон думают одинаково: никому ни слова, пока картина не прояснится.

— Спрашивал, не слышала ли я от бабушки, что на Джексон-Хилл была чья-то могила. Я не слышала.

— Ты из-за этого притащила коробки с чердака?

— Да.

Уилла снова принялась за сэндвич.

— У тебя усталый вид. Выходные выдались тяжелые? — спросила она, меняя тему разговора.

Колин засмеялся:

— Я все пытаюсь выспаться, да не получается. А выходные у меня, по сравнению с Пэкстон, прошли спокойно. Что случилось в ту ночь, когда она осталась у тебя?

— Она тебе и этого не сказала?

— «И этого»? — насторожился Колин. — Есть еще что-то, чего я не знаю?

— Да нет, ничего.

Молодой человек замолк, обдумывая следующий вопрос.

— Слушай, мне известно, что вы с Пэкс отнюдь не подруги, — неуверенно начал он. — Но неужели это ты ее напоила? Ради шутки?

Уилла резко обернулась. Так он всерьез полагает, что это она во всем виновата?

— Да я даже... — Она замерла, не находя слов: как ей оправдаться и не выдать при этом Пэкстон? Наконец, собравшись с мыслями, сказала: — Нет, я тут ни при чем. Но тебя подобное предположение вроде как возмутило. Ничего не понимаю: прежде ты сам говорил, что скрытая, необузданная часть моей натуры привлекает тебя больше всего, так?

— Меня вообще многое в тебе привлекает.

Уилла отвернулась, вспыхнув до корней волос.

— Не стоит приезжать ко мне, когда ты измотан. В таком состоянии ты начинаешь говорить то, чего бы никогда не сказал.

Стул скрипнул — Колин поднялся на ноги:

— А тебе не приходило в голову, что именно поэтому я и приезжаю к тебе в таком состоянии?

Он встал позади, наблюдая, как она закрывает банку с сыром и смахивает остатки ростков в раковину. Вдруг Уилла почувствовала, как Колин осторожно убирает ей за ухо выбившуюся прядь волос. Движение было невесомым и очень нежным, однако девушка еле удержалась на ногах. Это было подобно волне: когда она приближается, то кажется такой медленной и безобидной — и не подумаешь, что в ней скрыта неудержимая сила, пока не окажешься у нее на пути.

— Пожалуйста, приезжай завтра, — попросил он.

Наконец она отважилась взглянуть на него — и напрасно. Его глаза, подернутые сонной поволокой и такие возбуждающие, видели в ней другую Уиллу Джексон — ту, которой она больше не была.

— Зачем?

Колин улыбнулся:

— Затем, что это часть моего плана по соблазнению Уиллы.

Она вспомнила, как тогда, у «Хозяйки», он прижал ее к стене, и не стала противиться его игре:

— То есть теперь это соблазнение?

Он медленно наклонился к ней. Его взгляд некоторое время скользил по ее лицу, словно Колин хотел что-то в нем найти. Очевидно, это ему удалось, и, наклонившись еще ближе, он коснулся губами ее губ... Уилла почувствовала, как ее затягивает в стремительный поток, и с готовностью поддалась этой стихийной силе. Колин обхватил ладонями ее лицо, сильнее прижался к губам. Сердце отбивало сумасшедший ритм о ребра, но впервые его подгоняли не страх и не мучительная тревога, а наслаждение — самое обычное наслаждение в чистом виде. И Уилле это понравилось.

Она откинулась назад, опершись о стол. Запустив пальцы Колину в волосы, притянула его еще ближе, желая получить еще большее наслаждение... Их поцелуй прервал внезапный брящающий звук — Уилла нечаянно задела нож, лежавший на столе, и он упал на пол.

Несколько секунд оба смотрели друг другу в глаза не шевелясь. Колин нежно провел большими пальцами по ее скулам, отступил назад и сказал:

— Да, теперь это соблазнение.

— А может, я не хочу, чтобы меня соблазняли.

После всего случившегося ее слова звучали как минимум смешно, но Колину хватило порядочности не произнести этого вслух.

— Чего же ты хочешь, Уилла?

Она промолчала. Колин улыбнулся и со словами: «Надеюсь увидеть тебя завтра» — ушел.

«Чего же ты хочешь, Уилла?» А ведь совсем недавно она бы, не раздумывая, ответила на этот вопрос. Навсегда распрощаться с прошлым и жить тихой жизнью — вот что бы она сказала.

Но теперь она уже не была в этом уверена.

«Как можно соблазнить кого-то, сажая дерево?» Подгоняемая этой мыслью, Уилла оставила магазин на попечение Рейчел и отправилась к Джексон-Хилл. Машину пришлось бросить у самого подножия холма, поскольку дорогу перекрыли.

Вдоль нее стояло видимо-невидимо народа: и обычные зеваки, и фотографы, и даже съемочная группа с телевидения — все с нетерпением ожидали, когда привезут дуб.

Интересно, скольких Колин сегодня задумал соблазнить? Похоже, зря она недооценивала важность этого события.

Взобравшись на вершину, Уилла остановилась и взглянула на особняк. Девушка попыталась представить себе, как все было: Джорджи семнадцать, она ведет пусть бедную, но добропорядочную жизнь; тут в их доме появляется очаровательный мошенник, обещающий спасти целый город и... что дальше? Джорджи влюбилась? А потом забеременела? Нет, конечно же нет, этого просто не может быть. А что, если в него влюбилась Агата и девушки из подружек превратились в соперниц? А потом Агата убила Девлина из ревности?

Там, где раньше росло персиковое дерево, возвышалась гора земли. Вдруг до Уиллы дошло: а ведь бабушка знала, что произошло. Недаром она исчезла со страниц «Вестника» именно летом. Она наверняка видела, что сделала Агата, но никому ничего не сказала.

Тут Уилла заметила Пэкстон: та разговаривала с вожатым одного из летних лагерей, которые спонсировали Осгуды. Дети стояли рядом, держа в руках самодельные праздничные плакаты.

Пэкстон перехватила взгляд Уиллы и сразу отвернулась. Как же все-таки она похожа на Агату.

Раздался пронзительный звук. Он исходил со стороны громадной ямы, вырытой сбоку от «Хозяйки Голубого хребта», где суетились десятки рабочих и стояли какие-то машины. Колин, расхаживая взад и вперед, говорил по мобильному. Закончив разговор, он подбежал к краю холма и уставился куда-то вдаль.

Проследив за его взглядом, Уилла поняла, что он смотрит на шоссе. Очевидно, звук оповещал, что транспорт с деревом уже близко. И действительно: вскоре на шоссе, движение по которому также было перекрыто, показался тягач с прицепом. Он медленно двигался по дороге, сопровождаемый полицейскими машинами с мигалками. Старое дерево возвышалось на платформе, величаво покачиваясь, и от этого зрелища Уиллу, неожиданно для нее самой, охватил ни с чем не сравнимый восторг.

Через долгих сорок пять минут тягач добрался до подножия холма и, ревя под немыслимой тяжестью своего груза, пополз вверх по склону. Вблизи полуторавековой дуб потрясал воображение: в высоту он был футов сорок, а крона в обхвате достигала и всех восьмидесяти. Люди, стоявшие вдоль дороги, приветствовали царственного старца восхищенными возгласами. Они были ошеломлены точно так же, как и Уилла, и ликовали, чувствуя свою причастность к претворению в жизнь этого неслыханно дерзкого плана по спасению от гибели дерева, посаженного, вероятно, еще во времена Гражданской войны.

Наконец дуб доставили на вершину холма, но понадобилась целая вечность, чтобы довезти его до места посадки. Толпа зрителей, измученных ожиданием, постепенно редела, пока на холме не осталась группа всего лишь из нескольких человек, включая Уиллу. Она попросту не могла сейчас уйти.

Удивительное зрелище буквально заворожило ее. Это напоминало схватку исполинского зверя с человеком. Когда корни, окутанные мешковиной, были опущены в яму с помощью машины, люди схватили веревки, опутывающие гигантские ветви. Люди закричали — и зверь застонал в ответ, пытаясь вырваться из их цепких рук. Люди двигались синхронно, перебегая то на одну сторону, то на другую. Они знали этого зверя. Знали все его повадки. Им было хорошо известно, как его приручить.

И вот наконец все закончилось — зверь был усмирен и посажен в клетку.

Блистательная победа человека.

Колин, раскрасневшийся, в насквозь мокрой от пота рубашке, обвел глазами собравшихся, словно кого-то высматривая. Встретившись взглядом с Уиллой, он улыбнулся, и — вот оно! Желание — непреодолимое, первобытное желание, проснувшееся в ней вчера вечером, — снова накрыло ее с головой. Она инстинктивно подалась назад.

Выходит, Колин был прав, настаивая на том, чтобы она пришла: он действительно знает Уиллу лучше нее самой.

Ошеломленная, девушка развернулась и начала спускаться по склону.

Весь оставшийся день она была как на иголках: на работе вздрагивала каждый раз, как звенел дверной колокольчик, а дома ей казалось, что в дверь вот-вот постучат. Кожа горела, словно обожженная солнцем, и даже душ не помог избавиться от этого странного ощущения.

Телефонный звонок застал ее, когда она выходила из ванной. Уилла бегом бросилась в спальню, где лежал мобильник.

— Алло.

— По-моему, все получилось, — услышала она в трубке тихий голос Колина.

Вот чего она с таким нетерпением ждала.

— Вполне, — ответила Уилла. (В горле вдруг пересохло.) — Похоже, твоя работа закончена.

— В субботу возьми выходной — проведем его вместе.

В конце концов Колин здесь всего на месяц. Потом он уедет, и ей не составит никакого труда выкинуть его из головы. Всего месяц — а после она вернется к нормальной жизни.

И Уилла приняла его предложение.

За ужином отец не выпускал из рук смартфон, который заменил ему извечную газету, а мать вдохновенно щебетала о том, какой прекрасный репортаж сняли про посадку дерева — теперь-то про переполох, вызванный находкой скелета, точно позабудут.

— Я очень рада, что эти неприятности позади, — сказала София. — Всем нам порядком досталось. Пэкстон, нужно устроить экстренное заседание и объявить, что проблема с «Хозяйкой» решена. А то, я слышала, кое-кто из членов клуба всерьез собирается праздновать юбилей в другом месте. И это учитывая, что приглашения уже разосланы!

— Да, — согласилась Пэкстон, — я тоже слышала.

И тут же пожалела о своих словах.

— Что? И почему я узнаю об этом от Шейн Истон, а не от тебя?

Двадцать пять лет назад София и сама была президентом Женского общественного клуба. Покинув свой пост, она по-прежнему старалась влиять на принимаемые решения — теперь уже через Пэкстон, не давая той ни минуты покоя. Со временем она угомонилась, перестав выпытывать у дочери подробности каждого собрания, и Пэкстон вздохнула свободнее. Однако это не значило, что мать согласна пребывать в полном неведении.

Колин громко кашлянул.

— Я бы хотел сделать заявление, — произнес он. — Просьба ко всем сидящим за этим столом: не нужно искать мне спутницу для приема. Понимаю, что соблазн велик, однако — не стоит.

— Но как же так, Колин? А я-то подумывала о Пенелопе Мэйфилд, она такая славная! — встрепенулась София, тут же забыв о разговоре с дочерью.

— Ха! — Держа на весу бокал с вином, Колин выставил в направлении матери указательный палец. — Я так и знал, что у тебя уже есть план. Ну уж нет. Я отказываюсь от общества славной Пенелопы.

— Никакого сладу с тобой, — снисходительно заметила мать.

Молодой человек подмигнул сестре: не благодари.

Сразу после ужина Колин ускользнул во дворик. Он делал так всю неделю, но сегодня Пэкстон последовала за ним.

— Я не понимаю, — сказала она, опускаясь в мягкое кресло рядом с братом.

— Чего именно?

Колин сидел, закрыв глаза и откинув голову на подушки.

Пэкстон попыталась принять ту же позу, но ей она показалась неудобной.

— Мама на тебя не надышится. Папа больше не пристает с гольфом. А ты по-прежнему только того и ждешь, как бы убраться отсюда.

— Тебе ли этого не понимать, Пэкс. На защиту уходит слишком много сил.

— Если ты вернешься, то ужинать здесь каждый день будет не обязательно. Это для меня обязательно, потому что я тут живу, но ты-то найдешь себе другое жилье.

— Я знаю.

— Так возвращайся, — попросила Пэкстон. — И летай на работу отсюда, а не из Нью-Йорка.

— Мне кажется, я пока еще не готов.

— Не готов к чему? Помогать своей семье? Черт возьми, Колин, ты неплохо устроился.

Почему она нападает на брата? Он ведь этого не заслужил. Да и расстроена она вовсе не из-за него.

— Но сейчас-то я здесь. Ты попросила — и вот он я.

— Да. На месяц.

Он сделал медленный, глубокий вдох:

— Я устал, Пэкс. И мне совсем не хочется ругаться.

Колин по-прежнему плохо спал. В этом, по крайней мере, они с ним были похожи.

— И мне тоже не хочется. Прости.

Оба замолчали. Несколько минут тишину нарушали лишь монотонные песенки сверчков. Неспешно плывущие облака то и дело наползали на луну, приглушая ее свет, и казалось, будто кто-то включает и выключает огромную лампу. Пэкстон смотрела в небо и видела в нем отражение собственных эмоций: недолгое счастье сменяется угрюмостью, подобно тому как яркий лунный свет исчезает в пелене туч.

— Ты ведь с Уиллой Джексон пойдешь, да? — не выдержала Пэкстон.

— Надеюсь, — с улыбкой ответил Колин. Он повернул голову и посмотрел на сестру. — А ты с кем?

Не случись того поцелуя, она бы не раздумывая ответила: с Себастианом. Но теперь... В прошлые выходные он вызвался поработать в бесплатной клинике, но сегодня уже вторник, а он все еще молчит. Даже после ее сообщения, в котором она извинилась. Ей было неуютно без Себастиана. Пэкстон не знала, чем заполнить внезапно появившуюся в душе пустоту, ведь он был ее лучшим — и единственным — другом. Но как теперь смотреть ему в глаза? Теперь, когда Пэкстон известно наверняка, что Себастиан не в силах дать ей того, чего она жаждала больше всего на свете? На краткое мгновение девушка почувствовала, что завидует брату, его приятной, ничем не обремененной жизни. Она понимала, почему Колин не хочет возвращаться в Уоллс-оф-Уотер.

— Ни с кем, наверное, — ответила она. — Да и забот на приеме будет столько, что я все равно не смогу уделять своему кавалеру внимания.

— Хочешь, я с тобой пойду? — предложил Колин.

— Ты лучше приведи Уиллу, я хочу поздравить ее бабушку. — Пэкстон замешкалась. — Уилла сегодня была на Джексон-Хилл, ты видел?

— Да. Это я ее пригласил.

Сестра прикусила нижнюю губу.

— То есть вы... общаетесь?

— Ну да. А что?

— Надо полагать, для тебя уже не секрет, что произошло в пятницу?

— Вообще-то, секрет, — ответил Колин. — Я спрашивал ее, но она упорно молчит.

— Так, выходит, ты не в курсе? Совсем ничего не знаешь? — удивилась Пэкстон.

Колин встрепенулся:

— Интересная картина вырисовывается. Что вы от меня скрываете?

— Да так, ничего.

Он вздохнул и поднял лицо к переменчивой луне:

— Вот и Уилла тоже так сказала.

Поздним вечером Себастиан сидел в дальней кабинке обшарпанной закусочной «Счастливые денечки» и неспешно пил кофе — совсем как в те далекие времена, когда он был подростком. Правда, на сей раз он не принес с собой набитый книгами портфель, чтобы читать, пока его не сморит сон.

К тому же одет он сейчас получше, да и глаза не подведены черным.

Его отец постоянно пил, поэтому мальчик старался держаться от него подальше. В детстве двоюродная бабушка часто водила Себастиана в «Счастливые денечки» — единственное место, которое было ей по карману, а подростком он не раз прятался здесь, потягивая малюсенькими глотками кофе и читая библиотечные книжки. А когда глаза слипались от усталости, возвращался домой и засыпал на диване, который стоял на крыльце, — лишь бы не видеть отца и не слышать его брани: тот не упускал возможности назвать сына гомиком, а уж если напивался, то это слово просто не слезало у него с языка. А утром Себастиан уходил в школу, где его ожидало почти то же самое.

— Эй, милый, — окликнула его Лойс, подходя к дверям кабинки. — Думаю, тебе не помешал бы кусок пирога.

Себастиан улыбнулся. Сколько он себя помнил, Лойс всегда здесь работала. Сейчас это была жилистая старушенция в видавшем виды блондинистом парике и с ярко накрашенными губами, одетая в голубое платье из синтетической ткани и белый передник с рюшами. Вторая официантка, тоже далеко не молодая женщина, была в точно такой же униформе. В закусочной сидело лишь несколько стариков; почти все уже разменяли восьмой десяток, и ни один из них не обращал внимания на Себастиана. Никто его здесь не трогал, вот почему эта забегаловка так его привлекала. Надо же, а ведь он думал, что давным-давно перерос свои страхи. Оказывается, он заблуждался.

— Я не голоден, Лойс. Но все равно спасибо.

— Ешь давай, — повелительно отрезала та и поставила тарелку с пирогом на стол. — Ты посмотри на себя — ничуть не изменился, кожа да кости! Думал, надел модный костюм, так я и не замечу?

И она прошлепала в зал. Подошвы ее ортопедических туфель поскрипывали, чуть скользя по растрескавшемуся линолеуму. Пирог и любовь в понимании Лойс были синонимами. Себастиан это знал и ценил очень высоко. Несколько месяцев назад, когда он, впервые после долгих лет, переступил порог «Счастливых денечков», они с Лойс тут же вернулись к привычной для них обоих игре: она, как и раньше, пыталась его откормить, а он по-прежнему отказывался.

Себастиан отставил тарелку в сторону и взглянул на мобильный, лежавший возле чашки с кофе.

Он взял телефон и в который уже раз включил голосовое сообщение от Пэкстон.

Себастиан, привет. Это я. Мы уже несколько дней не виделись.

Молчание. Очевидно, она за рулем. Слышно, как проносятся мимо машины. И двигатель гудит. Вождение для нее — обычное занятие. И конечно, как всегда, она успевает делать несколько дел одновременно.

Я просто хотела извиниться. За все. За пятничный вечер. За то, что не позвонила тебе и не попросила о помощи, когда напилась. Если ты не хочешь идти на этот концерт в субботу, то ничего страшного. Я и так знаю, что ты согласился только ради меня — ты ведь не любишь классическую музыку. В общем... у тебя там все хорошо? Позвони мне, ладно? Пока.

Себастиан снова положил телефон рядом с чашкой.

Он и подумать не мог, что судьба сведет его с Пэкстон Осгуд. Решение вернуться в Уоллс-оф-Уотер далось ему нелегко, но, узнав о том, что доктор Костово уходит на пенсию, он понял: это знак. В первые же дни молодой врач наладил общение с людьми, которые раньше его отвергали. Может, те, кто хорошо помнили Себастиана Роджерса, и бросали в его сторону косые взгляды, но в целом он легко вписался в местное общество. Даже слишком легко. Себастиан на такое и не рассчитывал. Он был готов к борьбе со злобой и высокомерием окружающих, но выяснилось, что врагов у него не осталось. Остались лишь собственные воспоминания о растерянном, лишенном родительской ласки мальчике: отец травил его из-за недостаточно мужественной внешности, дети над ним издевались, и никто в целом мире не понимал, каков этот мальчик на самом деле. Да, врагов больше нет. Только призраки прошлого.

И Пэкстон.

Сам Себастиан давным-давно разобрался со своей ориентацией, но его внешность всегда вводила людей в заблуждение. Однако ему казалось, что с Пэкстон такой проблемы не возникнет. Они мгновенно нашли общий язык, а вскоре и подружились. Женщины часто искали его дружбы, для них она была чем-то вроде трофея, так что удивляться тут нечему. Но что действительно его поражало, так это ее серьезность и бесконечная ему благодарность. Складывалось ощущение, будто Пэкстон долго блуждала по пустыне, и вот наконец на ее пути возник оазис. Нужно признать, ему нравилось, что они близки. Еще бы: золотая девочка Уоллс-оф-Уотер, у которой есть все, выбрала его, чтобы поверять ему свои секреты. Однако со временем, глядя, как открыто она проявляет нежность, Себастиан начал понимать, что она испытывает к нему не только дружеские чувства. Свои же собственные его, как обычно, ставили в тупик. Как вести себя с Пэкстон, Себастиан не знал, а поскольку она ясно давала понять, что не хочет об этом говорить, то предположил, что вскоре ее увлечение пройдет само собой, поэтому они продолжали общаться так, словно ничего не происходит.

Вплоть до прошлой пятницы.

Себастиан глубоко вздохнул, потирая переносицу.

Она была на взводе. Устала. И сразу пожалела о том, что они сделали.

Ну да, все верно. Вот только если Пэкстон и правда жалеет о случившемся, а он хочет обо всем забыть, то почему они сейчас играют в эту игру? Почему она говорит, что ему необязательно сопровождать ее в обществе, как раньше? А он — почему он сам ее избегает?

Наверное, Пэкстон думает, что ей будет сложно сдерживать при нем свои чувства.

А может, все как раз наоборот?

Все это слишком неожиданно. Он-то думал, что, вернувшись, покончит с проблемами, тянущимися из прошлого. Так оно и вышло, вот только их место заняли другие — те, которые, как ему казалось, он разрешил еще пять лет назад.

И Себастиан понятия не имел, что же ему теперь делать.

Глава 10

ЧАРОДЕЙ

В этот пятничный вечер Пэкстон не находила себя места. Почему Уилла до сих пор молчит? Вдруг на сегодняшнем свидании она расскажет Колину все, что знает? Ночная потасовка возле магазинчика «Подзаправься!» с участием пьяной Пэкстон, признание в любви к Себастиану и, главное, неожиданная исповедь Агаты — если все это всплывет на поверхность, поднимется нешуточный ажиотаж, а «Хозяйка Голубого хребта» снова окажется в центре скандала, чего Пэкстон сейчас хотелось меньше всего. Подумать только, ее репутация целиком зависит от постороннего, почти незнакомого человека!

Пэкстон подъехала к дому Уиллы и припарковалась за ее джипом. Расправив плечи, она с решительным видом поднялась на крыльцо и постучала в дверь. На улице еще было светло. В воздухе носился аромат свежих овощей, смешанный с резким запахом угля, — кто-то готовил ужин. Дверь открылась. Двух более непохожих друг на друга женщин вообразить было сложно: Уилла — в джинсах и немыслимой рубахе, словно сшитой из множества цветастых носовых платков, и Пэкстон — в бежевом платье-футляре и безупречно гладком пиджаке (она несколько раз в день обрызгивала его особой жидкостью против складок).

— Пэкстон, — удивленно произнесла Уилла. — Заходи.

— Я боялась, что не застану тебя.

Пэкстон вошла в дом, и Уилла закрыла за ней дверь.

— Вечер пятницы я провожу исключительно дома с пылесосом. Чистота — залог здоровья!

Гостья поправила сумку на плече.

— Тогда почему в прошлый раз ты оказалась не дома?

— Была на пикнике, сперва не хотела, но в самый последний момент решила все-таки поехать.

«К счастью для меня», — подумала Пэкстон. И, решив не ходить вокруг да около, тут же выпалила:

— Колин сказал, что спрашивал у тебя, что случилось в прошлую пятницу, но ты упорно хранишь молчание. И о признании бабушки он тоже, судя по всему, не слышал. — Пэкстон перевела дух. — Признаться, я удивилась. Я-то была уверена, что ты всем расскажешь.

Уилла нахмурилась:

— С чего ты взяла?

— По моему опыту, людям обычно доставляет радость наблюдать, как у меня все идет наперекосяк. Уж и не знаю почему.

— Колин был не в курсе, что полицейский расспрашивал меня о бабушке, вот я и решила, что мы с тобой мыслим одинаково. Нам ведь пока точно не известно, что произошло много лет назад, — заметила Уилла.

— Да, ты права, — с облегчением согласилась Пэкстон. — Но думать, будто Джорджи имеет какое-то отношение к этому скелету, — верх абсурда. Мне твоя бабушка всегда нравилась. — И, помолчав, добавила: — А тебе моя — нет, я знаю, но ничего страшного.

Уилла виновато улыбнулась.

Пэкстон с недоумением взглянула на коробки, которых неделю назад здесь не было, и ее взгляд мгновенно приковало платье, наброшенное поверх одной из них. Его украшали бусины, которые сияли, словно крошечные звездочки. Пэкстон подошла к нему и с благоговением, свойственным лишь тем, кто знает истинную силу платьев, дотронулась до ткани.

— Бесподобно! Никак винтаж? Ну точно: платье-бюстье с широким поясом и расклешенной юбкой — такие носили в начале пятидесятых.

Уилла кивнула:

— Сшито в пятьдесят четвертом, кажется. На нем до сих пор все бирки целы. Оно лежало в коробке из магазина. Судя по открытке, которую я нашла там же, это рождественский подарок моей бабушке от твоей. Но бабуля Джорджи так ни разу его и не надела.

— Похоже, они действительно дружили, — сказала Пэкстон, не в силах оторвать от платья глаз.

— Дружили, я думаю. Когда-то.

Пэкстон отвлеклась от пленившего ее предмета гардероба и, махнув в сторону остальных коробок, спросила:

— А в этих что?

— Бабушкины вещи. Хочу отнести их обратно на чердак.

— Думала отыскать какие-нибудь подсказки? — догадалась Пэкстон.

Ну конечно, так и есть. Джорджи Джексон — самое безобидное создание на свете, и Уилла намерена это доказать. А вот Пэкстон не была уверена, что взялась бы доказывать то же самое, попади под подозрение Агата. И это ее пугало.

— Правда, я почти ничего не нашла. — Уилла растерянно пожала плечами.

— Почти? Значит, что-то все-таки обнаружила?

— Ничего такого, что доказывало бы вину Агаты, если ты об этом. Но мне очень хочется знать, что же тогда произошло. Жизнь моей бабушки круто переменилась в тридцать шестом. И мне кажется, что Такер Девлин приложил к этому руку.

Она подошла к кофейному столику и, покопавшись в кипе распечаток, вытащила одну из распечатанных страниц «Вестника».

— Смотри, что я принесла из библиотеки.

Протягивая листок Пэкстон, Уилла постучала кончиком пальца по черно-белому изображению какого-то мужчины в костюме. Он стоял между двумя совсем юными девушками, на лицах которых застыло мечтательное выражение. На девушках были платья, модные в тридцатые или сороковые годы прошлого века.

— Это Такер Девлин. А это — Джорджи и Агата.

Пэкстон в изумлении поднесла листок к глазам. Да, это и впрямь Агата, никаких сомнений: те же высокие скулы, те же огромные темные глаза. И она здесь такая... счастливая. Пэкстон никогда не видела бабушку счастливой. Что же случилось с этой девочкой?

— Мне одна мысль покоя не дает, — продолжала Уилла. — Почему клуб основали примерно в то же время, когда убили Такера Девлина?

— Простое совпадение, — не раздумывая, ответила Пэкстон. — Какая тут вообще может быть связь?

— Понятия не имею. Но у меня сложилось впечатление, что наши бабушки всегда были не разлей вода, но стоило появиться Такеру Девлину, как они вдруг превратились в соперниц. А после того как в августе Такер пропал, они снова сблизились и основали клуб.

Пэкстон устало потерла лоб. Это еще ничего не значит.

— Только прошу тебя, не говори никому о своей теории, ладно? Иначе в клубе со мной вообще перестанут считаться.

— Мне казалось, мы это уже проходили. Никому я ничего говорить не собираюсь, — успокоила гостью Уилла. — Принести чего-нибудь попить?

— Да, спасибо.

Когда Уилла исчезла в кухне, Пэкстон подошла к дивану и осторожно присела, стараясь отогнать воспоминания о том, как плохо ей было на нем неделю назад. Она положила листок на стопку остальных распечаток и тут заметила фотоальбом, а на нем — фотографию какого-то мужчины. Пэкстон взяла ее и присмотрелась: сколько обаяния и силы в этом человеке. Такому достаточно просто улыбнуться — и весь мир ляжет к его ногам. С чего бы бабушке его убивать?

Уилла вернулась с двумя бутылочками сока и протянула одну гостье.

— А этот Такер Девлин был невероятно привлекателен, — признала Пэкстон. — Теперь я понимаю наших бабушек.

Уилла ответила недоуменным взглядом:

— Но это не Такер Девлин. Это старая фотография моего отца, я нашла ее в альбоме. Все никак не могу решить, что с ней сделать.

Пэкстон снова посмотрела на снимок:

— Что ты сказала?

— На этом фото — мой отец.

— Ты серьезно? Да он же вылитый Такер Девлин.

Уилла поставила бутылку на стол и взяла в руки снимок. Вглядевшись в него, она перевела взгляд на изображение из «Вестника» — и тут до нее дошло. Она тяжело опустилась на диван рядом с Пэкстон:

— Господи, я так надеялась, что это неправда.

Через несколько секунд озарило и Пэкстон: ни для кого не секрет, что, когда Джексоны покидали

«Хозяйку», Джорджи была беременна, но об отце ребенка ничего не было известно — вплоть до сего момента.

Раньше Пэкстон думала, что это — лишь ее история: история, которую она любит и защищает, благодаря которой чувствует себя здесь на своем месте. Оказывается, не только. Она имеет отношение и к Уилле. Такер Девлин — ее родной дед, и закрыть на это глаза не получится. Уилла должна знать, что произошло в их семье, даже если Пэкстон и придется изменить мнение о своей собственной.

— Думаю, нам нужно еще раз поговорить с бабулей Осгуд, — сказала она.

День клонился к вечеру. Видеть этого Агата не могла, но, сидя на диванчике, она чувствовала, как по лицу медленно перемещается пятно тепла. В воздухе витал слабый аромат персиков, однако ее это не пугало. До Джорджи ему теперь не добраться, а это главное.

Не пожелав идти в столовую, Агата потребовала принести ужин в комнату. Ей нравилось есть в одиночестве. Еда — единственное удовольствие, которое у нее еще осталось. Агату Осгуд не тянуло общаться с местными постояльцами — слишком уж она стара для того, чтобы заводить новых друзей. Да и какой в них прок? Все равно ее уже больше никто не понимает.

Но Агата не унывала — ее необычайно волевая натура в принципе не позволяла предаваться унынию. Но и в восторге от нынешней жизни старушка тоже не была, поэтому в последнее время, особенно узнав новости о «Хозяйке Голубого хребта» и Такере Девлине, она все чаще погружалась в мысли о прошлом.

— Бабуля Осгуд? — раздался со стороны двери голос Пэкстон.

— Пэкстон, а ты здесь с какой стати? Ты разминулась со своим братцем-древолюбом. Он наконец-то удосужился меня навестить. И принес мне шоколадных конфет. А ты, надеюсь, не с пустыми руками?

— Я с Уиллой Джексон, — ответила внучка, проходя в комнату.

Рядом с Пэкстон маячила какая-то тень и слышались чьи-то шаги.

— Здравствуйте, миссис Осгуд, — сказала Уилла.

В детстве Уилла была пронырой. Не злой, не коварной, но пронырой. И Агата, и Джорджи это прекрасно видели. Однако Джорджи убедила себя, что сможет выбить дурь из внучки точно так же, как в свое время из сына, и они втроем заживут тихой, нормальной жизнью. Стоило ли оно того? Если бы Джорджи не внушила Хэму уверенность в его ничтожности, он смог бы добиться невероятного успеха. Джорджи утверждала, что она всего лишь хочет заглушить в сыне и внучке магические способности Такера. В том, что оба их унаследовали, сомнений не было, но это вовсе не означало, что они непременно плохо кончат. Нужно было так и сказать Джорджи.

— Ну, раз уж вы заявились сюда вдвоем, — пробурчала Агата, — значит хотите знать, что произошло.

— Уилла нашла какую-то газету под названием «Вестник Уоллс-оф-Уотер», и мы кое-что выяснили.

— А, «Вестник» — я уж о нем и забыла. — Агата рассмеялась. Когда-то эта газетенка казалась им всем такой солидной. — Его издавала Джоджо Макпит. Уж такая крикливая — никакого спасу от нее не было.

— Миссис Осгуд, отцом моего папы был Такер Девлин? — прямо спросила Уилла.

От ее слов у Агаты защемило в груди. Надо же, а она-то думала, что ее сердце уже давно омертвело.

— Смотри-ка, догадалась...

— Как все было на самом деле? — Пэкстон присела на диванчик; Уилла по-прежнему стояла на пороге. — Бабушка, ты и правда его убила?

— Правда, — ответила Агата твердо.

Это было меньшее, что она могла сделать для Джорджи.

— Но почему?

— Потому что мы, женщины, опутаны единой невидимой паутиной: стоит этой паутине дрогнуть — и мы все узнаём, где случилась беда. К несчастью, обычно нам не хватает храбрости или любви к ближнему, чтобы прийти на помощь. Но на кого нам еще надеяться, если не друг на друга?

— Так ты убила Девлина, чтобы помочь Джорджи? — В голосе внучки слышались нотки, которые ясно давали понять: она-то думала, что Агатой двигали менее благородные порывы.

— Мы с Джорджи дружили так крепко, что водой не разольешь. Пока не явился Такер Девлин. Времена тогда были непростые: мало того что бушевала Великая депрессия, так еще и лес валить запретили. Те, кому удалось не разориться, не давали остальным умереть с голоду. Когда приехал Такер, город словно бы вернулся к жизни. Солнце засветило ярче. Еда стала вкуснее. Он всех нас пленил своими сладкими речами. И быстро дал понять, что перечить ему не стоит. Один старик, Эрл Янгстон, без устали доказывал нам, что Такер — мошенник. Так после их стычки у Эрла за ночь отросла здоровенная бородища — он наутро из постели сам выбраться не мог, запутался. После этого он и замолк. Брился только по шесть раз на дню. Вскоре уже каждый бежал к Такеру за советом, а девушки просто потеряли из-за него головы. Он знал, как добиться своего: разрушить то, что давало нам силы, — нашу дружбу. И в этом он преуспел. Вот почему мы все ополчились против Джорджи, самой хорошенькой из нас, когда Такер перебрался в «Хозяйку Голубого хребта», якобы намереваясь разбить на Джексон-Хилл персиковый сад.

Агата повернула голову к двери и прислушалась: тележка с едой, наконец-то! От предвкушения ужина у нее даже желудок свело.

— Бабуля? — окликнула ее Пэкстон.

На чем она остановилась? Ах да.

— Так вот. Джорджи пыталась обо всем нам рассказать. Говорила, что слышит, как Такер ходит у себя на чердаке по ночам, что он очень нервный и его беспокойство заражает всех вокруг. Из «Хозяйки» вдруг сбежали мыши, а птицы — тех, наоборот, тянуло в дом, как магнитом. «Он злой», «он жизни мне не дает» — вот что говорила Джорджи. Но мы лишь еще больше ненавидели ее: ведь он достался ей, а не нам. Через несколько месяцев она перестала появляться на балах, и мы решили, что она попросту задрала нос. На самом деле ей было страшно и стыдно. Когда мы отвернулись от Джорджи, у нее совсем никого не осталось.

— Страшно и стыдно? Но почему? — не поняла Уилла.

— Там ведь никакой романтикой и не пахло, — пояснила Агата. — Такер ее попросту изнасиловал. Он в «Хозяйку», считай, для того и переехал, чтобы до Джорджи добраться.

Уилла и Пэкстон молчали. Судя по скрипу колесиков, тележка с едой была совсем рядом.

— Когда бедняжка набралась храбрости сказать мне, что беременна, я ужасно разозлилась на себя: моя лучшая подруга попала в беду и столько раз взывала ко мне о помощи, а я, глупая, совсем оглохла от ревности. Я ведь могла предотвратить этот кошмар. С самого начала.

— Стало быть, ты убила Девлина за то, что он сделал, — подытожила Пэкстон.

— И продолжал делать. Он буквально терроризировал Джорджи. И я ударила его по голове сковородкой.

— Той самой, что нашли рядом с его скелетом, — догадалась Уилла.

— Точно.

— И никто об этом не знал? — изумилась Пэкстон. — Неужели ты в одиночку закопала труп под персиковым деревом?

— Джорджи знала. Мы вместе его закопали. И не было там никакого персикового дерева — оно выросло позже. — (Тут в дверь постучали.) — Такер ведь всегда утверждал, будто в его жилах течет персиковый сок.

— Ваш ужин, миссис Осгуд, — сообщила девушка с тележкой.

— Вам пора домой, — сказала Агата. — Я хочу есть.

— Но как же... — попыталась возразить Пэкстон.

— Приходите потом. Да не бойтесь вы: этой истории уже семьдесят пять лет, никуда она не денется.

Легкое шуршание, затем тишина. Девочки ушли. Хорошо, что они держатся вместе, — это вселяет надежду.

— Не стоит нас недооценивать. Как-то раз ты уже совершил эту ошибку — и поплатился.

— Что вы сказали, миссис Осгуд? — Девушка подкатила тележку к столу.

— Ничего. Дай мне спокойно поесть, — отрезала Агата. — И его с собой забери.

Глава 11

ПРИВОРОТНОЕ ЗЕЛЬЕ

Танцевальная труппа из Европы, ансамбль а капелла из Африки, группа китайских музыкантов, играющих на колокольчиках, — каждый год Женский общественный клуб устраивал гастроли какого-нибудь безвестного коллектива по США, а тот, в свою очередь, давал концерт на заднем дворе одной из участниц клуба. Эти представления были самым ожидаемым событием летнего сезона, но только не нынешнего: грядущий прием в честь юбилея клуба прочно завладел всеобщим вниманием, и Мойра Кинли, которая отвечала за организацию концерта в этом году, поначалу растерялась.

До приема оставалась всего неделя, и Мойра понимала, какой ей брошен вызов. Но, будучи неглупой, предприимчивой да к тому же южанкой, она ответила на него достойно. Во-первых, она устроила дневное мероприятие, а не вечернее, как обычно, что обязывало гостей к совершенно иному стилю нарядов. А во-вторых, Мойра наизнанку вывернулась, но заполучила Клер Уэверли. Все без исключения грезили о том, чтобы угощение для их торжества готовила Клер Уэверли из Бэскома — студенческого городка, расположенного неподалеку от Уоллс-оф-Уотер. Эта женщина творила настоящие чудеса. Однажды попробовав ее блюда, человек помнил их долгие годы, и никакая еда, что доводилось ему вкушать после, не могла сравниться с яствами Клер Уэверли. Никто по своей воле не упустил бы возможности полакомиться ее стряпней, даже Пэкстон, хотя на подобных мероприятиях она и крошки в рот не брала. Правда, сопровождать ее на сей раз было некому.

— Не забудь представиться Клер Уэверли, — напутствовала София, провожая дочь до двери.

— Не забуду.

Пэкстон бросила взгляд на часы. Она надеялась, что еще успеет позвонить Уилле и они обсудят вчерашнее — ну и вечер выдался! — но времени уже не было. Что ж, не страшно — они ведь условились в воскресенье еще раз съездить в дом престарелых.

— Постарайся произвести хорошее впечатление, — не унималась София.

— Постараюсь.

— Отдай ей вот это. — Мать протянула крошечную коробочку, обернутую в красивую голубую бумагу, с клетчатым бантиком на крышке.

— А что там? — полюбопытствовала Пэкстон.

— Подарок для повара: золотая булавка в виде цветка — Клер ведь делает съедобные цветы. И несколько приятных слов лично от меня.

Ясно. Никакой это не подарок, а самая настоящая взятка.

— Ты хочешь, чтобы Клер Уэверли готовила на годовщине вашей с папой свадьбы, да?

— До нее всего восемь месяцев! — с тревогой в голосе воскликнула София.

Ее слова застали Пэкстон уже на пороге.

— Пока, мама.

— Да, пока! — подхватил невесть откуда взявшийся Колин и проскользнул в дверь прямо перед ними.

— Колин! А ты куда? — крикнула ему вслед мать.

— Моя душа жаждет общения с природой! — крикнул в ответ сын.

Пэкстон вышла следом.

— Поправь ремешок на босоножке — он перекрутился, — услышала она за спиной.

Колин уже садился в отцовский «мерседес».

— Ты слишком легко отделался, — заявила Пэкстон брату. — А мне минут десять из дома выйти не давали.

— Главное — не смотри родителям в глаза. Тогда они тебя не тронут.

Пэкстон не смогла сдержать улыбку:

— А у тебя хорошее настроение.

— У меня — да, — подтвердил Колин, окидывая сестру внимательным взглядом. — А вот у тебя — нет. Ты вообще когда последний раз была в хорошем настроении, Пэкс? Хоть ты и думаешь, что мне плевать, это не так. Пока ты не съедешь из этого проклятого дома, ничего не изменится. Ты должна найти себе причины для счастья. Здесь их точно нет.

Да, здесь причин для счастья нет. И она понятия не имеет, где их искать.

— Ты и вправду собрался на природу?

— Откровенно говоря, у меня свидание с Уиллой, и мне уже пора. — Он кивнул кому-то позади Пэкстон. — Ты бы тоже поспешила — нехорошо заставлять своего кавалера ждать.

— Спасибо, что напомнил, но у меня нет никакого кавалера.

— Это ты ему скажи, — ответил Колин и, чмокнув сестру в щеку, сел в машину.

Пэкстон обернулась. На круговой подъездной дорожке, выложенной кирпичом, прямо перед ее «БМВ» была припаркована машина Себастиана, а сам Себастиан стоял, прислонившись к ней спиной и засунув руки в карманы.

Он наблюдал за Пэкстон с беспристрастным выражением лица, хотя было очевидно, что он напряжен.

— Я же сказала, что приезжать необязательно, — начала Пэкстон, подойдя к нему.

— А я сказал, что готов ради тебя на все, — ответил он, открывая перед ней пассажирскую дверь. — Ну что, поехали?

Пэкстон почувствовала, как у нее камень с души свалился: меньше всего на свете ей бы хотелось явиться к Мойре в одиночестве.

— Спасибо, Себастиан.

Почти всю дорогу они молчали. Себастиан сказал, что ей идет розовый, а Пэкстон отметила великолепную полировку его машины. И ни слова о том, почему за целую неделю они ни разу не увиделись или хотя бы не созвонились. Будет ли между ними все так, как раньше? Навряд ли. Сейчас, когда Себастиан сидел так близко, Пэкстон снова тянуло к нему. И вовсе не по-дружески. Да это никогда и не было дружбой. И уже бесполезно скрывать правду — и от него, и от себя самой.

Они остановились перед коттеджем «Вересковый куст» — так назывался дом Мойры Кинли, особняк в федеральном стиле, — и Себастиан отдал ключи подбежавшему парковщику. Они поднялись на крыльцо, и тут наконец он заговорил, поинтересовавшись:

— Кому подарок? Мойре?

— Нет. Это взятка поварихе от моей матери. София хочет, чтобы Клер Уэверли готовила на годовщине их с отцом свадьбы. Нужно будет улучить момент и всучить ей эту коробочку, иначе потом греха не оберешься.

Горничная провела их через дом на задний двор, где на большой лужайке уже собрались участницы клуба со своими гостями. День обещал быть жарким, но Мойра нашла выход, растянув над столами и сценой навес из легкой небесно-голубой ткани, который давал прохладную тень. Огромные вентиляторы создавали ветер, который то и дело надувал материю, словно парус. Зрелище было изумительное. А учитывая присутствие Клер Уэверли, ни у кого не возникало сомнений: этот день еще долго будет у всех на устах. Мойра, безусловно, потрудилась на славу.

Приближаясь к столикам под навесом, Пэкстон начала подозревать, что она далеко не единственная, кто приготовил подарок для Клер. К примеру, Линдси Тиджер, бедняжка, кое-как умудрялась держать в одной руке вок, перевязанный лентой, а в другой — бокал вина. Похоже, не только София имела виды на кулинарные таланты Клер Уэверли.

Первой к ним подошла Мойра — счастливая и чрезвычайно гордая собой. Она прекрасно осознавала, что ей удалось совершить невозможное.

— Добро пожаловать! — воскликнула хозяйка, звонко чмокая обоих гостей в щеку.

— Мойра, это грандиозно! — восхитилась Пэкстон. — Поздравляю!

— Слышать такое от тебя вдвойне приятно, — ответила Мойра. — Только ты не подумай — я ни в коем случае не пытаюсь затмить твой прием. Он наверняка тоже будет неплох.

Мойра указала на коробочку:

— Дай-ка угадаю. Подарок для Клер?

Пэкстон пожала плечами:

— Мама настояла.

— Я скажу тебе то же, что и всем остальным: вход на кухню строго воспрещен! Не хочу, чтобы повара отвлекали от работы. Но вино и еда в вашем распоряжении!

И Мойра упорхнула.

— На таких женщин следует вешать знак «Опасно для жизни», — прокомментировал Себастиан.

Пэкстон улыбнулась. Они пробирались между столиками в поисках своего, и тут их остановил официант — молоденький пухлогубый красавчик лет двадцати. Пожирая Себастиана глазами, он предложил ему вина. Себастиан поблагодарил и взял два бокала. Протянув один Пэкстон, он приобнял ее за талию, явно испытывая при этом неловкость, и повел свою спутницу дальше.

Следующие полчаса они переходили от компании к компании, пока не оказались в небольшой группе вместе со Стейси Хёрбст и Онор Редфорд. Все уже потеряли надежду пообщаться с Клер и либо засунули свои презенты в сумочки, либо оставили их на столах, и Пэкстон казалось, что коробочка привлекает к ней ненужное внимание. Поэтому она извинилась и направилась к ближайшему столику, чтобы избавиться от надоевшего подарка.

Возвращаясь, она невольно залюбовалась Себастианом: дымчато-серый костюм, белоснежная рубашка, шелковый галстук — и ни малейшего несовершенства. Одежда сидела на нем, словно вторая кожа, и все остальные на его фоне выглядели так, будто впопыхах нацепили на себя первую попавшуюся вещь, забыв посмотреться в зеркало.

Но не только она одна наблюдала за Себастианом. Красавчик-официант с подносом тоже был тут как тут. Он приблизился к Себастиану, предлагая ему закуски, но тот, мотнув головой, отвернулся и пригубил вино. Официант слегка оторопел, а потом принялся угощать других гостей, словно внезапно вспомнил и об их существовании.

Подойдя к группе, Пэкстон услышала, как одна из женщин говорит Себастиану:

— Какой милашка. Кажется, вы ему понравились.

— А вот и ты, дорогая, — сказал Себастиан, заметив Пэкстон. — До того как нас прервали, мы беседовали о тебе и «Хозяйке Голубого хребта». Похоже, скелет больше никого не интересует.

В чем он и убеждал ее с самого начала.

— Верно, — с энтузиазмом подхватила Пэкстон. — Она подняла бокал, словно произнося тост. — Так тебе и надо, Такер Девлин!

В этот момент бокал чуть наклонился — и по пиджаку Себастиана поползло пятно от вина. Девушка могла поклясться, что кто-то толкнул ее под руку, но рядом с ней никого не было!

— Боже мой, Себастиан, прости!

— Ничего страшного. Все равно сегодня слишком жарко.

— И много ты уже выпила? — осведомилась Стейси.

Пэкстон бросила на нее испепеляющий взгляд:

— Это мой первый бокал.

Официант тут же подскочил к Себастиану, стремясь помочь, но Себастиан с раздражением оттолкнул его руку и отрицательно покачал головой. Он отдал свой бокал спутнице, снял пиджак и встряхнул его. А затем сказал:

— Я часто слышал про Такера Девлина от бабушки.

Он повесил пиджак на руку и забрал бокал у Пэкстон.

— Она говорила, что этот тип держал весь город в страхе с помощью магии. Помнишь бабушкину картину, которая висит у меня в спальне? Ту, с птицей и ягодами?

Женщины тайком переглянулись. Интересно, он это нарочно? Теперь все знают, что Пэкстон была в его спальне.

— Так вот, Такер Девлин как-то пришел к ней. Он всех девушек обхаживал — хотел убедиться, что каждая попала под его чары. И представьте, во время разговора с бабушкой он вдруг протягивает руку к картине, берет пригоршню ягод из нарисованной чаши и отправляет их в рот. Прямо у нее на глазах. А по руке у него течет кровь. Хотя эта история и кажется мне невероятной, навряд ли ее можно списать на разыгравшуюся фантазию бабули. А я, глядя на картину, постоянно думаю: в чем же испачкан клюв этой птицы — в крови или в ягодном соке?

— Постойте-ка. И моя бабушка тоже рассказывала о каком-то чародее, — вмешалась Онор. — Во времена ее молодости здесь появлялся странствующий торговец, который, по ее словам, похищал сердца. Бабушка постоянно наказывала мне: «Если в человеке пылает столь сильный жар, что его пальцы обжигают тебе кожу, знай, что этот человек — дьявол. И скорее беги от него прочь».

И тут, одна за другой, стали всплывать полузабытые, в основном жутковатые истории, которые бабушки передавали внучкам. Бабуля Осгуд не преувеличивала власть Такера Девлина над людьми: пусть сейчас это и считали выдумкой, отзывались о нем почему-то с суеверным ужасом.

Он все еще жил — жил в этих историях, которые, как и его зарытые в землю кости, лишь ждали своего часа. Но такой человек недостоин того, чтобы о нем вспоминали, да и не к добру это. И почему ему не лежится спокойно в могиле?

Вдруг отовсюду послышались возгласы оживления. Пэкстон осмотрелась и увидела черно-желтую птицу, которая кружила над головами, заставляя людей вскрикивать и уворачиваться. Несколько минут птица летала под навесом, билась о голубую ткань, пока наконец не выпорхнула на свободу.

И они тотчас позабыли все, о чем так увлеченно говорили совсем недавно.

Вскоре Мойра попросила присутствующих занять свои места. Произнося хвалебную речь самой себе, она так увлеклась, что чуть не забыла представить музыкантов — струнный квартет из Украины. Потом начался ланч. Блюда, украшенные съедобными розами, источали аромат лаванды, мяты и желания, наполняя воздух сладостью и прохладой. Прикрыв глаза от удовольствия, люди жевали, очарованные прекрасными, столь чуждыми их уху мелодиями. Внезапно всех охватила странная тоска: вспомнились и романтические увлечения прошлого, и несбывшиеся мечты. Никто не спешил домой, что для светского мероприятия было очень странно. За несколько часов, что длился ланч, квартет успел дважды проиграть свой репертуар. Но вот пришло время десерта, и музыканты заявили, что им пора отправляться на концерт в другой город. Гости сидели за столами, потягиваясь, словно только что очнулись от долгого сна. Лицо Мойры, наблюдавшей со стороны, сияло от гордости.

Пэкстон повернулась к Себастиану, который задумчиво созерцал содержимое своего бокала.

— Если десерт готов, значит повариха скоро уйдет, и я не смогу вручить ей свой подарок. Да и никто, видимо, не сможет.

Она ненадолго отвлеклась, отвечая на чей-то вопрос, а когда вновь повернулась к Себастиану, его уже не было рядом.

Пэкстон огляделась: Себастиан стоял поодаль и разговаривал с красавчиком-официантом. В сердце больно кольнуло, и она отвела взгляд.

Через несколько секунд Себастиан возник у нее за спиной и прошептал на ухо:

— Я придумал, как провести тебя в кухню. Идем.

Пэкстон молча схватила сумочку и мамин подарок. Многие в этот момент выбрались из-за столов и были заняты тем, что разминали затекшие конечности, поэтому никто не заметил, как они проскользнули в дом.

Их уже поджидал официант.

— Следуйте за мной, — сказал он, с улыбкой подмигнув Себастиану.

Пэкстон мельком взглянула на своего спутника. Он пошел на это только ради нее.

— Давай, — подбодрил он. — Я подожду в гостиной.

В Бастере, так звали юнца, приятные манеры сочетались с невероятной настырностью. Он учился в кулинарной школе в Бэскоме и подрабатывал официантом. У дверей в кухню сидел человек, которому Мойра поручила любой ценой оберегать покой

Клер Уэверли и никого к ней не пускать. Ни дать ни взять — дракон из сказки, стерегущий прекрасную принцессу. Однако Бастер запросто провел Пэкстон мимо этого дракона: тот им и слова не сказал.

Поступок Себастиана так удивил и растрогал девушку, что, оказавшись на месте, она тут же изменила свой изначальный план. Обдумать толком новый она не успела, но медлить было нельзя, поэтому Пэкстон положила коробочку на полку у двери и решительно прошла вперед. Нельзя упустить такой великолепный шанс. Кто знает — вдруг она сможет претворить свою мечту в жизнь?

Пэкстон увидела двух женщин. Стол перед ними был усыпан яркими цветами — будто над ним только что взорвалась хлопушка с конфетти. Обе стояли не шевелясь, и Пэкстон невольно спросила себя: а настоящие ли они?

Богатые женщины всегда держат ухо востро. Стоит им лишь прослышать о ком-то, в чьей власти сделать их счастливее, красивее или моложе, как они тут же выстраиваются в очередь: то к новому дерматологу с чудодейственным кремом, то к тренеру, который в два счета приводит фигуру в идеальную форму. Или к Клер Уэверли — блистательной и таинственной, чьи кулинарные шедевры, по слухам, обладают волшебными свойствами: вызывают зависть соперниц, привносят новые краски в личную жизнь, обостряют чувства. Как только стало известно, что она единственная готовит угощения в виде цветов, все немедленно захотели заполучить именно эту повариху. И естественно, это оказалось почти невозможно.

— Миссис Уэверли?

— Да?

Клер обернулась. Это была женщина сорока с небольшим лет, с короткой стрижкой, которая ей очень шла. Одного взгляда на Клер хватало, чтобы понять: перед вами сильный и решительный человек, которому чужды хвастовство и позерство.

— Меня зовут Пэкстон Осгуд.

— Здравствуйте, — ответила Клер. Одной рукой она приобняла за плечи девушку, стоящую рядом с ней. — А это — моя племянница Бэй.

— Приятно познакомиться, — сказала Пэкстон.

Бэй улыбнулась. На вид ей было лет пятнадцать: худенький, угловатый, совершенно очаровательный подросток. Пэкстон заметила явное сходство с Клер: те же темные волосы и миловидные черты лица, только глаза, в отличие от тетиных — почти черных и колючих, — ярко-голубые. Руку девчушки до локтя оплетали браслеты, на футболке красовалась надпись «Хочешь знать — спроси меня», а из заднего кармана джинсов выглядывал потрепанный экземпляр «Ромео и Джульетты».

— Простите за беспокойство, — извинилась Пэкстон.

— Никакого беспокойства. Мы уже закончили. Десерт готов. — Клер указала на огромные подносы, заставленные стеклянными чашками. — Заварной лимонный крем с прослойкой из орехового бисквита, анютиных глазок, лаванды и вербены.

— Звучит чудесно.

— Бэй, отнеси эту коробку в фургон, хорошо?

И, когда племянница вышла, уверенно произнесла:

— У вас ко мне вопрос.

Ну конечно, Клер не впервой видеть несчастных влюбленных, которым нужно от нее волшебное снадобье. Или хотя бы обещание помочь.

Убедившись, что никого, кроме них, в кухне нет, Пэкстон поинтересовалась:

— А вы и правда можете с помощью своих блюд влиять на чувства людей?

— Я могу влиять на настроение. Но изменить человека — не в моей власти. На это никакая магия не способна. А кого вы намерены изменить?

Девушка замешкалась. Она не хотела, чтобы Себастиан стал другим. Не хотела, чтобы ее чувство к нему изменилось. Брат посоветовал Пэкстон отыскать причины для счастья, но разве то, на что она надеялась, придя сюда, могло принести ей счастье? Она ухватилась за Клер, как за последнюю надежду, спасительную соломинку, но теперь пора отпустить и ее. И Пэкстон сдалась:

— Пожалуй, никого.

Повариха чуть заметно улыбнулась. Она все поняла.

— Вот и хорошо. Чем отчаяннее мы боремся, тем хуже делаем себе и другим. Поверьте, я знаю, о чем говорю.

Пэкстон вышла из кухни, почти ничего не чувствуя. Оно и к лучшему. Себастиан ждал ее в гостиной.

Несмотря на тонкие черты лица и хрупкое телосложение, он умел производить впечатление человека гордого и неприступного. Таким и увидела его сейчас Пэкстон. Положив ногу на ногу, он сидел на кожаном диване и задумчиво глядел в окно. Услышав ее шаги, Себастиан обернулся.

— Ты не отдала Клер подарок? — удивился он.

Пэкстон повертела в руках злополучную коробочку.

— Нет, не отдала. Я хочу домой.

Себастиан поднялся с дивана, взял со спинки пиджак, и они молча вышли на улицу. Пока они ждали машину, Пэкстон увидела справа от них большой белый фургон, в который садились украинские скрипачи. Она не раздумывая направилась к ним и, протянув коробочку, сказала:

— Благодарю вас за чудесный концерт.

Все четверо улыбнулись. «Поди разбери их, этих странных американок с Юга».

Когда девушка вернулась, парковщик уже пригнал их «ауди». Себастиан открыл перед ней дверь, а затем сам уселся за руль.

Он даже не успел завести двигатель, как она выпалила:

— Я чуть-чуть не попросила у Клер Уэверли приворотное зелье.

Он медленно откинулся на спинку кресла и посмотрел на Пэкстон:

— И что же тебя остановило?

— Не хочу, чтобы ты перестал быть собой. Ты удивительный. А мои чувства — пусть они и некстати, но ведь ничего плохого в них нет. И я не отказалась бы от них, даже если бы могла.

Себастиан вздохнул, наклонился к ней и прижался лбом к ее лбу, закрыв глаза. Казалось, он тоже осознает, в каком безвыходном положении оба оказались. Мгновение спустя молодой человек слегка отстранился от Пэкстон и взглянул ей в глаза. Его взгляд скользнул по ее лицу и задержался на губах, и Себастиан подался еще немного вперед. Наверное, это все из-за ее признания. Он просто знает, что ей безумно бы этого хотелось.

— Не надо, — прошептала девушка, когда его губы были уже так близко, что она почувствовала тонкий аромат вина. — Не стоит меня жалеть.

В глазах Себастиана мелькнула растерянность.

— Почему ты решила, что я тебя жалею?

— Я знаю, тебе не очень приятна эта тема и ты держишь свои сексуальные предпочтения втайне от всех, но — я тебя видела! Мы тогда учились в выпускном классе, помнишь? Дело было в Эшвилле. Ты сидел в кафе, в торговом центре, в компании каких-то мальчишек, и один из них поцеловал тебя в губы. И в этот момент ты посмотрел на меня.

Себастиан отпрянул от нее, совершенно потрясенный услышанным. Лишившись его близости, Пэкстон тут же испытала непреодолимое желание свернуться комочком, чтобы удержать в себе исчезающее тепло его тела.

— Я никогда не потребую от тебя стать тем, кем ты не можешь быть. Никогда. Я знаю, ты не полюбишь меня, но это уже моя проблема. И мне думать, как ее решать, а не тебе.

Он глубоко вздохнул и покачал головой:

— Я уже и забыл о том случае.

На несколько секунд воцарилось неловкое молчание. Наконец Себастиан завел машину и тронулся с места. Когда они подъехали к перекрестку, зажегся красный и слева от них остановилась знакомая машина. Это был Колин, а рядом с ним сидела Уилла. Колин погудел и помахал им рукой.

Если бы Пэкстон так не любила брата, его довольный вид привел бы ее в бешенство.

Ему сегодня явно повезло больше.

Глава 12

СТРАННОЕ СОБЛАЗНЕНИЕ

Рейчел Эдни считала себя прагматиком. Она не верила ни в призраков, ни в приметы, ни в то, что дверные колокольчики могут звонить сами по себе.

Во что она действительно верила, так это в любовь. Любовь, по убеждению Рейчел, имела свой вкус и запах и, несомненно, могла полностью изменить человеческую жизнь.

И она, Рейчел, была тому доказательством.

Детство она провела в скитаниях по стране, нигде подолгу не задерживаясь, и, повзрослев, продолжила кочевать. Почему бы и нет? Слишком уж люди цепляются за стабильность и уверенность в завтрашнем дне. А что в них толку? Научиться чему-то можно лишь благодаря испытаниям, которые готовит тебе неизвестность. Так, полтора года назад судьба занесла ее, без гроша в кармане и выбившуюся из сил, в Уоллс-оф-Уотер. Рейчел решила немного подзаработать, а потом снова двинуться в путь. В этот магазин девушка устроилась без труда: уж о походах, палатках и выживании в условиях дикой природы она знала если не все, то почти все. Рейчел показалось, что хозяйка магазина, Уилла, ей обрадовалась. Уилла была очень славной, но никогда открыто не проявляла своих эмоций, хотя Рейчел точно знала, что их накопилось предостаточно. Чего только она не испробовала, чтобы заставить новую подругу раскрыться, но все без толку. И это слегка обескураживало, ведь Рейчел обычно не ошибалась в людях.

Она часто отправлялась в Катаракт с ночевкой и, поскольку аренда стоянки была для нее непосильной, ставила палатку в укромных уголках, чтобы ее никто не заметил. Однажды ночью, когда дождь лил как из ведра, ее все-таки обнаружил Спенсер, охранник заповедника. Он не стал выгонять девушку, но взял с нее слово, что с первыми лучами солнца и духу ее здесь не будет. В порыве благодарности Рейчел его поцеловала, и Спенсер, вспыхнув до корней волос, ушел. Вернувшись утром, он застал нарушительницу на том же самом месте и, казалось, был только рад, что она не сдержала своего обещания. Так и началась их история.

Рейчел влюбилась — и все стало по-другому.

После стольких лет странствий она осела в Уоллс-оф-Уотер. Поначалу она чувствовала себя довольно необычно, но ведь здесь был ее Спенсер, милый, добрый, надежный Спенсер, и Рейчел знала, что ее место рядом с ним. Ее мать когда-то поступила так же — отправилась колесить по стране только потому, что ее место было рядом с отцом. Понемногу Рейчел привыкла к этому городку с его странными суевериями. А еще привыкла спать на матрасе и пользоваться мультиваркой. Она научилась водить машину и даже уговорила Уиллу разрешить ей открыть кофейню. Она и сама не ожидала, что эта идея окажется столь удачной.

Рейчел пришла к выводу, что у каждого человека кофе вызывает воспоминания, связанные с чем-то особенным, будь то воскресное утро, дружеские посиделки, любимый дедушка, которого давно нет в живых, или собрания анонимных алкоголиков, подарившие надежду на лучшее. Для большинства людей кофе не просто напиток — он делает их счастливее.

Совсем как любовь.

А поскольку Рейчел верила в любовь, то она верила и в кофе.

Только в любовь и в кофе.

Но никак не в существование спятивших дверных колокольчиков, звенящих, когда им вздумается, пусть и была свидетелем обратного.

В эту субботу, когда снова раздался звон, Рейчел подняла голову, по привычке ожидая увидеть пустое место, но на пороге стояла Уилла.

— Ты что здесь делаешь? — удивилась Рейчел. — У тебя же выходной.

— Я сегодня встречаюсь с Колином Осгудом. Он сказал, чтобы я ждала его в магазине, — ответила Уилла, направляясь к подруге. — Начнешь подкалывать — премиальных лишу.

Рейчел напустила на себя серьезный вид и, немного поразмыслив, спросила:

— А чуть-чуть пошутить можно?

— Нет.

— Частушку спеть?

— Нет.

— А если я тихонько промычу тебе вслед свадебный марш?

— Только попробуй.

— То есть ты и Колин...

— Нет, — оборвала ее на полуслове Уилла.

— Так уж и нет?

Рейчел кивком указала на окно — в этот момент Колин как раз проходил мимо.

— Он, наверное, совершенно невероятный парень, раз заставил тебя прятаться от него в кладовке. Раньше это никому не удавалось.

Снова зазвенел колокольчик, и они молча уставились на вошедшего Колина. Он с недоумением перевел взгляд с Уиллы на Рейчел, потом осмотрел себя сверху донизу, словно хотел удостовериться, что не забыл одеться. На нем были шорты, походные ботинки и футболка с длинными рукавами.

Рейчел заметила, как Уилла прищурилась.

— Ты одет так, будто собрался... Вот уж нет. — Она выставила вперед руку в знак протеста. — Забудь об этом.

— Угадай, что у нас сегодня по плану? — ухмыльнулся Колин. — Прогулка по лесу.

— Я не хочу гулять по лесу. К тому же у меня нет подходящей одежды.

— А разве это не магазин спорттоваров?

— Так вот почему ты просил ждать тебя здесь! — Уилла была в ярости.

— Точно.

Девушка скрестила руки на груди:

— Никуда я не пойду.

— Да брось. Доверься мне! — не сдавался Колин.

— Пока ты будешь переодеваться, я найду ботинки твоего размера, — подоспела ему на помощь Рейчел.

С Колином на пару они точно смогут расшевелить Уиллу!

— Я даже дам тебе свою соломенную ковбойскую шляпу.

— Слышала? Соломенную ковбойскую шляпу, — повторил за ней Колин, проникновенно заглядывая Уилле в глаза, словно возможность надеть эту шляпу должна была стать для нее самым убедительным аргументом в пользу его затеи.

Рейчел знала, что склонить подругу к тому, чего она не хочет, невозможно, но создавалось ощущение, что единственный человек, с которым Уилла Джексон в данный момент борется, — это она сама. Иначе позволила бы она себя уговаривать, как же.

Через несколько минут Уилла все-таки натянула шорты и футболку, причем вид у нее был такой, будто ее заставили влезть в нелепый наряд, связанный бабушкой, — выглядит ужасно, но надо же сделать старушке приятное.

— Только ненадолго, — пробурчала Уилла. — Кстати, я тебя предупреждала: со мной этот номер не пройдет.

— Однажды я взяла ее с собой в лес, так она заметила на тропе змею — шагах в десяти от нас —

и тут же помчалась обратно в машину, — наябедничала Рейчел.

Уилла поежилась:

— Змеи отвратительные.

— Большинство из них довольно милые, — возразил Колин.

— Какая прелесть, — съязвила она, направляясь к выходу. — Ты, оказывается, еще и змей любишь.

Колин открыл перед ней дверь:

— Они вовсе не страшные. И вообще, я могу познакомить тебя с одной — вдруг вы найдете общий язык.

— Не нужна мне твоя змея, благодарю покорно. И я не говорила, что боюсь змей, просто они мне не нравятся.

— Звучит как вызов.

— Сколько можно во всем видеть вызов? Вовсе нет.

— Да поцелуйтесь вы уже, — посоветовала Рейчел, когда дверь за ними закрылась.

— Я все слышала! — крикнула с улицы Уилла.

Да, Рейчел Эдни верила в любовь.

И могла распознать ее с первого взгляда.

Они въехали в заповедник. От дороги по обеим сторонам расходились живописные тропинки, которые, извиваясь, исчезали в девственной чаще. По пути постоянно попадались смотровые площадки, с которых открывались умопомрачительные виды, в том числе и на знаменитые водопады. Правда, добраться до них можно было только пешком.

Колин съехал на усыпанную гравием обочину и остановился неподалеку от места, где начиналась какая-то тропа. Уилла с недоумением посмотрела по сторонам:

— Куда ты меня поведешь?

— К Тинпенни-Фоллз.

Слава богу! Туристы обожают этот водопад, а значит, никаких неприятностей на пути они не встретят. Даже семидесятилетним старикам по плечу подобный маршрут, а уж ей — и подавно.

Тем не менее Уилла не спешила выходить из машины.

— Ты исследовал эту тропу, когда жил в Уоллс-оф-Уотер?

Колин отстегнул ремень:

— Нет.

— То есть ты прежде тут ни разу не был?

— Был. Не волнуйся.

Он положил руку девушке на колено, и от прикосновения его теплой ладони по ее прохладной коже побежали мурашки.

— Я знаю, куда идти. Когда я возвращаюсь домой, то обязательно еду в заповедник. Здорово отвлекает.

— От чего?

— От того, что я здесь.

Не дожидаясь ее ответа, Колин вышел из машины. Он вскинул на плечи рюкзак и затянул поясной ремень.

Странное у него представление о том, как нужно соблазнять девушек, думала Уилла, выбираясь из «мерседеса». Стоп. А ведь ей и в голову не приходило, что Колин, возможно, пригласил ее на прогулку вовсе не за этим. Уилла так увлеклась борьбой за свое право жить так, как хочется ей, а не Колину, что ничуть не сомневалась: его волнует только она. Однако не исключено, что на самом деле это далеко не так. Вот так откровение.

Ее спутник тем временем бодро зашагал по тропе, и ей ничего не оставалось, кроме как поплестись за ним в зеленые дебри. Колин оказался прирожденным проводником: он обращал ее внимание на редкие растения, объяснял различия между деревьями, стоящими здесь испокон веков, и теми, что выросли на месте лесоповала. Но Уилла даже не притворялась, что все это ей интересно: она повсюду высматривала змей. Она всегда была равнодушна к природе, но Колин упрямо отказывался в это верить. Колин вообще приписывал ей многое, чего в ней не было. Оно и понятно: это Уилла Джексон вдохновила его на то, чтобы уехать из родного городка и жить собственной жизнью, — но сама-то осела здесь. И теперь, глядя на нее, Колин был вынужден признать неудобную для себя истину: люди меняются. В каждом из нас заложено умение приспосабливаться. «Где родился — там и пригодился» — не такая уж и бессмысленная поговорка.

Вот только Колин ее не выносил.

Уилла же, как ни странно, научилась любить родной город, хотя раньше никогда бы не подумала, что это возможно.

И все-таки — как он собирается ее соблазнять? Или это просто его очередная попытка доказать, что

Уилла Джексон не изменилась, а значит, он был прав, уехав отсюда?

Навряд ли, конечно, но все может быть.

Они сделали привал, чтобы подкрепиться бутербродами из рюкзака Колина, и только сейчас Уилла почувствовала, как сильно устала. Она была благодарна за возможность просто посидеть на траве, наблюдая за группой туристов на лошадях, направлявшихся по единственной в парке конной тропе. Но перерыв закончился, и они снова отправились в путь.

В конце концов они добрались до водопада Тинпенни-Фоллз. От представшего взору зрелища захватывало дух. Река текла неспешно и была на удивление мелкой, но, достигнув края обрыва, с ревом устремлялась вниз, падая тридцатиметровой стеной на огромные гладкие камни.

Этот водопад, самый впечатляющий из здешних, был назван в честь амбициозного красавца Джонатана Тинпенни. Согласно легенде, мистер Тинпенни отправился верхом из Чарльстона, что в Южной Каролине, на северо-запад, в горы Северной Каролины, где, по слухам, скрывались удивительные источники, вода из которых обладала целебными свойствами и якобы даже могла чудесным образом излечить от всех хворей. Мистер Тинпенни в свои двадцать два с небольшим уже страдал ревматизмом — этот недуг преследовал всех мужчин в его роду, — но предпочел совершить свое паломничество в одиночестве. Джонатан был самым юным, самым высоким и самым выносливым из братьев Тинпенни и не позволил бы никому усомниться в том, что и мужеством он тоже превосходит их всех. Однако молодой человек не ожидал, что высоко в горах дороги такие, что проехать по ним совершенно невозможно, а из-за плотной ваты облаков не видно ни зги. Пробираясь через болота, он наполнил несколько бутылей туманом, иначе ему бы не поверили, что туман бывает настолько густым. Путешествие отняло у бедняги все силы, и, когда наконец он достиг заветных водопадов, его разум уже помутился от боли. Обессиленный, Джонатан соскользнул с седла и упал прямо в воду. Однако — о чудо! — выжил: всего через несколько часов его подобрали охотники. Мистера Тинпенни отправили в Чарльстон на поезде, в роскошном частном вагоне, и большую часть пути он проспал. Прибыв домой, он говорил всем, что водопады, очевидно, воистину целебны — иначе как объяснить, что добраться до них ему стоило таких трудов, между тем как дома он очутился почти без всяких усилий. Через много лет, когда Джонатан Тинпенни умер, его отпрыски открыли на похоронах привезенные им бутыли, и город на несколько дней затянуло плотным туманом. Так гласит легенда.

Туристы ее обожают, и поэтому на «банки с туманом» в сувенирных лавочках Уоллс-оф-Уотер никогда не падает спрос.

Однако не Тинпенни-Фоллз был целью Колина. Дав своей спутнице насладиться чудесным видом, он повел ее по плоским камням, образующим естественный мост, на другой берег реки.

— Почему ты решил стать ландшафтным архитектором? — поинтересовалась Уилла, когда Колин, идущий впереди, взял ее за руку.

Колин пожал плечами и, осторожно продвигаясь вперед, ответил:

— Возле коттеджа родителей есть ореховая роща: деревья там растут длинными рядами, переплетаясь друг с другом ветвями, и поэтому их постоянно обрезают. Мальчишкой я часто сбегал туда и часами лежал на земле, уставившись вверх на этот полог. «Опять он в своей размышляльне» — так называла рощу мать. Благодаря стараниям садовников деревья выглядят почти одинаково, но это лишь хрупкая иллюзия, потому что рано или поздно неукротимый нрав природы все равно возьмет свое. Я решил тогда, что подрезать деревья — сродни укрощению льва. — Он улыбнулся Уилле через плечо. — Но ландшафтным архитектором я решил стать лишь после колледжа. По образованию я финансист, как и отец, — это он настоял, чтобы я получил диплом по этой специальности. Когда учеба закончилась, я, не желая возвращаться домой, отправился в тур по Европе со своей тогдашней подружкой. Увидев сады, разбитые при замках, я словно бы проснулся. И вспомнил, что всегда хотел заниматься укрощением львов. — И, помолчав, добавил: — В этом была и твоя заслуга.

— Ну конечно, — сказала Уилла, зная, что последует дальше.

— В колледже, когда мне приходилось совсем туго, я говорил себе: «А вот Уилла Джексон сейчас делает все, что хочет». Ты такой фурор произвела своей последней шуткой.

— Возможно, ты удивишься, Колин, но, уехав из города, я счастливее не стала. Я была сумасбродкой, которая жила одним днем. Меня отчислили из колледжа, я работала на заправке, а когда мне дали две недели на то, чтобы съехать со съемной квартиры, умер отец. Даже не знаю, чем бы все закончилось, не вернись я сюда.

— Ты так и не дала себе шанса этого узнать, — заметил Колин.

— Ну и пусть. Мне нужно было вернуться — чтобы посмотреть в глаза своему прошлому. И если сейчас я снова решу уехать из Уоллс-оф-Уотер, то буду уверена, что это — осмысленный шаг, а не попытка сбежать.

Услышав ее последние слова, молодой человек остановился и повернул голову:

— По-твоему, я просто пытался сбежать?

— Не знаю, — честно ответила Уилла. — Но я дам тебе один совет, хоть он тебе и не по душе: поживи здесь подольше — и, возможно, люди начнут видеть в тебе Колина, а не Палочника.

— Ты говоришь в точности как сестра.

— Не придирайся к ней. — Уилла с удивлением поняла, что защищает Пэкстон. — Ей и без того несладко.

— Так вы с ней теперь закадычные подружки? — улыбнулся Колин, вновь беря свою спутницу за руку. — Мы уже почти на месте.

Они свернули с тропы в лес и через несколько минут вышли к небольшому притоку той реки, что питала Тинпенни-Фоллз. По громадному гладкому камню он стекал вниз, образуя небольшую заводь.

Колин снял со спины рюкзак и бросил его на берег озерца. Потом сел и принялся развязывать шнурки.

— Знаешь, почему Джонатан Тинпенни не разбился, свалившись в водопад? На самом деле он попросту соскользнул в воду по этому камню.

— Что ты делаешь? — прищурилась Уилла.

— Снимаю ботинки.

Он встал и кинул обувь вниз, к рюкзаку.

До Уиллы вдруг дошло, что он замыслил.

— Ты знаки видел? На них написано: «Скатываться по камню запрещено».

— Нет, не видел, — беспечно ответил Колин, направляясь к блестящему на солнце валуну. — Я на них никогда не смотрю.

— Ты здесь раньше плавал?

Колин сел на камень и, скользя по его влажной поверхности, подобрался к краю. Когда его ноги оказались в воде, он резко втянул в себя воздух — очевидно, вода оказалась довольно холодной — и бросил Уилле:

— А тебе слабо?

— То есть для тебя это еще один вызов, да?

— Ты ведь хочешь, я знаю.

— Да откуда тебе знать?

— Поскольку ты упорно молчишь о своих желаниях, мне приходится догадываться самому.

С этими словами он оттолкнулся и съехал вниз.

— Колин! — крикнула ему вслед Уилла.

Он с шумом вошел в воду и на несколько мгновений исчез. Потом вынырнул, тряхнул головой и посмотрел наверх:

— Давай ко мне! Вода просто отличная!

— Нас же арестуют!

Он перевернулся на спину и поплыл, не отводя взгляда от Уиллы.

— Когда-то это тебя не останавливало.

При мысли о том, чтобы вот так скатиться с камня и плюхнуться в воду, все ее существо задрожало от восторга, и Уилла поняла: в душе она по-прежнему Шутник. И возможно, навсегда им останется. Вот только это уже не тот Шутник, которого знала средняя школа Уоллс-оф-Уотер. Он заявляет о себе лишь для того, чтобы изредка втянуть ее в какую-нибудь переделку и утолить жажду адреналина, но уже недостаточно силен для того, чтобы разрушить ее жизнь. Осознав это, Уилла испытала облегчение. Она больше не боялась себя. И Колина, с его представлениями о ней, которые пугали Уиллу лишь потому, что ей попросту не хватало смелости разобраться в том, какая она на самом деле.

Она вдруг почувствовала, что прозрела, и это прозрение подарило ей свободу.

И она точно знала, что будет дальше. Сейчас она снимет ботинки и сбросит их вниз, на берег. Потом усядется на камень. А затем — скатится по нему в озеро, наслаждаясь каждой секундой. И будет громко смеяться, когда вынырнет из воды.

Именно так все и произошло.

Они долго купались, поддразнивая друг друга, а выбравшись на берег, легли рядом на большом камне, чтобы обсохнуть на солнце. Было так хорошо, что говорить ни о чем не хотелось. Уилла знала почти наверняка, что Колин сейчас безумно доволен собой, — ему-таки удалось одержать над ней верх, — но ничуть не сердилась: оно того стоило! Как приятно чувствовать тепло камня, слушать убаюкивающий шелест воды, вдыхать запах леса: перегноя и зеленых листьев — прошлого и будущего... Оказывается, от пребывания на природе тоже можно получать удовольствие.

— Я собирался кое о чем тебя спросить, — прервал их уютное молчание Колин.

Уилла повернула голову. Колин снял футболку, обнажив крепкий загорелый торс. Он лежал с закрытыми глазами, давая ей возможность не спеша оглядеть себя с ног до головы. Это был самый высокий человек из всех, кого Уилла только знала: настоящий гигант.

— Спрашивай.

— С чего ты взяла, что твоего отца уволили?

Какой странный вопрос.

— С того, что он перестал преподавать в школе.

— Я все видел, — сказал молодой человек. — Его не увольняли. Он сам ушел.

Уилла резко приподнялась и села, уставившись на Колина:

— Что?

Он открыл глаза, заслоняя их рукой от солнца.

— Когда ты включила пожарную сигнализацию и развернула тот плакат, тут же примчались мои родители, требуя от директора извинений. Ведь после шутки с «оперативными аперитивами» все думали, что Шутник — это я. Твоего отца тоже вызвали. Он был очень удручен, видя, как тебя выводят из школы полицейские. И извиняться перед нами ему явно не хотелось. К этому моменту ни для кого уже не было секретом, что ты так ловко устраивала свои розыгрыши благодаря папиным ключам и паролям от компьютерных систем. Я помню, как директор сказал твоему отцу: «Я знаю, что вы ни при чем, просто у вашей дочери лживый и коварный нрав, поэтому обойдемся без штрафа». И тут твой отец взорвался. Он крикнул, что если бы Колин Осгуд что-то натворил, то ему бы это сошло с рук. Когда подозрения пали на меня, никто даже не пошевелился, — я ведь Осгуд. И мистер Джексон заявил тогда, что гордится тобой и жалеет лишь о том, что ему самому в твоем возрасте не хватило смелости стать бунтарем и что он почти сразу понял, кто настоящий Шутник. Еще он сказал что-то вроде: к черту осторожность — я сыт по горло этой осторожной жизнью! И уволился.

Вид у Уиллы был донельзя ошарашенный.

— Но это совсем на него не похоже.

— Не похоже, — согласился Колин. — Однако именно так все и было.

— То есть папа все знал?

— Очевидно. Я подумал, что стоит это тебе рассказать.

— Но тогда я вообще ничего не понимаю.

Колин пожал плечами и снова закрыл глаза. Уже через несколько минут стало ясно, что он заснул. Обхватив колени руками, Уилла погрузилась в размышления. Неужели отец и правда сразу догадался, что Шутник — она? И что он имел в виду, говоря, что сыт по горло? Она-то думала, что отец был доволен жизнью и с радостью выполнял все приказы бабушки Джорджи. Была уверена, он стыдился дочери из-за ее подростковых выходок.

Завтра они с Пэкстон снова навещают Агату, так, может, спросить у нее об отношениях Джорджи с сыном? Какие еще невероятные истины ожидают ее впереди?

Так Уилла сидела, не замечая времени, и когда наконец обернулась к Колину, тот пристально смотрел на нее, подперев рукой голову.

— Хорошо поспал?

Он приподнялся, и было видно, как под кожей проступили накачанные мышцы пресса.

— Прости, что отключился. Я плохо сплю, особенно дома, и сон застает меня в самых неожиданных местах.

Уилла, сочувственно улыбаясь, убрала волосы с его лба.

— На моем диване, например.

— Но ведь это совершенно потрясающий диван!

Теперь улыбались уже оба. Словно договорившись, они подались друг к другу, их губы, сухие и горячие, соприкоснулись, а через мгновение слились в требовательном, страстном поцелуе. Уилла отклонилась назад, увлекая Колина за собой. Это был не первый ее мужчина, но так бешено сердце колотилось впервые. Какой адреналин, и даже закон нарушать необязательно! То есть технически они его, конечно, нарушили, скатившись с камня, но сейчас, целуясь на берегу реки, они наслаждались моментом, жили здесь и сейчас, и никакой закон не мог им этого запретить.

Уилла почувствовала, что Колин пытается снять с нее футболку, и выгнулась навстречу ему.

— Какая же ты красивая.

Футболка полетела в сторону. Его руки скользнули по ее груди, и она запрокинула голову, ловя ртом воздух.

— Наверное, это тебя я повсюду искал. А ты всегда была здесь. Даже не верится.

Спустив лифчик, он поцеловал ее в обнаженную грудь. Уилла открыла глаза. На вершине горы, нависающей над ними, в любой момент могли появиться люди.

— Колин, постой, нас могут увидеть.

Колин на мгновение оторвался от своего занятия.

— Вот только не говори мне, что тебя это не заводит, — усмехнулся он и прижался губами к ее губам.

Уилла зарылась пальцами в его волосы и мягко потянула за них, привлекая его внимание. Наконец он прервал поцелуй и посмотрел на нее, тяжело дыша.

— Заводит. Но не потому, что я по-прежнему та Уилла, которую ты помнишь. — Ей казалось, что она должна его предупредить. — А потому, что я — это я. Такая, какая есть.

Колин смутился.

Внезапно ей стало грустно. Она хотела, чтобы все было по-другому. Но это невозможно — слишком далеко они зашли в своих заблуждениях.

— Ты ведь не останешься в Уоллс-оф-Уотер? — спросила Уилла.

Подумав, он произнес:

— Нет, не останусь.

— Так, значит, твой план заключался в том, чтобы соблазнить меня, а потом уехать?

— Не было у меня никакого плана. — Он с тоской посмотрел на нее. — Давай уедем вместе?

В глубине души Уилла знала, что он говорит искренне. Колин действительно хочет, чтобы все у них получилось.

— Я не могу сейчас уехать. У меня здесь бабушка.

— Уилла, посмотри мне в глаза и скажи, что ты счастлива.

Он застал ее врасплох. Это уже слишком.

— Сначала ты.

Колин отпрянул от нее так резко, словно она влепила ему пощечину.

— Само собой, я счастлив.

Уилла поправила лифчик и надела футболку.

— Ну конечно. И поэтому ты так хорошо спишь.

Колин потер лицо, как человек, который только что проснулся, глубоко вздохнул и молча уставился на воду.

— Нам пора, — сказал он через несколько секунд и подал ей ботинки.

Что ж, по крайней мере, сегодня один из них узнал о себе кое-что новое.

Жаль, это был не Колин.

Они отправились назад по тропе Тинпенни, и, когда добрались до стоянки, солнце уже клонилось к закату. Они тронулись в обратный путь. Уилла ехала с открытым окном, подставляя лицо потоку теплого летнего воздуха.

— Ты голодна? — спросил Колин.

Это были его первые слова с того момента, как они покинули берег реки.

— Безумно, — призналась Уилла.

— Давай где-нибудь перекусим. Не хочется расставаться на такой неловкой ноте, — предложил он, и Уилла мысленно его поблагодарила.

— Ты бывал в ресторане «Депо» на Нэшнл-стрит? Там всегда полно таких же туристов, как мы.

Они остановились на перекрестке, ожидая, когда зажжется зеленый, и увидели справа синюю «ауди».

— Это же машина Себастиана, — удивился Колин.

Он погудел и помахал рукой.

— Они с Пэкстон, наверное, возвращаются с этого ланча с музыкантами. Что-то поздновато.

— Может, позовем их с собой? — спросила Уилла с нарочитым спокойствием, отчаянно надеясь, что им с Колином не придется ужинать наедине.

— Хорошая идея, — с готовностью подхватил Колин.

Очевидно, он опасался того же.

Колин вышел из машины и подбежал к «ауди». Перебросившись с ее пассажирами несколькими фразами, он вернулся и, сев за руль, сказал:

— Пэкстон с Себастианом за. Судя по их лицам, обоим не помешало бы выпить.

Неудивительно, при их-то отношениях.

— Нам всем это не помешало бы.

Глава 13

ШУТНИК, ПАЛОЧНИК, НЕДОТРОГА И ЧОКНУТЫЙ

Более ста лет назад, когда в Уоллс-оф-Уотер еще процветала заготовка леса, железнодорожное депо играло важнейшую роль в жизни города. Но после того, как окрестные леса, по милости правительства, превратились в заповедник, перевозить стало нечего и необходимость в поездах отпала. Со временем в депо устроили туристический центр и ресторан, а в складских помещениях расположились магазинчики, торгующие сувенирами и товарами для активного отдыха. Нэшнл-стрит представляла собой один сплошной указатель: улица изобиловала изображениями водопадов, здесь и шагу было не ступить, не встретив очередного напоминания о том, что именно она ведет к знаменитым чудесам природы в национальном парке Катаракт. Этакая дорога из желтого кирпича — иди строго по ней и окажешься в стране Оз.

Ресторан стоял в центре депо, там, где в прошлом находился поворотный круг для поездов. Сегодня в нем не было свободных столиков — судя по рюкзакам, прислоненным к стульям, их занимали в основном туристы. Уилла с Колином, взъерошенные, в помятой одежде, и Пэкстон с Себастианом, оба словно сошедшие с картинки в своих изысканных нарядах, — что ни говори, выглядела эта четверка занятно.

Им предложили либо подождать, когда освободится столик, либо присесть за барную стойку. Все единодушно согласились со вторым вариантом, тем более что Пэкстон и Себастиан хотели только выпить.

Пэкстон с Колином сели рядом, а Уилла с Себастианом — по обеим сторонам от них. Уилле нравилось наблюдать за братом и сестрой. Она знала, что они близнецы, но раньше не замечала в них ничего общего. Сейчас же, видя их вместе, она поняла, что эти двое действительно очень похожи: темные глаза, добросердечная улыбка, идеальная осанка — и манера подшучивать друг над другом.

Сделав заказ, все, кроме Уиллы, принялись нахваливать ресторан, в котором до этого момента ни разу не были.

Уилла не удержалась от смеха:

— Вам нужно почаще выбираться из своего городка!

— Он и твой тоже, — улыбнулась Пэкстон.

— Ну, я-то уже давно расширила границы своего мира.

Когда принесли напитки, Колин повернулся к Себастиану и спросил:

— Ты давно вернулся в Уоллс-оф-Уотер?

— С год назад, — ответил тот. — А ты планируешь возвращаться?

— Нет, — сказал Колин, старательно избегая взглядов обеих девушек.

— Я не понимаю, — вздохнула Пэкстон, пригубив коктейль «Маргарита». — Что не так с Уоллс-оф-Уотер? Ведь это наш дом, мы здесь родились, выросли. Это наша история. Почему ты рвешься уехать отсюда? Ведь это место сделало нас такими, какие мы есть.

— Ты сама ответила на свой вопрос, Пэкс, — нахмурился Колин.

Уилла и Пэкстон наградили его гневными взглядами.

— Чем тебе моя последняя фраза не понравилась? — уточнила Пэкстон.

Колин пожал плечами:

— Я больше не Палочник.

— Но до сих пор убежден, что я — Шутник, — вставила Уилла.

— Быть Шутником означало для тебя высунуться из своей раковины. Ты многим доказала, что на самом деле далеко не такая, какой тебя считают. А это достижение. — Он поднял бокал, словно только что провозгласил тост.

— Я никому ничего не собиралась доказывать. Проделки Шутника были всего лишь следствием семейных неурядиц.

Себастиан фыркнул, и все тут же повернулись к нему. Он сидел, облокотившись о стойку.

— Вам двоим еще повезло. Вы и понятия не имеете, что такое быть Чокнутым.

— Наверное, ты единственная не изменилась, Пэкс, — сказал Колин. — Видимо, потому, что, в отличие от нас, быстро смекнула, кто ты и чего хочешь от жизни.

Его слова явно задели сестру, и Уилле захотелось врезать Колину кулаком в плечо.

— То есть я по-прежнему всего лишь Недотрога, ты на это намекаешь?

— Вообще-то, это был комплимент.

— А вот и нет, — завелась Пэкстон. — Знаете, чем я отличаюсь от всех вас? Я каждого из вас люблю и не перестану любить из-за того, что вы не вполне соответствуете моим ожиданиям.

— Жаль, себя ты любишь не столь сильно, — вполголоса заметил Себастиан.

В воздухе повисло молчание.

— Мне кажется или наш разговор действительно принял слишком серьезный оборот? — осторожно поинтересовалась Уилла.

Они постарались перевести все в шутку, и, пока Уилла и Колин ели свои сэндвичи, Пэкстон рассказывала им о волшебных блюдах, которые им с Себастианом удалось сегодня отведать, а Себастиан развлекал присутствующих забавными историями о дамах из высшего общества. Колин, которого природа наделила отменным аппетитом и таким же метаболизмом, прикончил свой сэндвич в два счета.

Увидев, что его тарелка пуста, Пэкстон, до этого водившая своим бокалом по стойке, сразу спросила:

— Поедем домой вместе?

Колин вытер губы салфеткой:

— Сначала мне нужно отвезти Уиллу к ее джипу.

— Он припаркован у моего магазина, а это совсем рядом, — быстро сказала Уилла, кладя почти нетронутый сэндвич на тарелку. — Я и пешком дойду.

— Пэкстон, я могу отвезти тебя домой, — предложил Себастиан. — Уилла еще не доела.

— Нет, думаю, мне хватит, — тут же отозвалась Уилла, сама не зная почему.

Все так торопились уехать отсюда, что ей невольно захотелось того же. Когда видишь бегущих в панике людей, то не пытаешься выяснить, что их напугало, — ты просто бежишь вместе с ними.

Пэкстон встала, за ней поднялся Колин.

— Завтра увидимся? — спросил у нее Себастиан.

— Нет. Я забыла тебе сказать: завтра со мной в дом престарелых идет Уилла — нам нужно поговорить с бабулей Осгуд.

— Вы идете к ней вместе? — удивился Колин. — Но зачем?

Пэкстон вздохнула:

— Может, однажды, Колин, когда тебе будет дело до нашей семьи, я тебе и скажу.

С этими словами она направилась к выходу.

— Веселенькая поездка домой намечается, — пробормотал Колин, оплачивая счет.

— Спасибо за прогулку, — поблагодарила его Уилла.

— Не следовало тащить тебя в заповедник.

— Очень даже следовало.

Несколько секунд он пристально смотрел ей в глаза, а затем ушел.

Себастиан пересел на стул рядом с Уиллой.

— То, что мы все здесь сказали, — лишь верхушка айсберга. Ты только представь, что осталось под водой. — Он кивнул на сэндвич. — Доедай. Я подвезу тебя до джипа.

— Не нужно. Я прекрасно дойду пешком.

— В таком случае я тебя провожу.

Уилла уставилась на сэндвич. Есть ей уже не хотелось.

— Что ж, тогда пошли, — согласилась она и соскользнула с барного табурета. — Я готова.

На улице их встретили ранние сумерки и небо цвета розового лимонада. Бабушка говорила: если небо розовое, значит кто-то где-то только что влюбился. Вот такая неожиданная примета от женщины, которая повсюду видела лишь дурные знамения. На Нэшнл-стрит до сих пор царило оживление, и многие лавочки еще работали. Молодые люди молча шли по тротуару, и Уилле казалось, что Себастиану их молчание по душе. И все же она решилась нарушить тишину:

— А вы с Пэкстон давно... общаетесь?

— С того момента, как я вернулся в город. Мы сразу же нашли общий язык.

Себастиан не был похож на человека, который мог запросто ранить чьи-то чувства. Интересно, он знает, что Пэкстон в него влюблена? Стоит ли ему об этом рассказать? Уилла понятия не имела, с какой стати ей вообще пришла в голову мысль вмешаться в их отношения. Наверное, ей было неприятно оттого, что Пэкстон обижает человек, который сам точно не знает, кто он и чего хочет от жизни. Ну прямо как Колин, подумала Уилла. Хотя нет, Колин-то ее как раз ничем не обидел. В своих чувствах к нему виновата только она. Ведь ей с самого начала было известно, что он в городе не останется.

— Кажется, вы с Пэкстон в последнее время сблизились, — заметил Себастиан.

— Скорее мы стали просто лучше понимать друг друга. Много лет назад наших бабушек кое-что связывало. И мы пытаемся выяснить некоторые детали.

— Это нужно для приема в честь юбилея клуба?

— Не совсем.

Они подошли к магазину. Свет в окнах уже не горел, значит Рейчел уехала домой.

— Спасибо, что проводил. Вот мой джип, — сказала Уилла, доставая из кармана шортов ключи от машины.

— А ведь кое в чем Колин прав, — внезапно произнес Себастиан. — Своими розыгрышами ты действительно доказала всем, что ты не та, за кого тебя принимают. Именно к этому ты и стремилась, не отрицай — иначе к чему тогда выкинула напоследок фокус с плакатом?

Уилла улыбнулась: ну вот ее и раскусили!

— Я думала, что после колледжа никогда не вернусь в Уоллс-оф-Уотер. Мне хотелось, чтобы легенда обрела имя.

— Ты подала мне хороший пример.

— Серьезно?

— Мне тоже было необходимо от многого избавиться, изменить свою репутацию в глазах окружающих. Но Чокнутый всегда будет жить во мне, ведь это — неотъемлемая часть меня.

Значит, Себастиан не переделывал себя, как ей сначала казалось. Он попросту *стал* собой.

— Как ты к этому пришел?

— Прекратил бороться со своим «я». Самый действенный способ, но почему-то мало кто из нас в него верит. Прими себя таким, каков ты есть, а все остальное приложится. — Он нагнулся и чмокнул Уиллу в щеку. — Спокойной ночи, милая.

— Спокойной ночи, — повторила она, задумчиво глядя ему вслед.

Уилла уже успела принять душ и влезть в свои любимые хлопковые шорты и майку, когда в дверь постучали. Накинув коротенький халат, она спустилась в гостиную, включила свет, который перед этим успела потушить на ночь, и открыла дверь.

На пороге стоял ее любимый неспящий красавец, и вид у него был совершенно несчастный.

— Прости меня, — горячо сказал Колин. — Прости, что упрямо считал, будто лучше тебя знаю, как тебе жить. Я совсем зациклился на себе.

— Это я уже поняла.

Уилла отодвинулась назад, давая ему войти. Тут же в воздухе разлился знакомый аромат лимонного пирога. Запах сожаления.

— Я думал над тем, почему этот город так на меня влияет. Почему только здесь у меня не получается быть собой. Может, я просто слишком увлекся, протестуя против всех и вся? Или мне кажется, что если я вернусь, то не смогу справиться с ролью истинного Осгуда? Я всегда страшно этого боялся. Но, черт возьми, я не хочу! Не хочу появляться на этих пафосных сборищах, не хочу целыми днями торчать на поле для гольфа!

Колин запустил пальцы во влажные волосы, — видимо, он тоже недавно был в душе.

Уилла скрестила руки на груди:

— Твои родные пытаются принудить тебя к чему-нибудь, когда ты приезжаешь?

Он нахмурился:

— Вообще-то, нет.

— То есть ты сражаешься с ветряными мельницами. — Уилла засмеялась. — А знаешь что, Колин? Ты все еще немножко Палочник, и никуда тебе от этого не деться. Просто смирись.

Колин добрел до дивана и рухнул в его мягкие объятия.

— Я окончательно запутался. И устал как собака. Почему мне здесь не спится?

— Может, ты боишься, что, расслабившись, не сможешь вмешиваться в естественный ход вещей?

— Точно. И влюблюсь в тебя, например, — усмехнулся Колин и откинул голову на спинку. — Это моя лучшая поездка домой.

От удивления Уилла опустила руки:

— Я же просила: не приезжай ко мне в таком состоянии. Ты говоришь то, чего говорить не должен.

Колин поднял голову с подушек и серьезно посмотрел на нее:

— Почему это не должен?

— Я не совсем уверена, что ты знаешь, кто я, — честно ответила Уилла.

Да и откуда бы ему знать, если сама она начала понимать себя лишь недавно?

— Как раз-таки наоборот. Я очень внимательно тебя изучал.

Она покачала головой:

— Скажешь мне это утром. Тогда, возможно, я тебе и поверю.

— Договорились. — Колин обеими руками погладил поверхность дивана. — Позволишь мне снова на нем поспать? За все время, что я здесь, только на твоем диване мне и спалось нормально.

— Ладно, — со вздохом согласилась Уилла. — Сейчас принесу подушку.

— Нет, мне не подушка нужна. — Он вытянулся на диване и отодвинулся, освобождая место с краю. — Мне нужна ты.

За считаные секунды в мозгу Уиллы пронесся целый ураган мыслей, но самой первой и отчетливой, к ее удивлению, было ликующее «Ну наконец-то!». Но слишком уж долго она сдерживала в себе подобные порывы, чтобы вот так, не раздумывая, кинуться в омут.

— Но, Колин...

— Я просто хочу, чтобы ты полежала со мной, пока я не засну, вот и все.

Уилла выключила свет, подошла к дивану и примостилась рядом с Колином. Он обвил ее рукой, а она положила голову ему на грудь. И успокоилась.

Вот это ситуация — нарочно не придумаешь.

— Не думаю, что смогу жить здесь, — произнес он в темноту, словно прочитав ее мысли.

Голос Колина гулко отдавался у него в груди.

— Не думаю, что смогу уехать отсюда, — ответила Уилла.

Некоторое время они лежали в тишине. Его сердце билось уже не так учащенно.

— Хотя... наверное, я смог бы здесь остаться, — прошептал он.

— А я, пожалуй, смогла бы отсюда уехать, — прошептала она в ответ.

— Но о превращении тебя в юного натуралиста даже и думать нечего, да?

Уилла захихикала и еще плотнее прижалась к нему:

— Засыпай, Колин.

Повторять ей не пришлось.

Уилла стояла на стуле в своей крошечной гардеробной, пытаясь дотянуться до обувной коробки, где хранилась всякая всячина еще со школьных времен, когда за ее спиной раздался голос Колина:

— Чем это ты занимаешься?

— Забавно, но я как раз подумала: вот бы вошел сейчас какой-нибудь высокий мужчина и предложил помочь. — Она спрыгнула со стула. — Можешь достать вон ту коробку?

Колин придал лицу скучающее выражение, демонстративно вытянул руку и без труда снял коробку с полки.

— А что внутри? — спросил он, протягивая ее Уилле.

— Кое-какие вещи, которые я собираюсь отдать сегодня Пэкстон, — уклончиво ответила она и поставила коробку на комод.

Уилла еще не оделась: не хотела ненароком разбудить Колина.

— Так, значит, это твоя комната, — сказал он, оглядывая обстановку.

На этой кованой кровати Уилла спала почти все время, что помнила себя, а вот причудливые хрустальные лампы, стоявшие на прикроватных тумбах, появились совсем недавно — подарок Рейчел на день рождения. Некоторые предметы мебели, хоть и старенькие, были покрыты красивым узором из разноцветных ромбов, напоминающим костюм Арлекина. Их расписал один из ее друзей-художников с Нэшнл-стрит.

— Да, это моя комната.

Всклокоченные волосы, рубашка лишь наполовину заправлена в брюки, босоногий — вот как выглядел сейчас Колин, но Уилле он почему-то казался ужасно милым.

Он повернулся к ней и заявил:

— Я славно выспался.

— Не сомневаюсь.

Сама Уилла не могла похвастаться тем же. Девушка всегда спала на спине, поэтому сегодня ночью, лежа в обнимку с Колином, она почти не сомкнула глаз. Но ему знать об этом вовсе не обязательно.

Колин подошел к ней и обнял за талию:

— Спасибо.

— Но я ничего не сделала.

— Нет, сделала. И знаешь что? — Он наклонился и прошептал ей на ухо: — Нам обязательно нужно это повторить.

Уилла засмеялась:

— Ладно, но только не на диване. Я слишком привыкла к своей кровати.

Он взглянул поверх ее плеча:

— Какая симпатичная.

Уилла взяла его за руку и увлекла за собой.

— И очень удобная, — заверила она Колина, садясь на кровать. — К тому же здесь хватит места для двоих.

Колин подошел совсем близко, и она откинулась на спину. Он не спешил. Нависнув над ней и глядя на нее сверху вниз, он произнес:

— Уилла?

— Что?

— Уже утро.

— Да, я заметила.

— А я все еще в тебя влюблен.

Глава 14

ПРИВЕТ ИЗ ПРОШЛОГО

После обеда Пэкстон и Уилла встретились на парковке возле дома престарелых. Уилла выглядела немного задумчивой и в то же время веселой, как будто в ее жизни случилось что-то хорошее и она боится его ненароком спугнуть. Пэкстон подозревала, что ее брат, не ночевавший сегодня дома, имеет к этому непосредственное отношение, но спросить напрямую постеснялась: все-таки подобные разговоры уместны только между близкими друзьями.

— Как ты себя чувствуешь после прошлого визита? — поинтересовалась Пэкстон. — Бабушка ведь в пятницу столько нам всего рассказала. Я еще вчера хотела поговорить об этом, да Колин с Себастианом помешали.

— Я в порядке. А ты? — Уилла с тревогой смотрела на нее снизу вверх.

— И я, — солгала Пэкстон. — Правда, волнуюсь немного: чем бабуля сегодня нас огорошит?

— Ну, поскольку самое страшное мы уже узнали, больше нам бояться нечего, согласна?

— Согласна, — неуверенно повторила за ней Пэкстон.

Как же ей хотелось в это верить. Но чему быть, того не миновать.

Несмотря на запрет матери, Пэкстон купила Агате коробку шоколадных трюфелей. Ей до смерти надоело метаться между ними обеими, пока они грызлись как кошка с собакой. Это их война. А у нее и своих проблем предостаточно.

Пэкстон отдала конфеты Агате и осторожно присела рядом на диванчик, стараясь не задеть бабушку: высохшая и хрупкая, она, казалось, от одного прикосновения может рассыпаться в прах. Уилла устроилась напротив них на стуле.

Агата погладила лежащую на коленях коробку.

— Если полиция придет за Джорджи, скажите им то же, что я сказала вам, — были ее первые слова.

— Думаю, этого не произойдет, — ответила Уилла. — Вуди Олсен больше не показывался. А ты его видела? — обратилась она к Пэкстон.

— Нет.

— Мне все равно, что ты думаешь, — отрезала Агата. — Обещайте, что так и сделаете!

— Да, бабуля, мы обещаем.

— Вот и хорошо.

Сморщенные пальцы снова ощупали коробку.

— Прием уже в эту пятницу, — напомнила Пэкстон. — Я по-прежнему хочу, чтобы ты пришла.

— Вот глупые девчонки, — раздраженно буркнула в ответ Агата.

— Мы с Уиллой заметили, что Женский общественный клуб был основан вскоре после исчезновения Такера Девлина. Это простое совпадение?

— Никакое это не совпадение. Совпадений не бывает. В ту ночь, когда мы его закопали, я сказала Джорджи, что никогда ее не брошу. Она была страшно перепугана. Да еще и ребенка под сердцем носила. Я решила, что помогу ей любой ценой. На следующий день я собрала четырех наших лучших подруг и сообщила им, что мы нужны Джорджи. В подробности я не вдавалась, но город уже знал об исчезновении Такера: все вдруг словно от сна очнулись. С целью поддержать Джорджи мы вшестером и создали наш клуб. Мы поклялись впредь держаться вместе и, невзирая на страхи и опасности, защищать друг дружку, потому что, кроме нас самих, рассчитывать больше было не на кого. Семья Джорджи палец о палец не ударила, чтобы ей помочь. Такер у всех на глазах обхаживал каждую из нас, натравливая друг против друга, но наши родители не сделали ничего для спасения своих дочерей. Мы решили основать особенное сообщество, женский клуб, чтобы женщины знали: их есть кому защитить. У нашего клуба была важная цель. Не то что у нынешнего: только посмотрите, во что он теперь превратился.

— Как же так вышло? — спросила Пэкстон.

В последнее время она испытывала весьма неоднозначное отношение к клубу и сейчас была окончательно сбита с толку: какая роль отведена в нем ей?

— Так уж распорядилась жизнь, — ответила Агата. — Джорджи покинула клуб лет через десять. К тому времени мы все обзавелись детьми и собирались лишь для того, чтобы почесать языками да похвастаться. У кого повар лучше готовит. Чей муж больше зарабатывает. Джорджи была от этого далека, поэтому чувствовала себя чужой. Но от своего обещания я не отступилась. Я никогда не бросала ее в нужде. Она сама перестала просить о помощи. Но мы хорошо ладили с Хэмом, так что в случае надобности ко мне приходил он.

— Бабушка Джорджи была очень строга к папе, — произнесла Уилла.

Пэкстон повернулась и посмотрела на нее. К чему это она?

— Джорджи до смерти боялась, что он станет похожим на Девлина. Она всего до смерти боялась, в особенности того, что рано или поздно тело Такера найдут. — Агата тряхнула головой. — Вот откуда все ее суеверия: она хотела, чтобы его дух оставался запертым в могиле вместе с его телом. Это превратилось в одержимость.

— А мой папа знал, кто его отец?

— В конечном счете Джорджи открыла сыну правду, но не полностью: призналась, что это странствующий торговец, которого она видела всего раз в жизни. Но я думаю, что кое до чего Хэм все-таки докопался. Он знал, что матери от него нужно: чтобы он не высовывался. Бедняга так и жил, в угоду ей. Жаль, что умер он именно тогда, когда собрался плюнуть на все и дать себе волю.

Уилла нагнулась вперед:

— Как это?

— Хэм хотел продать дом и отправиться путешествовать.

— Но он ничего мне не говорил!

— Думаю, он вообще мало чего тебе рассказывал.

Тут Уилла задала вопрос, который заставил Пэкстон снова в недоумении повернуться к ней:

— Это из-за меня отец уволился из школы?

— Да. Уж больно сильно ты его впечатлила. Правда, так и не пойму чем. — Агата скривилась. — Тем, что накуролесила будь здоров? А услышав, что ты бросила колледж, Хэм решил, что дочка попросту ищет свое место в жизни.

— Так он и про колледж знал? — Это звучало совсем уж невероятно. Брови Уиллы поползли на лоб.

— А как же, конечно знал.

— Но, бабушка, а тебе-то откуда это известно?! — воскликнула Пэкстон.

Ее изумлению не было предела: помимо своих собственных тайн, Агата умудрилась сохранить и чужие. Какие еще сюрпризы приготовила им упрямая бабуля Осгуд? Всю свою жизнь Пэкстон считала ее лишь вздорной старухой со скверным характером, даже не подозревая, какой глубокий и сложный человек та на самом деле!

— Когда Хэм решился перевезти мать в дом престарелых, он пришел ко мне и мы с ним долго говорили. Он собирался путешествовать. Я пообещала, что присмотрю за Джорджи. — Агата гордо расправила плечи. — Как и всегда.

Уилла откинулась на спинку стула, обдумывая услышанное, и Пэкстон воспользовалась ее молчанием, чтобы самой задать вопрос:

— А почему ты никогда не говорила со мной об истинном предназначении клуба? Возможно, мне бы удалось что-то изменить.

— Пэкстон, ты и так хорошо потрудилась: при тебе клуб стал заниматься реальными делами и приносить пользу людям. Но по-моему, ты стараешься не из-за каких-то там высоких побуждений, а попросту потому, что у тебя нет друзей.

Пэкстон напряглась. А бабушка продолжала:

— Начало клубу положила дружба. И если ты хочешь вернуть его к истокам, сначала пойми, что это такое — быть другом. Да-да, я знаю, ты всегда смотрела на меня и думала: «Только бы не стать похожей на нее!» Так вот тебе шанс, используй его. Говорят, жизнь слишком коротка, чтобы о чем-то жалеть. Неправда. Все как раз наоборот.

— Так ты придешь в пятницу? — снова попытала счастья Пэкстон. — Очень важно, чтобы ты пришла.

— Посмотрим. Носи мне шоколад, и тогда... посмотрим. А теперь дайте мне спокойно поесть, — проворчала Агата, открывая коробку.

Девушки встали и вышли в коридор, каждая погруженная в свои мысли. Пэкстон уже направилась к выходу, когда Уилла сказала:

— Мне нужно навестить бабушку.

— Ах, ну да. Конечно.

— Но, может, сначала выпьем кофе? — Она махнула рукой в сторону столовой.

Пэкстон улыбнулась и с готовностью приняла предложение:

— Да, отличная идея.

Они налили себе кофе и устроились за столиком у окна, из которого открывался вид на сад.

— Как по-твоему, почему мы не стали подругами? — спросила Пэкстон, глядя, как Уилла высыпает в чашку сахар из пакетика. — Ты всегда так странно на меня смотрела. Я тебе не нравилась, да?

— Не в этом дело, — покачала головой Уилла.

— А в чем же тогда?

Уилла ответила не сразу.

— В зависти, наверное. Ведь у тебя было все, а у меня — ничего. Я злилась и винила в этом свою семью, и сейчас мне очень стыдно. А почему мы не подружились во взрослом возрасте — не знаю. — Уилла пожала плечами. — Просто ты задаешь планку, до которой никому не дотянуться. Иногда кажется, будто ты издеваешься! Ты всегда безупречна: твоя одежда идеальна, твоя прическа идеальна, а той работы, с которой ты справляешься в одиночку, с лихвой хватило бы на троих нормальных человек! Мало кому из нас такое по силам.

Пэкстон уставилась в чашку с кофе:

— Может, ты права, и я действительно делаю это нарочно. Но только потому, что все вокруг счастливее меня: живут в собственных домах, с мужьями и детьми, ведут свой бизнес, — а у меня что? Временами я думаю, будто со мной что-то не так.

— Глупости, — решительно отмела ее подозрение Уилла. — Лучше скажи: почему ты первая не пыталась со мной подружиться?

— О, по очень простой причине. — Пэкстон улыбнулась и подняла глаза на Уиллу. — Я жутко тебя боялась.

Уилла рассмеялась.

— Зря смеешься. Ты была такая тихая и смотрела всегда так внимательно и серьезно, что казалось, будто ты насквозь всех видишь. Если бы мне сразу сказали, что Шутник — это ты, мне было бы проще к тебе подойти, ведь я бы знала, что у тебя хотя бы есть чувство юмора. А потом, после возвращения, ты вела себя как чужая: общалась только со всем этим народом с Нэшнл-стрит, а с нами держалась так, словно мы простаки неотесанные, недостойные даже твоего взгляда.

— Вовсе нет! — горячо воскликнула Уилла. — У меня и мысли подобной не было! Понимаешь, когда после смерти отца я вернулась в Уоллс-оф-Уотер, то вдруг поняла, как много он для меня сделал. И я пообещала нам обоим, что стану радоваться тому, что у меня есть. Каждый день. А среди приятелей детства это ох как нелегко — сразу всплывают неуютные воспоминания. Поэтому я и старалась всех вас избегать.

— Но меня ты больше не избегаешь, — сказала Пэкстон. — Тебе известны мои тайны, ради меня ты вон даже кое-кого обрызгала перцовым газом. Я ведь тебе жизнью обязана!

Уилла снова рассмеялась:

— Да ладно тебе, любая из твоих подруг сделала бы то же самое.

— Нет, — возразила Пэкстон. — Уж поверь мне.

— Ой, кстати, чуть не забыла. — Уилла потянулась к заднему карману джинсов. — Мне нужно кое-что тебе вернуть.

Она вытащила сложенный листок бумаги и отдала его Пэкстон.

— Что это?

— Я нашла его в школьном коридоре, а возвращать тебе было как-то неловко.

Пэкстон развернула листок и, увидев, что в нем, от неожиданности расхохоталась:

— Это же список качеств моего будущего мужа!

— Прости, пожалуйста, — смущенно пробормотала Уилла.

— Так вот как ты умудрилась подделать мой почерк в той записке Робби Робертсу?

— Да. Мне правда очень-очень жаль.

Пэкстон покачала головой и сунула листок в сумку.

— Ну что ты, это ведь всего лишь список. Знаешь, сколько их у меня? Надо же, я и забыла про него.

— Он меня впечатлил, — призналась Уилла.

— Я помню, каким я рисовала себе будущего мужа, — улыбнулась Пэкстон. И наконец решилась дать волю любопытству: — Кстати, о будущем. Мой брат не ночевал сегодня дома. Ты, случайно, не знаешь почему?

Уилла тут же принялась внимательно изучать пейзаж за окном. А затем предположила:

— Скорее всего, потому, что заснул на моем диване.

— А что это ты покраснела?

Уилла снова посмотрела на собеседницу, и в ее глазах блеснул озорной огонек.

— Не исключено, что я заснула вместе с ним.

— Я так и знала!

Обе засмеялись, и Пэкстон внезапно ощутила, что все преграды между ними рухнули. Они болтали, как хорошие подружки. А ведь раньше ей казалось, что она совершенно не умеет заводить друзей. Может быть, она попросту пыталась дружить не с теми людьми?

Время шло, а они все говорили и говорили, позабыв о кофе, который давным-давно остыл.

БУДУЩИЙ МУЖ ПЭКСТОН ОСГУД:

Добрый
Веселый
Понимающий
Умеет готовить
Хорошо целуется
Вкусно пахнет
Постоянно меня удивляет
Спорит со мной и уступает мне, но не всегда
Загадочный
Любит меня, даже если я плохо выгляжу
Не нравится маме, и за это я люблю его еще больше

Когда через несколько часов они расстались. Уилла пошла к бабушке, а Пэкстон — на стоянку. Едва оказавшись в машине, она вытащила список из сумки и снова пробежала его глазами.

Пэкстон вспомнила, как чуть с ума не сошла, повсюду разыскивая этот листок. Она боялась, что какой-нибудь обормот вроде Робби Робертса найдет его и станет ее дразнить. Но все обошлось. С годами она о нем совершенно забыла. Как и о многом другом.

Что же стало с той девочкой?.. Точно так же она недавно спрашивала себя, глядя на старую фотографию бабушки. Колин сказал, что все они изменились, кроме Пэкстон, но это неправда. Она сама тоже изменилась. И не в лучшую сторону.

Пэкстон-школьница разочаровалась бы во взрослой Пэкстон: эта женщина совсем не та, какой она видела себя в будущем. Она слишком несчастна. Что же с ней случилось?

Так она и сидела, уставившись в пустоту, уронив листок на колени, пока не зазвонил мобильный.

На экране высветился номер матери, — очевидно, ей не терпелось узнать, почему дочери все еще нет дома, ведь сегодня последняя примерка платья.

Пэкстон вздохнула, бросила телефон и список в сумку и завела машину.

Пора было возвращаться к реальной жизни.

Глава 15

РИСК

В понедельник Пэкстон трудилась не покладая рук. Она даже пропустила обеденный перерыв, чтобы освободиться пораньше. Работы предстояло много: подписать внушительную кипу бумаг в информационном центре, решить миллион вопросов, касающихся приема, до которого оставались считаные дни, а главное — закончить одно очень важное дело.

Ближе к вечеру она поехала в агентство недвижимости, которое находилось рядом с рынком экологически чистых продуктов. В офисе сидела Кирсти Лемон и говорила по телефону. Дождавшись, когда она положит трубку, Пэкстон подошла к ее столу.

— Пэкстон, — оторопело произнесла Кирсти. — Что тебе нужно?

— Я слышала, тот дом на Тил-стрит все еще продается.

— Да, тот дом на Тил-стрит все еще продается, — слово в слово повторила за ней Кирсти.

— Я хочу его купить.

Вместо того чтобы подпрыгнуть от радости, Кирсти смерила Пэкстон полным недоверия взглядом и осторожно спросила:

— Ты уверена или получится, как в прошлый раз?

— Уверена.

Кирсти вздохнула и сгребла со стола ключи.

— Ну, тогда едем, — пробормотала она с таким обреченным видом, словно шла на каторгу.

Они забрались в минивэн Кирсти. Пэкстон уже и не помнила, когда они последний раз сидели в одной машине. Кажется, в старших классах: по субботам Кирсти брала у отца старенький «рейнджровер», и они вдвоем мчались на нем в Эшвилл. Пэкстон скучала по тем их поездкам, во время которых они с Кирсти запросто болтали обо всем на свете. А когда они повзрослели, у обеих появилось слишком много личных тайн, которые девушки предпочитали держать при себе.

Дом находился в районе под названием Уотервью. Это было симпатичное, утопавшее в зелени местечко со сквером, в котором стояла уютная беседка и бил фонтан, и великолепными кирпичными зданиями в колониальном стиле. Особняк, в который Пэкстон влюбилась с первого взгляда, находился в стороне от дороги. Над дверью извивались лианы глицинии, и Пэкстон подумала, что весной, когда они покроются нежно-лиловыми кистями соцветий, вход в дом будет напоминать свадебную арку.

Кирсти открыла кодовый замок, и они вошли. Пэкстон прекрасно помнила, что внутри: высокие потолки с деревянными балками и паркетный пол на первом этаже, целых три спальни на втором. Количество комнат, в частности, явилось яблоком раздора между нею и матерью год назад, когда она собиралась переехать сюда накануне тридцатилетия: София утверждала, что Пэкстон попросту не нужно столько места.

А вот Себастиан считал по-другому. «В жизни всегда должно оставаться немного свободного пространства — чтобы его в любой момент могло занять что-то хорошее».

Вот что ей нужно было сказать тогда матери.

Она не спеша обошла первый этаж. Кухня отделялась от гостиной стойкой, и в прошлый раз Пэкстон представляла себе, как здорово будет собирать тут по вечерам подруг. Конечно, она понимала, что это лишь мечты: все участницы клуба замужем, им уже давно не до девичьих посиделок (по крайней мере, Пэкстон так думала, потому что саму ее ни на какие посиделки не звали). Вот если бы она завела традицию встречаться с подругами сразу, как вернулась из колледжа, пока ни у кого из них еще не было взрослых проблем, может, она бы и прижилась.

— Особняк по-прежнему прекрасен, — зачарованно произнесла Пэкстон.

Все это время Кирсти, не шелохнувшись, стояла у двери.

— Я очень рассчитывала на комиссионные с его продажи. Когда ты в самый последний момент отказалась, это меня просто подкосило.

Пэкстон уставилась на нее, не веря своим ушам.

— Что же ты мне не сказала? — (Кирсти лишь растерянно пожала плечами.) — Прости меня.

С каких это пор мы перестали быть откровенны друг с другом?

— Не знаю. — Кирсти приблизилась к ней. — В детстве весь твой мир вращается вокруг друзей. Но чем старше становишься, тем больше между вами пропасть, и в какой-то момент ты вдруг осознаешь, что дружба — это роскошь, блажь, которую можно позволить себе лишь изредка.

— Ты мне по-прежнему очень дорога, Кирсти, — с чувством сказала Пэкстон. — Даже если я этого не показываю.

— Ну надо же, Пэкс. Давно я тебя такой не видела. Что это с тобой случилось?

— Просто в преддверии юбилея клуба я все чаще думаю о наших бабушках: прошло столько лет, а их дружба стала лишь крепче. Я всегда хотела, чтобы и у нас было так же.

— И я, — печальным эхом откликнулась Кирсти.

«Вот и все, — подумала Пэкстон. — Признались, погрустили, но дальше этого дело не пойдет: никто не готов сделать первый шаг, чтобы восстановить былую дружбу».

— Я покупаю этот дом, — твердо заявила она. — Договор составим сегодня же.

Не успела Пэкстон закрыть за собой дверь, как из гостиной раздался голос матери:

— Пэкстон, поди-ка сюда.

Она повиновалась. Мать с отцом сидели на диване и смотрели вечерние новости.

— Твое платье принесли, — сказала София, указывая на огромную белую коробку, стоявшую на стуле. — Обязательно примерь — вдруг нужно что-то подправить. Я думаю, на торжество мы поедем втроем: ты, я и папа, раз уж кавалера у тебя все равно нет.

Приподнимая крышку коробки, Пэкстон почувствовала легкий трепет, почти как в детстве. При виде переливающейся розовой ткани и драгоценных камней, украшавших ворот платья, она не могла сдержать улыбки.

— Мне нужно быть в «Хозяйке Голубого хребта» задолго до начала, поэтому я поеду одна, — возразила она и снова надвинула крышку на коробку. — Мама, когда ты съехала от родителей?

София оторвалась от экрана телевизора и взглянула на дочь:

— Сразу после того, как окончила колледж. Я два года снимала квартиру с подругами, пока не начала встречаться с твоим отцом. Эх, золотые были денечки. Когда Дональд позвал меня замуж, я, конечно, почти обезумела от счастья, но в то же время мне было очень грустно расставаться с друзьями.

Дональд отвернулся от экрана и посмотрел на жену.

— Но неужели обязательно было расставаться? — не поняла Пэкстон. — Почему вы не могли дружить, как раньше?

— Потому что приходит время делать выбор: подруги или семья. Ты и сама это прекрасно знаешь. Все твои знакомые отдалились от тебя, стоило им только выйти замуж, разве не так?

— Так, — подтвердила Пэкстон. — Но по-моему, это просто отговорка. На самом деле только ты решаешь, делать тебе этот выбор или нет.

София нахмурилась, почуяв неладное:

— С чего вдруг ты вообще об этом заговорила?

Пэкстон взяла коробку со стула и подошла к матери:

— С того, что я переезжаю, мама.

София ответила томным взмахом кисти:

— Ради бога, Пэкстон, мы уже это обсуждали. Здесь тебе будет лучше. Зачем тебе собственное жилье, если в «Ореховой роще» масса свободных комнат?

— Я и так слишком долго тянула. Ты сама сказала, что съехала от родителей сразу после колледжа. Как и все мои подруги. Мне это нужно. — Она сделала глубокий вдох. — Сегодня я составила договор на покупку дома.

Тут-то до Софии наконец дошло, что дочь настроена серьезно.

— Пэкстон, — произнесла она железным голосом. — Ты не в себе.

— Как раз наоборот. Можешь навещать меня в любое время, я тоже буду к вам заглядывать, но только я буду решать, как обустроить свой дом. И я не дам тебе комплект ключей. Мама, мне уже тридцать. Кажется, ты об этом забыла.

— Дональд! — София повернулась к мужу, ища его поддержки. — Хоть ты ей скажи!

В глазах отца промелькнуло странное выражение, которого Пэкстон не замечала вот уже много лет.

— Ты не против, если в качестве подарка на новоселье я оплачу первый взнос?

Пэкстон улыбнулась:

— Спасибо, папа, но не нужно.

— Дональд! Как же так? Наша девочка...

— Она улетает из гнезда, София. Может, пора уже привыкать к мысли, что нам придется довольствоваться исключительно обществом друг друга?

Пэкстон ушла, а София еще долго смотрела на мужа так, словно он только что вернулся после многолетнего отсутствия, и никак не могла понять, рада она его возвращению или нет.

Войдя в домик у бассейна, Пэкстон тут же вытащила из сумки телефон и, сама не зная зачем, набрала номер Уиллы.

— Алло?

Пэкстон несколько секунд колебалась, прежде чем произнесла:

— Привет. Это Пэкстон.

— Твоя сестра звонит. — Это Уилла могла сказать только одному человеку.

— Ты с Колином?

— Ага. Дать ему трубку? — Судя по голосу, настроение у нее было отличное.

— Нет, я с тобой хотела поговорить. Но если ты занята, я перезвоню, — поспешно закончила Пэкстон.

— Перестань, вовсе я не занята.

Пэкстон услышала, как со скрипом открылась, а потом захлопнулась входная дверь.

— Я вышла на крыльцо. Твой брат возится с папиной кофеваркой. Он говорит, что этой штуке самое место в музее.

Взяв с дивана коробку, Пэкстон направилась в свою комнату и заметила:

— Колин пьет слишком много кофе.

— Да, поэтому я купила ему кофе без кофеина.

— Я сегодня заметила, что у меня до сих пор нет твоей карточки с ответом на приглашение. Ты придешь? Ну, пожалуйста, скажи, что придешь! Обещаю, что не буду насильно впихивать тебе подарок для Джорджи. Просто я очень хочу тебя там увидеть. Кстати, если Колин еще не предложил тебе пойти с ним, то знай: скоро предложит.

Пэкстон вытащила из коробки розовое платье-футляр, надела его на плечики и повесила на дверцу шкафа.

— Похоже, мне удалось уговорить бабулю Осгуд. Думаю, ей хочется лично убедиться в том, что мы превратили клуб в посмешище.

— Пэкс, у тебя все хорошо? — Уилла в первый раз не назвала ее полным именем. — Ты какая-то мрачная.

— Я не мрачная. Скорее немного растеряна. — Пэкстон присела на краешек кровати, разглядывая платье. — Сегодня я решила купить дом. Я съезжаю от родителей.

— Это же потрясающе! Тебе помочь с упаковкой вещей?

— Да у меня их почти нет. Многое придется купить. Мне даже спать пока не на чем. Попробую завтра выкроить время и измерить спальню, чтобы потом выбрать кровать. — Она замолчала, собираясь с духом. — Хочешь посмотреть на мой дом?

— Еще бы! — радостно воскликнула Уилла.

— Только Колину пока не говори. Я сама. Вот уж кто рехнется от радости.

Пэкстон наклонилась вперед, поставив локоть на колено и подперев голову рукой.

— Я боюсь, Уилла. — Ее голос прозвучал так тихо, словно сами эти слова внушали ей страх.

Снова послышался скрип: наверное, Уилла присела на качели.

— Счастье невозможно без риска, Пэкс. Если тебе страшно, значит ты на правильном пути.

Пэкстон замолчала, обдумывая ее слова.

— Ты с Себастианом идешь на прием? — Голос Уиллы отвлек ее от размышлений.

— Не думаю. Он не очень-то рвется меня сопровождать. Но это ничего. Я справлюсь.

— Точно?

— Наши отношения уже никогда не будут прежними, но ничьей вины здесь нет. Это просто случилось. А я продолжу искать свое счастье.

— И непременно найдешь его, — уверенно сказала Уилла.

— Надеюсь.

— Знай, ты не одна. Я всегда буду рядом.

Именно это ей и нужно было услышать.

— Спасибо, Уилла.

Глава 16

ДОЛОЙ ДОСПЕХИ!

— Доктор Роджерс готов вас принять, — сообщила девушка за стойкой регистрации. — Его кабинет сразу за углом.

Наконец-то. Просидев в приемной целый час, Уилла уже почти отчаялась поговорить с Себастианом.

— Спасибо.

Она пошла по коридору, стараясь не смотреть по сторонам: из открытых дверей до нее доносилось беспрестанное жужжание бормашины, от которого холодело в животе и сводило челюсти. Жуть.

Себастиана в кабинете не было. Она села на один из двух стульев рядом с его столом и огляделась. Довольно мило, но ничего лишнего. Даже не скажешь, что он проводит здесь много времени. На столе одна-единственная фотография в рамке. Уилла повернула ее к себе и увидела селфи улыбающихся Себастиана и Пэкстон.

В коридоре послышался голос врача, и Уилла поспешно развернула фото. Себастиан вошел в кабинет и улыбнулся посетительнице. Он был без пиджака, рукава рубашки закатаны до локтя. Уилла уставилась на него, завороженная его странной красотой. В старших классах Себастиан скрывал свое удивительное лицо под слоями косметики, но теперь он, казалось, пребывал в полном согласии с собой. И наверное, уже давно привык к пристальным взглядам окружающих.

— Ты отлично потрудился, — начала Уилла. — Теперь здесь все совсем не так, как при докторе Костово.

Себастиан сел за стол:

— То есть абсолютно не похоже на средневековую камеру пыток, ты хочешь сказать?

— Вот-вот. — Уилла поежилась. — Нет, ну зачем развешивать такое в стоматологическом кабинете? Чтобы еще больше запугать несчастных пациентов?

— Видела бы ты дом доктора Костово, когда я в него въехал, — усмехнулся Себастиан. — Там даже был комплект рыцарских доспехов.

— Да брось!

— Серьезно. Я отнес доспехи в подвал.

Уилла расхохоталась:

— Подари их Пэкстон на новоселье. Вот она удивится!

Себастиан нахмурился:

— На новоселье?

— Да, она купила дом в пригороде.

Уилла запнулась. В порыве негодования она решила, что Себастиан должен знать, как страдает из-за него Пэкстон, поэтому и пришла. Но теперь ее решимость как ветром сдуло.

— Разве она тебе не сказала?

— Нет.

— Вот оно что.

С минуту оба молчали. Первым заговорил Себастиан:

— Ты поэтому здесь?

— Вообще-то, нет.

В его глазах промелькнула догадка.

— Я долго удивлялся: почему до сих пор никто из близких Пэкстон не вызвал меня на разговор? А потом понял: они убеждены, что у Пэкстон все под контролем. Ты хотела задать мне два вопроса, верно? Ответ на первый: да, я знаю, что она в меня влюблена. Ответ на второй: нет, я не хочу причинять ей боль. И делаю для этого все, что в моих силах.

— Значит, пора придумать что-то новенькое, — сказала Уилла, поднимаясь со стула. — Более действенное.

Она взяла со стола блокнот и ручку. Написав что-то на чистом листе, она вырвала его и протянула Себастиану.

— Что это?

— Ее новый адрес. Прием уже через три дня, поэтому поймать Пэкстон практически невозможно, но она точно будет там сегодня, с четырех до пяти.

Он кивнул и сунул листок в карман.

Они вместе вышли в коридор. В какой-то момент Себастиан положил руку ей на спину — и совершенно внезапно в памяти Уиллы вспыли его слова о том, что ему было необходимо «изменить свою репутацию в глазах окружающих»... Так вот что он имел в виду! Уилла, пораженная своим открытием, вопросительно взглянула на Себастиана — и тот, словно прочитав ее мысли, хитро подмигнул в ответ.

Готовься, Пэкстон. Ты даже не представляешь, какой тебя ждет сюрприз.

С улыбкой на лице Уилла вынырнула из клиники на залитую солнцем улицу. Интересная штука — судьба. У нее нет готовых ответов, да и на подсказки она скупа, и зачастую тебе приходится шагать по жизни, полагаясь лишь на удачу. Но вся прелесть в том, что на этом пути обязательно попадется тот, у кого будет с собой подробная карта. Главное — вовремя его заметить и не дать пройти мимо.

«Счастье невозможно без риска». Для Пэкстон эти слова стали настоящим откровением, как будто ее наконец посвятили в тайну, которую знали все, кроме нее. Пэкстон не любила рисковать (недавнее пьяное приключение не в счет), наоборот — она тщательно взвешивала каждый свой шаг. Теперь же ей было страшно, как никогда, и она рассудила, что это, должно быть, хороший знак.

Ровно в четыре она вошла в свой новый дом, воспользовавшись ключами, которые одолжила у

Кирсти. Не исключено, что Уилла сможет вырваться и тоже заедет, поэтому она купила коробку пончиков. Поставив угощение на кухонный стол, Пэкстон занялась тем, что давалось ей лучше всего, — составлением списков.

Она была уже на шестой странице, когда в дверь позвонили. Все это время Пэкстон, слушая музыку, ходила по комнатам, прикидывая размеры необходимой мебели и делая зарисовки. Вынув из ушей наушники, она побежала открывать, уверенная, что это Уилла. Часы показывали без четверти пять. Времени осталось совсем чуть-чуть, но на быструю экскурсию по дому хватит.

Пэкстон распахнула дверь. На пороге стоял тот, кого она меньше всего ожидала увидеть.

Он ослабил узел галстука, а его волосы были взъерошены — так бывает, когда слишком часто хватаешься за голову, о чем-то напряженно размышляя.

— Себастиан, — выдохнула она. — Как ты узнал, что я здесь?

— Уилла сказала, — ответил Себастиан. — Кстати, почему она, а не ты сама?

Уилла? Пэкстон, совершенно растерянная, отступила в сторону, давая ему войти.

— Слишком быстро все произошло.

— Ты молодец.

— Давно нужно было это сделать.

Себастиан осмотрелся. У него был совершенно непроницаемый, чужой вид, и сердце Пэкстон болезненно сжалось.

— Ответь мне, — повернулся он к ней. — Я все никак не возьму в толк: если ты видела меня с тем парнем много лет назад, то зачем тогда поцеловала? Тебя что, это заводит? Вот бы уж никогда не подумал.

Пэкстон впала в ступор. Кое-как собравшись с мыслями под его пристальным взглядом, она пролепетала:

— Нет. Нет. Все не так. — Она замотала головой. — Да бог ты мой, Себастиан, люди влюбляются! Влюбляются постоянно и зачастую без взаимности, но ведь сердцу не прикажешь! Так и я — влюбилась в тебя и ничего не смогла с этим поделать. Но я не собиралась показывать тебе своих чувств. Я думала, со временем они пройдут или хоть немного утихнут, чтобы каждый раз при виде тебя я не умирала от желания. В тот вечер, когда ты пришел меня проведать, я не владела собой — ненавижу это состояние! И я подумала тогда: может быть, если ты так заботишься обо мне, в моих силах превратить твою доброту, твою привязанность ко мне в нечто большее... Согласна, это было эгоистично и неразумно с моей стороны, и я еще раз прошу тебя простить меня за это. Чего еще ты от меня хочешь?

— Присядь, — попросил Себастиан. — Мне нужно кое-что тебе рассказать.

— Но у меня нет ни одного стула. К тому же сейчас я не готова тебя слушать.

Он приблизился к Пэкстон, взял девушку под руку и подвел к лестнице.

— Садись и дай мне сказать, — произнес он каким-то странным тоном.

Себастиан нервничал. Первый раз за все время их знакомства.

Пэкстон медленно опустилась на ступеньку, положила рядом блокнот и плеер и обхватила руками колени.

Себастиан постоял перед ней в нерешительности, затем принялся ходить взад-вперед.

— Я всегда был отщепенцем, — начал он наконец. — И в кругу семьи, и в школе. Я часто подолгу засиживался в той забегаловке, лишь бы не встречаться с отцом. Как-то раз в субботу — мне тогда было шестнадцать — часа в три ночи я сидел в дальней кабинке, когда в закусочную вошли какие-то ребята и спросили, как добраться до Эшвилла. Выяснилось, что они возвращались откуда-то из Южной Каролины, с вечеринки, и заблудились. Эти мальчишки были самыми необычными людьми, которых я когда-либо видел: ярко одетые, раскованные, счастливые. Вдруг один из них посмотрел на меня — и в его глазах промелькнуло узнавание, словно меня-то он и искал. Он подошел к моему столику и начал со мной заигрывать. Вскоре мы сидели уже все вместе: пили кофе, болтали и веселились. И тогда я почувствовал, что передо мной открывается новая дверь — дверь в мир, где я свой. В конце концов мои новые приятели сказали, что им пора домой, иначе им точно влетит от родителей, но, если я захочу их найти, они каждый день тусуются на Пэк-сквер в Эшвилле. Парень, который первым ко мне подошел, Алекс, провел рукой по моим волосам и произнес: «Кто бы мог подумать, что в таком захолустье спрятано такое сокровище». — Себастиан покачал головой. — Человек всегда тянется к себе подобным. И в тот раз я, впервые в жизни, встретил подобных себе.

— Это с ними я видела тебя в торговом центре? — спросила Пэкстон.

— Да. А поцеловал меня Алекс. В моей душе тогда творился полный сумбур. Эти ребята стали моими друзьями. Они меня спасли, и в каком-то смысле я любил их всех. И Алекса любил. Но я присоединился к ним лишь потому, что они согласились меня принять, а не потому, что был таким же, как они, — закончил Себастиан, глядя Пэкстон в глаза.

Но она все еще не понимала, что он пытается ей сказать.

— И что это значит?

— Это значит, что я не гей, Пэкс.

Пэкстон обдало горячей волной.

— В колледже я даже ходил к психотерапевту. Видишь ли, я чувствовал себя свободно лишь среди геев, но так продолжаться не могло, ведь сам я геем не был. И я начал встречаться с девушками, пару раз даже влюбился, но ничего путного из этого не вышло. Все они относились ко мне либо как другу, либо как к бедному голубому мальчику, которого они совращают. Это было интересное время, но не могу сказать, что я по нему скучаю. В какой-то момент я просто устал. Никто не вправе принуждать человека оправдываться за свою личную жизнь, а мне приходилось делать это слишком часто. Поэтому лет пять назад я закрыл для себя тему сексуальных отношений. И моя жизнь стала намного проще. Но потом я встретил тебя.

Пэкстон встала. Ее душили слезы, но она дала себе слово не плакать.

— Ты что, издеваешься надо мной, Себастиан? По-твоему, я это заслужила?

Она попыталась уйти, но он схватил ее за руки и повернул к себе.

— Я не издеваюсь, — медленно произнес он, отчеканивая каждое слово.

— Тогда почему ты все это мне рассказываешь?

Руки Себастиана бессильно соскользнули вниз, и она чуть не потеряла равновесие.

— Потому что я люблю тебя. Люблю так, как никого никогда не любил, и я в ужасе, Пэкс. Я не знаю, что мне делать. Когда ты меня поцеловала, у меня земля ушла из-под ног.

Теперь Пэкстон ясно видела страх в его глазах.

— Почему же ты прервал поцелуй?

Себастиан запустил пальцы в волосы:

— Потому что я никак не мог отделаться от убеждения, что секс и хорошие отношения несовместимы.

Пэкстон нервно сглотнула:

— А сейчас?

— Мое прошлое — это часть меня, я не могу избавиться от него. Ты — единственная, кого оно не испугало. Я люблю тебя, Пэкстон, и больше всего на свете хочу быть с тобой. Если ты примешь меня.

Точно так же несколько недель назад она стояла перед ним, умоляя о любви, уверенная, что ее желания хватит на них двоих. Пэкстон не стала тратить время на размышления. Она прильнула к Себастиану, обвила руками его шею и впилась губами в его губы. Он прижал девушку к стене, и Пэкстон ударилась о нее головой, но даже не почувствовала боли. Она стянула с него пиджак и начала развязывать галстук. Их руки двигались лихорадочно, сплетаясь, мешая друг другу. Внезапно Пэкстон почувствовала, что теряет опору, и начала опускаться на пол, увлекая Себастиана за собой.

Он перевернулся и оказался сверху. Она снова потянулась к его губам, но он остановил ее и, затаив дыхание, прошептал:

— Я должен это услышать.

В ее глазах промелькнуло непонимание.

— Что именно?

— Что отныне я — твой.

В памяти Пэкстон внезапно всплыл список, который она когда-то выронила в школьном коридоре.

— Себастиан... Я всю жизнь ждала только тебя.

Они снова начали целоваться. Пэкстон расстегнула на нем рубашку. Одна из пуговиц отлетела и запрыгала по полу.

— Мы действительно собираемся сделать это прямо здесь? — спросил он, оторвавшись от ее губ. — Можно поехать ко мне.

— Ни за что. Хочу здесь. Сейчас.

Себастиан ухмыльнулся:

— По крайней мере, я точно знаю, что ты полюбила меня не из-за моей шикарной мебели.

— Кстати — не смей вытаскивать из подвала эти страшные доспехи.

Он удивленно взглянул на нее:

— Тебе Уилла сказала?

Пэкстон запустила пальцы в его волосы:

— Она многое мне рассказывает, но далеко не все.

Например, ни словом не обмолвилась о том, что сегодня к ней заглянет Себастиан.

Он приподнял одну бровь:

— Так вы регулярно обмениваетесь информацией?

— А как же.

— Что ж, тогда я просто обязан оказаться на высоте!

— Ты всегда на высоте, — прошептала Пэкстон.

Пэкстон проснулась через час под надрывный звон мобильного. Перегнувшись через Себастиана, она принялась шарить в сумке и, не найдя телефона, попросту вытряхнула все ее содержимое на пол.

Она почувствовала, как на спину ей легла теплая ладонь. Себастиан.

Пэкстон схватила раскладушку. Звонила Мария, управляющая «Хозяйки». Они должны были встретиться еще час назад, чтобы проверить, все ли готово к приему в пятницу. Пэкстон застонала, выронила телефон и повернулась к Себастиану:

— Мне нужно срочно бежать.

— Хорошо. — Он приподнялся и, морщась, прислонился к стене.

— Что с тобой? — Пэкстон уже вскочила на ноги и собирала разбросанную по полу одежду.

— Спина болит. Вот почему я никогда не любил спать в палатке. Ты не против, если я куплю тебе на новоселье кровать?

Пэкстон улыбнулась. До нее вдруг дошло, что она одевается на глазах у мужчины и не краснеет от стыда. Такого в ее жизни еще не было.

— Судя по тому, что я видела в твоей спальне, — сказала она, — в кроватях ты разбираешься. — Она подошла к нему и опустилась на колени. — Ведь это все по-настоящему, да? Это на самом деле случилось.

Себастиан погладил ее по голове:

— Жалеешь?

Пэкстон вздохнула — и почувствовала аромат свежескошенной травы, доносившийся из открытого окна, и сладковатый запах пончиков.

— Ни капли. А ты?

— Я тоже. Правда, кровать была бы очень кстати. Ничего не поделаешь, любишь меня — люби и мои капризы.

Пэкстон взяла его за руку:

— Я тебя очень люблю. И мне страшно до потери пульса.

— Не тебе одной.

— Уилла говорит, что счастье невозможно без риска, поэтому бояться — это нормально. Это значит, что ты на верном пути.

Себастиан рассмеялся:

— Тогда нам не о чем беспокоиться. — Он нагнулся и поцеловал ее. — Просто будем бояться вместе.

Из дома Пэкстон вышла только через час.

Глава 17

ПРОЧЬ!

В среду Уилла приехала в магазин с утра пораньше. Рейчел еще не было. Она решила начать с кафе и принялась неспешно опускать стулья со столиков на пол. За огромным окном висела непроницаемая пелена тумана, напоминавшая экран в кинотеатре. Внезапно на этом экране высветились огоньки фар — ехал кто-то из местных, никаких сомнений, ведь только они умеют ориентироваться в столь плотном тумане, тогда как туристы моментально сбиваются с пути и беспомощно кружат по городу.

Не успела она включить кофемашину, как раздался звон дверного колокольчика и в магазин вошла Пэкстон.

— Привет, — удивленно сказала Уилла. — Какими судьбами?

Пэкстон пожала плечами:

— Просто ехала на работу другой дорогой и заметила, что у тебя горит свет.

— Кофе хочешь?

— С удовольствием. С двойными сливками и без сахара, пожалуйста.

Уилла полистала блокнот с кофейными исследованиями Рейчел, нашла нужную страницу и прокомментировала выбор подруги:

— Согласно наблюдениям моей бариста Рейчел, твой заказ говорит о том, что ты тяготеешь к спокойной, комфортной жизни, но боишься заявить о своем желании вслух.

Пэкстон понятия не имела, кто такая Рейчел и что за наблюдения она ведет, но слова Уиллы ее развеселили.

— До неприличия верно! — засмеялась она.

— Рейчел утверждает, что это настоящая наука.

— Как здесь здорово, — произнесла Пэкстон, глядя по сторонам. И, выдержав короткую паузу, призналась: — Вообще-то, я хотела тебя поблагодарить.

— За что? — спросила Уилла, наливая кофе в два больших стакана с белыми и красными полосками.

— За то, что поговорила вчера с Себастианом. И дала ему мой адрес.

Уилла взяла полные стаканы и направилась к столику:

— То есть все прошло хорошо?

— Это мягко сказано. — Они выдвинули стулья и сели. — Сегодня я ночевала у него.

Лицо Уиллы расплылось в торжествующей ухмылке.

— Так вот почему ты едешь на работу другой дорогой!

Пэкстон отхлебнула немного кофе, пряча застенчивую улыбку.

— Ты меня раскусила. А Колин, полагаю, ночевал у тебя?

— Когда я уходила, он еще спал. Мне было так жалко его будить.

— Мама, наверное, в истерике бьется, — предположила Пэкстон.

— А ты, кажется, не очень-то и переживаешь по этому поводу?

— Вообще не переживаю.

Уилла откинулась на спинку стула:

— Какие планы на сегодня?

— Закончить приготовления к приему и написать речь. — Пэкстон обеспокоенно взглянула на подругу. — Ты ведь придешь, правда?

— Приду. Надену платье, которое твоя бабушка подарила моей.

Пэкстон восхищенно охнула:

— Господи, Уилла, лучше наряда и не придумать!

Дверной колокольчик возвестил о том, что они уже не одни. В магазин вошел Вуди Олсен.

При виде его Уилла, как обычно, впала в легкий ступор, приготовившись к худшему.

— Доброе утро, детектив Олсен, — поприветствовала его Пэкстон.

Уилла наконец снова обрела дар речи:

— Что случилось, Вуди?

Вуди стоял на пороге, неуклюже переминаясь с ноги на ногу.

— Вот ехал на работу, увидел свет в магазине и решил заскочить, чтобы тебя успокоить, ведь пару недель назад я не на шутку тебя напугал. Очень хорошо, что и ты тоже здесь, Пэкстон. Я как раз собирался сегодня сказать вам обеим, что причину смерти человека, чью могилу нашли на Джексон-Хилл, установить не удалось. Возможно, это несчастный случай, а вмятина на черепе указывает на то, что он неудачно упал. Навряд ли мы когда-нибудь узнаем, что произошло на самом деле.

— Неудачно упал? — переспросила Пэкстон.

— Извини, я на минутку. — Уилла встала и подошла к Вуди.

— В прошлый раз ты спрашивал, не попалось ли мне на глаза что-нибудь знакомое, пока я рассматривала вещи из того чемодана. Ты ведь имел в виду фотографию Такера Девлина, да? Потому что он — копия моего отца?

Вуди бросил быстрый взгляд на Пэкстон, которая сидела глубоко задумавшись, и тихо ответил:

— Больше никто не заметил их сходства. Но я держал язык за зубами.

— Спасибо, Вуди.

Он коротко кивнул:

— Твой отец был прекрасным человеком. И моим любимым учителем.

По магазину вновь пролетела трель колокольчика, и Вуди машинально отступил в сторону, уступая дорогу посетителю. Но за его спиной никого не оказалось.

— Не обращай внимания, — сказала Уилла. — В последнее время он часто звонит без причины. Сломался, наверное.

— А знаешь, есть примета: колокольчик звонит — счастье в дом спешит? Поэтому нужно сразу подставлять ладони, чтобы успеть его поймать.

Уилла тут же сложила ладошки лодочкой:

— Вот так?

— Отлично, — одобрил Вуди, поворачиваясь к двери. — На что угодно готов спорить, что ты только что починила свой колокольчик.

Уилла с улыбкой покачала головой и вернулась к Пэкстон:

— Я думаю, он хотел сказать, что Джорджи вне подозрений, а значит, и за Агату тоже можно не волноваться.

— И все-таки я не понимаю, — задумчиво протянула Пэкстон. — Если Такер Девлин неудачно упал, почему бабушка утверждает, что она его убила?

Уилла обеими руками взяла теплый стакан с кофе:

— Мне кажется, наши бабушки хотели сохранить в тайне подробности этой истории.

— По-моему, самое ужасное Агата нам уже рассказала.

— Откуда ты знаешь?

— Да, ты права. — Пэкстон тряхнула головой. — Пора уже перестать ворошить прошлое. Пусть Такер Девлин покоится с миром.

До начала приема оставалось два часа. В сумеречном небе клубились темные облака, на фоне которых освещенные окна «Хозяйки Голубого хребта» горели ярким желтым огнем, как будто это закатное солнце решило переждать ночь в особняке. От ствола исполинского дуба к земле тянулись тросы, удерживающие дерево в вертикальном положении, и в свете прожекторов оно казалось еще более величественным и древним. Когда Пэкстон подъехала ближе, она заметила, как подрагивают его листья: дело отчасти было в опрыскивателях, которые работали постоянно, — пока дерево не прижилось окончательно, оно нуждалось в большом количестве воды, — но не только. На могучих ветвях расселось несколько десятков птиц. Из-за этих пернатых Колин всю неделю не знал покоя: стоило их прогнать, как они тут же возвращались обратно.

Пэкстон вышла из машины и, затаив дыхание, поднялась по ступеням «Хозяйки». Великолепное, полностью отреставрированное здание возвышалось на холме как несокрушимый памятник настоящей дружбе, силе духа и самой жизни. Могла ли она предположить, глядя год назад на полуразвалившийся особняк, как много он будет для нее значить?

Девушка прошлась по первому этажу, заглядывая в каждую комнату. Лампы, встроенные в обшитые темными панелями стены, распространяли мягкое, уютное сияние. На столах в банкетном зале, украшенном гирляндами, стояли подсвеченные корзины с цветами. У каждого комплекта приборов лежал небольшой буклет с описанием благородных дел, совершенных клубом на протяжении многих лет, включая отзывы тех, кому, благодаря его щедрости, посчастливилось получить бесплатное образование. Помимо этого, каждого гостя ожидал подарок: пакет с отлитой на заказ свечой и коробкой шоколадных конфет; на обеих красовались юбилейные логотипы. Над помостом с трибуной висел огромный экран, на котором сменяли друг друга фотографии женщин, когда-либо состоявших в клубе. В углу музыканты струнного квартета настраивали инструменты.

Пэкстон была на кухне, когда до нее донеслись звуки негромкой музыки и приглушенных голосов: прибыли первые гости. Вскоре уже весь этаж был наводнен людьми, и официанты ловко лавировали в этом человеческом море, держа над головами подносы с шампанским и легкими закусками. Пэкстон лично приветствовала каждого, не исключая отца с матерью. Последний раз родители видели особняк год назад, когда, проезжая мимо Джексон-Хилл, вдруг решили: а почему бы не выкупить эти развалины и не вернуть им былую красоту?

Пока отец открыто восхищался «Хозяйкой Голубого хребта», мать, напустив на себя равнодушный вид, не проронила ни слова одобрения. Не успела она прийти в себя после выходки дочери с переездом, как та сообщила, что встречается с Себастианом Роджерсом, нанеся сокрушительный удар по ее самолюбию. Но Пэкстон не обижалась: она любила мать и на все ее причуды смотрела со снисхождением; поэтому, когда София, обнаружив, что ее посадили за один стол с бабулей Осгуд, начала громко протестовать, спокойно предложила ей место за другим столом. Сама бабуля Осгуд, в сопровождении нанятой внучкой сиделки, прибыла раньше и уже сидела в банкетном зале. «Интересно, — думала Пэкстон, — что чувствует бабушка, оказавшись в этом доме столько лет спустя?» Однако Агата ничем не выдавала своих чувств: с первых минут пребывания здесь она лишь громко жаловалась на духоту и требовала принести ей коктейль.

Все оставшееся время Пэкстон крутилась как белка в колесе, улаживая мелкие недоразумения, которым конца и края не было видно. Разрешив последний вопрос с размещением постояльцев — кто-то потребовал предоставить ему другой номер, — она уже собиралась спуститься в банкетный зал и сказать Марии, что пора рассаживать гостей, но зрелище, открывшееся внизу, заставило ее замереть на месте.

Это было похоже на сказку: принцессы в великолепных платьях, галантные принцы в изысканных костюмах — именно так Пэкстон и представляла себе сегодняшний вечер. Но эта сказка скоро закончится. Планируя грандиозное торжество, Пэкстон и подумать не могла, как все они далеки от понимания истинной сути клуба, его предназначения. И она была готова это исправить.

Заметив в толпе Колина и Уиллу, девушка с облегчением вздохнула. Уилла в своем платье выглядела совершенно блистательно, и Пэкстон на мгновение показалось, будто она перенеслась на три четверти века назад и видит перед собой юную Джорджи Джексон, беззаботно порхающую по дому. Колин стоял рядом с Уиллой. Пэкстон слишком хорошо знала брата, чтобы не заметить происходящих в нем перемен. Всю неделю, что они вместе провели на Джексон-Хилл — она занималась особняком, а он ландшафтом, — Колин был предельно сосредоточен и спокоен. А однажды даже спросил, не продается ли по соседству с ней какой-нибудь коттедж. Сказал, что якобы, приезжая в Уоллс-оф-Уотер, хотел бы останавливаться в собственном доме, но Пэкстон сразу поняла, почему он завел этот разговор. Она ликовала: сначала Себастиан, потом Уилла, теперь еще и Колин... Перефразируя слова Себастиана, она могла бы сейчас сказать: для того чтобы впустить в жизнь что-то хорошее, сначала нужно расчистить для него достаточно места.

Перехватив взгляд Марии, Пэкстон кивнула, и тут же прозвучал сигнал, приглашающий гостей занять места в банкетном зале.

Пэкстон забежала в дамскую комнату, чтобы подправить макияж, и с минуту простояла перед зеркалом, твердя про себя, что бояться нечего и она обязательно справится.

В зале ее встретил Себастиан. Они не виделись уже два дня, и Пэкстон физически ощущала, как ей его не хватает. Частые разговоры по телефону были не в счет: ей хотелось прижаться к нему, почувствовать его тепло. Все это было совершенно ново для нее, и она так боялась это потерять... Но подготовка к приему занимала все ее время с раннего утра до глубокой ночи, а сегодня Пэкстон вообще ночевала в «Хозяйке» и в родительский коттедж заглянула лишь для того, чтобы переодеться.

— Любимая, ты очаровательна, — сказал ей Себастиан.

— Как я рада, что ты здесь! — Пэкстон схватила его за руки, и он ощутил, как ее трясет от напряжения.

— Все просто идеально. Ты даже бабушку умудрилась уговорить — вот это да! Во сколько обошлось согласие сиделки?

На губах Пэкстон промелькнула усмешка.

— Лучше не спрашивай.

— Осталось совсем чуть-чуть. — Он наклонился к ее уху и прошептал: — Я соскучился.

От его слов Пэкстон стало тепло и спокойно.

— И я тоже.

— Как я понимаю, у тебя не было времени, чтобы заказать мебель, — заметил Себастиан.

— Слишком много дел навалилось. Закажу при первом удобном случае.

— Кровать доставят уже сегодня — я договорился.

Пэкстон рассмеялась:

— Ты шутишь?

— Вовсе нет.

— Тогда мне не терпится поскорее попасть домой, — призналась она.

— А мне не терпится поскорее тебя туда отвезти. У меня с этим домом уже связано несколько приятных воспоминаний. — Он подвел ее к помосту и прошептал: — Удачи. Ты отлично справишься.

Квартет прервал игру, раздались аплодисменты. Подойдя к трибуне, Пэкстон окинула взглядом зал: Себастиан уселся за стол рядом с Колином, Уиллой и бабулей Осгуд.

Ее трясло от страха. На мгновение ей даже показалось, что у нее не хватит сил и смелости, но Пэкстон подумала о бабушке и о Джорджи, о том, что давным-давно случилось в этом доме, сподвигнув их создать клуб, — и вновь убедилась, что приняла верное решение.

— Добро пожаловать на празднование семьдесят пятой годовщины Женского общественного клуба Уоллс-оф-Уотер, — начала она.

Взрыв аплодисментов.

— Я заготовила речь еще несколько месяцев назад. Навряд ли те, кто хорошо меня знает, сейчас удивились.

Из разных концов зала донесся смех.

— В своей речи я хотела подчеркнуть исключительную важность нашей работы, сказать, что все мы можем собой гордиться. — Она выдержала паузу. — Но несколько дней назад я выкинула ее в мусорное ведро, потому что поняла: радоваться тут нечему. Мы крупно ошиблись.

В воздухе повисло напряжение. Казалось, все присутствующие поняли: сейчас что-то будет.

— Клуб был создан для того, чтобы защищать своих. Он не задумывался как благотворительная организация, сообщество избранных или средство для демонстрации личных достижений. Семьдесят пять лет назад он возник потому, что две лучшие подруги в самый темный час своей жизни сказали себе: «Наша преданная, крепкая дружба — единственное, что у нас есть. Если мы утратим ее, то потеряем и себя. Мы будем помогать друг другу, потому что больше надеяться нам не на кого». Я не знаю, когда именно Женский общественный клуб изменил выбранному курсу и почему это произошло. Теперь он не имеет ничего общего с той высокой целью, что стала причиной его создания, и я, увы, не могу этого исправить. Поэтому я слагаю с себя обязанности президента и вычеркиваю свое имя из списка участниц клуба.

По залу прокатился взволнованный рокот голосов.

— Ни одной из вас я не была настоящим другом, — продолжила Пэкстон, ища глазами Кирсти Лемон, Мойру Кинли, Стейси Хёрбст и Онор Редфорд. — Но я обещаю: начиная с этого момента вы все можете смело обращаться ко мне за помощью. В любое время. Ведь именно в этом истинное предназначение клуба, рожденного из клятвы верности, принесенной друг другу перепуганными девочками, которые знали, что им не на кого рассчитывать, кроме как на себя самих. Наши бабушки не сомневались, что их дружба умрет только вместе с ними. А у нас с вами есть такие друзья? И почему, интересно, мы так стремимся заниматься благотворительностью, заботиться о чужих нам людях, вместо того чтобы сначала помочь самым близким? — Пэкстон отступила от трибуны. — Это все, что я хотела сказать.

Она потерла лоб, щурясь от яркого света прожекторов. В зале стояла гробовая тишина, которую внезапно нарушил необычный звук, заставивший всех обернуться.

Это посмеивалась Агата. Ее смех походил на скрежет ржавого механизма, который в кои-то веки снова запустили.

— Молодец, девочка! — довольно проскрипела она.

Празднование продолжилось, но общее настроение было испорчено. Вскоре подали ужин, вручили награды и выслушали еще несколько торжественных речей, но теперь все эти церемонии казались натянутыми и неуместными, и большинству гостей не терпелось уйти. Пэкстон понимала, что ее поступок, да и весь этот вечер, станет притчей во языцех, но была совершенно спокойна: по крайней мере, у местных жителей появилась неисчерпаемая тема для толков и пересудов, а некоторым для счастья большего и не надо. Она знала, что все сделала правильно, и чувствовала себя намного лучше, и даже бойкот, объявленный ей матерью, не печалил девушку.

Многие спешно покидали «Хозяйку», стараясь не встретиться взглядом с Пэкстон. Естественно, думала Пэкстон, сначала людям нужно обсудить происшедшее между собой, прийти к единому мнению, и после этого они разделятся на два лагеря: на тех, кто встанет на сторону Пэкстон, и тех, с кем ей отныне не по пути.

Когда прием закончился, Уилла и Пэкстон проводили Агату до машины. Перед тем как уехать, бабуля Осгуд устроила им экскурсию по особняку. Она безошибочно указывала, куда ее везти, полагаясь лишь на свою память. Вот лестница, по перилам которой они с Джорджи весело мчались вниз. Вот комната Джорджи — здесь они играли в куклы. А в кухне — вон там — повариха Джексонов пекла в сковороде ананасовый пирог с хрустящей корочкой из тростникового сахара. А в этом книжном шкафу есть потайное отделение — они с Джорджи оставляли в нем друг другу записки.

— Я горжусь тобой, Пэкстон. Теперь в этом доме пахнет по-другому. Он снова чист, — говорила Агата, пока спускалась с крыльца, поддерживаемая Уиллой и Пэкстон. Она слегка пошатывалась: наверное, виной тому были коктейли. — Заявить такое во всеуслышание — тут не у всякого бы пороху хватило.

— Спасибо, бабуль. Думаю, мама теперь до конца жизни будет на меня обижаться.

— Ей же хуже, — отрезала Агата и, перед тем как сесть в машину, добавила: — Похоже на то, что вам с Уиллой удалось его прогнать. Ведь он лишь одного всегда боялся — настоящей дружбы.

— Кто — «он?» — не поняла Уилла.

— Такер. Последние недели от него просто спасу не было. Неужто вы не заметили? Я-то его сразу почуяла — в воздухе все время стоял его сладкий запах. Да и птицы словно с ума посходили.

Агата забралась в салон, и сиделка застегнула на ней ремень безопасности. Уилла и Пэкстон придвинулись ближе друг к другу.

— Бабуля, что здесь на самом деле произошло? Неужели ты и правда его... — Пэкстон осеклась: сиделка могла ее услышать.

— Да, — спокойно подтвердила Агата. — Правда. И не забывайте об этом.

Когда машина скрылась из вида, Уилла и Пэкстон, обменявшись недоуменными взглядами, повернулись к крыльцу, собираясь подняться в дом. Внезапно обе ощутили густой, почти нестерпимый аромат персиков. Через мгновение беловатая дымка взвилась в небо и растворилась в лунном свете, унося его с собой. В этот же миг старый дуб задрожал — это поднялись в воздух бесчисленные птицы, облюбовавшие его ветви, и желтые пятна на их крыльях ярко засветились в темноте, словно огоньки фейерверка.

— Как ты думаешь: совпадение? — Уилла взяла Пэкстон под руку.

— Совпадений не бывает, — ответила Пэкстон.

Так они стояли, тесно прижавшись друг к другу, и смотрели вверх, пока последние огоньки не погасли вдали.

Глава 18

СООБЩНИЦЫ

1936 год

Джорджи внезапно проснулась, трясясь от холода. Она не понимала, что с ней. Лето выдалось на редкость удушливым, и даже ночи не приносили желанной прохлады. Но сегодня ее почему-то прошиб озноб. Выступивший пот ледяной коркой стянул кожу. Стуча зубами, девушка выглянула в окно, ожидая увидеть заваленную снегом землю. Все вокруг меняется, сонно подумала она, и уже не первый месяц, но, с тех пор как этот обаятельный волшебник Такер поселился в их доме, сам воздух стал другим. В нем витал дух надежды — надежды на избавление от бремени долгов и на процветание, которые принесет им этот персиковый сад. Отец Джорджи, в добром расположении духа имевший обыкновение ее не замечать, а в дурном — винить в смерти матери, скончавшейся при родах, теперь взирал на дочь со счастливой улыбкой — потому что она нравилась Такеру Девлину. Но сама она не обращала на этого типа внимания. Делала вид, что ничего не замечает, если, столкнувшись с ней в коридоре, он прикасался к ней, или оказывался поблизости, когда она выходила из ванной, или внезапно впадал в ярость, давая волю своему вспыльчивому характеру. Джорджи попыталась рассказать обо всем Агате, но та назвала ее дурочкой и пристыдила: ты, мол, не понимаешь своего счастья. Агата тоже изменилась. Раньше у них не было секретов друг от друга, но сейчас, лишь завидев ее, Агата начинала дрожать от злости, и Джорджи никак не могла взять в толк почему. Теперь ей было одиноко, как никогда: подруги перестали приходить в гости, а на балах вели себя так, словно она невидимка. Поэтому большую часть времени девушка проводила в своей комнате: перешивала старенькие платья, подготавливая себе гардероб на следующий год, расчесывала волосы куклам, наглаживала им передники — и мечтала о том, что однажды все снова встанет на свои места.

Джорджи села на кровати, дрожа от холода. В нос ей ударил запах табачного дыма и персиков. В персиковом аромате не было ничего удивительного: источаемый Такером, он пропитал весь дом. Мистер Девлин говорил, что птицам нравится эта сладость, поэтому они так и норовят клюнуть его, стоит ему выйти на улицу. Джорджи не спорила, но в душе считала, что они клюют его от злости, а не от любви.

Оглядевшись, она увидела крошечный оранжевый огонек. Кто-то стоял у двери и курил. Ее сердце судорожно ударилось о ребра, словно пытаясь сбежать.

Из темноты выплыл Такер. Он поднес сигарету к губам, затянулся — тлеющий кончик сигареты вспыхнул, на мгновение озарив его лицо, — потом бросил сигарету на пол и затушил ее носком ботинка.

Он приблизился к кровати.

Джорджи так и не поняла, что произошло. Всю оставшуюся ночь она пролежала в постели, боясь пошевелиться. Утром девушка слышала, как он спустился из своей комнаты на чердаке, на минуту замер у ее двери и зашагал прочь. Когда в доме стихли все звуки, Джорджи нашла в себе силы встать и умыться. Несколько часов она просидела в спальне, подперев дверь стулом, пока отец не приказал ей явиться к обеду. Прошло две недели. Такер даже не смотрел в ее сторону, и Джорджи уже начала думать, что все позади. Она почти оправилась от пережитого ужаса. Ее мир навсегда потерял былую невинность, но это сделало ее сильнее.

А потом Такер вернулся.

Он мучил ее целое лето. Джорджи кидалась то к одному, то к другому, прося защиты, но все вокруг нее словно бы оглохли и ослепли: Такер позаботился об этом. Она могла надеяться только на себя, но была слишком слаба, слишком нерешительна, чтобы остановить его.

А потом Джорджи поняла, что беременна.

В этот же день она взяла сковороду и, дождавшись ночи, встала у двери.

Когда она ударила Такера по голове, раздался странный глухой стук, словно в соседней комнате что-то упало. Джорджи стояла над ним, как в тумане, словно надеясь, что злые чары вот-вот рассеются и все будет как прежде. Ее начала колотить дрожь. Ничего не менялось. Она по-прежнему была беременна, а на полу лежал бездыханный Такер. Что же ей теперь делать? К кому бежать?..

— Покажи мне его, — сухо приказала Агата.

Когда Джорджи сквозь непроглядный туман, спотыкаясь и падая на каждом шагу, добралась до «Ореховой рощи», все ее тело было покрыто грязью и ссадинами. Она проскользнула в комнату Агаты через задний вход — девушки часто пользовались им, чтобы незаметно улизнуть из дома, — и разбудила подругу, умоляя выслушать и помочь. Джорджи доверяла лишь ей одной. Даже события минувшего лета не могли разрушить их дружбу. По крайней мере, Джорджи молилась, чтобы это было так. Ведь, кроме этой дружбы, у нее больше ничего не осталось.

Всю дорогу до «Хозяйки Голубого хребта» Агата молчала. В спальне Джорджи они обнаружили распластанного на полу Девлина, а на груди у него, словно прижимая его к земле, чтобы он не улетел, лежала сковорода. С невнятным бормотанием Агата опустилась на колени и дотронулась ладонью до лба Такера. Но тут же отдернула руку, будто ошпарившись, и вскочила на ноги.

— Нужно спешить, — прошептала она. — В нем еще теплится жизнь. И он вне себя от злости. Нужно вырыть яму, но поблизости. Далеко мы его не утащим. Яма должна быть где-нибудь во дворе, подальше от склона, иначе землю размоет дождями. Давай, Джорджи, шевелись.

Что Агата действительно умела делать, так это руководить.

Они зажгли свечу и приступили к делу. Джорджи смешала перец и древесную пыль, которая, благодаря стараниям жучков-короедов, крошечными горками лежала на ступеньках. Повариха ей как-то сказала, что если бросить эту смесь под дверь, то никто не сможет выйти из комнаты. Поэтому Джорджи рассыпала ее перед спальнями отца и брата, надеясь тем самым выиграть время.

Выбрав место подальше и от дома, и от склона холма, девушки принялись копать яму и копали несколько часов кряду. Джорджи на всю жизнь запомнила необыкновенную тишину, царившую тогда вокруг. Город внизу исчез в клубах тумана, и казалось, будто, кроме них, в целом мире не было ни души. Они рыли землю ожесточенно, стараясь скорее похоронить того, кто упивался их беспомощностью, словно этого будет достаточно, чтобы забыть о содеянном им зле.

Половинка луны совершила путешествие через весь купол неба, когда Агата наконец объявила, что теперь яма достаточно глубока.

Вернувшись в спальню, они подтащили Такера к окну, кое-как подняли и вытолкнули на улицу. Схватив негодяя за руки и за ноги, подруги поволокли его к яме, а за ним тянулся черный след, словно полоса выжженной земли.

Когда они закончили, уже занимался рассвет. Агата и Джорджи, перемазанные грязью, в оцепенении стояли над могилой, глядя, как из пелены тумана поднимается солнце.

Наконец Агата повернулась к Джорджи и крепко ее обняла. Та не сразу поняла, что подруга плачет. Первый раз за все время, что они были знакомы.

— Агата, милая, — сказала Джорджи, — прости меня.

— Нет! — вскрикнула Агата, отстраняясь. — Не тебе просить прощения! Это я во всем виновата. Что я за подруга, если бросила тебя в беде? Прости меня, ради бога, Джорджи!

— Что мне теперь делать? — растерянно спросила Джорджи. — Что теперь будет, Агата?

— Не бойся, мы со всем справимся, вместе. Отныне я всегда буду рядом и больше никогда не отвернусь от тебя.

— А если вдруг выяснится, что это я убила его?

Агата взяла ее за руку:

— Пока я жива, этого никто не узнает. Обещаю тебе, Джорджи, что так оно и будет.

И семьдесят пять лет спустя Агата сдержала свое обещание.

Глава 19

СОН

Под легкий шорох платьев Уилла и Пэкстон поднялись по ступеням портика. Какой восхитительный и необычный вечер! Уилле не верилось, что всего несколько недель назад она даже думать не хотела об этом приеме. И уж точно в ее планы не входило влюбиться, найти себе лучшую подругу и раскопать целый ворох невероятных семейных тайн.

Их ждали. Себастиан с бокалом в руке стоял у открытой двери, и свет, льющийся из дома, создавал вокруг него сияющий ореол. Колин прислонился к стене рядом. Вид у него был непринужденный: приспущенный галстук, руки в карманах. Когда Уилла подошла к нему, он тут же крепко ее обнял, прижав ее головку к своей груди. Себастиан передал Пэкстон бокал и, обвив рукой ее талию, притянул к себе и поцеловал.

Они вернулись в банкетный зал. Пожелав спокойной ночи гостям, которые оставались в «Хозяйке» на ночь, все четверо уселись за столик и до самого утра весело болтали, не обращая внимания на уборщиков, снующих по залу.

Уилла с интересом наблюдала за Пэкстон и Себастианом. Они держались уверенно, без малейшей неловкости. С первого взгляда становилось ясно: эти двое созданы друг для друга. Казалось, сам воздух вокруг них наэлектризован, а между ними то и дело проскакивают искры.

А они с Колином, наоборот, производили впечатление этакой беззаботной парочки, людей, которые еще даже и не задумывались о перспективах своих отношений. Но на самом деле это было далеко не так. Оба были настроены очень серьезно, хотя никто из них двоих не признавался в этом даже себе. В последнее время они только и делали, что говорили о будущем. Сможет ли Колин остаться в Уоллс-оф-Уотер? И готова ли Уилла отсюда уехать? Теперь, когда Уилла узнала, что отец когда-то собирался отправиться в путешествие, оставив бабушку на попечение Агаты, этот вопрос уже не вызывал у нее страха. Возможно, им стоит поначалу пожить на два города: несколько недель в Нью-Йорке, потом столько же в Уоллс-оф-Уотер, а там — время покажет... Они еще толком ничего не решили, продолжая спрашивать друг друга: действительно ли нам по плечу такие перемены? Но в душе каждый из них давно знал ответ: они должны быть вместе, а где — не имеет большого значения.

И у них впереди целая жизнь.

Когда взошло солнце, за столом бодрствовали лишь Уилла и Пэкстон. Обе сидели, положив ножки в чулках на колени своих спутников, которые мирно спали, используя стол в качестве подушки. У Колина на плечах поблескивали серебристые ленточки серпантина, а за ухом красовалась роза — дело рук Уиллы. Колин чуть слышно посапывал во сне.

Уилла тихонько рассмеялась:

— Ты знаешь, а он мне все равно нравится.

Пэкстон осторожно убрала ноги с коленей Себастиана и встала:

— Пойду узнаю насчет завтрака. Я ужасно проголодалась, а ты?

— Просто зверски. Разбудить их, как думаешь? — спросила Уилла.

— Не сейчас. — Пэкстон развернулась, чтобы уйти, но внезапно остановилась. — Уилла?

— Да?

— Я так рада, что ты пришла, так рада, что мы подружились, и... — Пэкстон запнулась, не в силах подобрать нужные слова.

— Недаром я ради тебя опрыскала людей перцовым газом, — отозвалась Уилла. — Нам обеим это было нужно.

Когда Пэкстон вышла, Уилла закрыла глаза и постаралась представить себе, какой отныне будет ее жизнь.

Прежде всего, начиная с этого самого дня они с Пэкстон, столкнувшись где-нибудь в городе, будут взахлеб болтать и смеяться, как закадычные подружки, у которых есть один секрет на двоих.

Джорджи всегда будет рядом... То есть, конечно, однажды бабушки не станет, но к чему думать об этом сейчас? Агата все так же будет за ней присматривать, а они с Пэкстон позаботятся о том, чтобы бабуля Осгуд не испытывала недостатка в шоколадных конфетах. Дальше... Несколько лет они с Колином будут жить то в Нью-Йорке, то в Уоллс-оф-Уотер, оставив магазин на попечение Рейчел. (Когда-нибудь Рейчел непременно напишет книгу по «кофеологии»: рано или поздно она обязательно создаст этот термин.) А когда Уилла забеременеет, они с Колином навсегда осядут в Уоллс-оф-Уотер... При мысли об этом в животе у Уиллы что-то ухнуло — словно она затевала свое самое масштабное, самое прекрасное приключение. Что же до Пэкстон с Себастианом, то с ними все ясно: они сразу поженятся и обзаведутся тремя детьми. Но даже много лет спустя, создав свои собственные семьи, Уилла и Пэкстон будут перезваниваться чуть ли не каждый день, иногда просто для того, чтобы пожелать друг другу спокойной ночи, и Пэкстон даже не понадобится ничего говорить — Уилла просто будет знать, что это звонит ее лучшая подруга. Вот она уже в кровати, рядом спит Колин, вдруг раздается телефонный звонок, она снимает трубку — и: «Спокойной ночи, Пэкстон. Я всегда рядом, не забывай».

Такова истинная дружба. И если тебе повезло найти настоящего друга, береги его как зеницу ока.

Она открыла глаза: Колин уже не спал. Вид у него был слегка ошалевший: волосы стояли торчком, глаза растерянно моргали, по лицу блуждала мечтательная улыбка. Он провел ладонями по ногам Уиллы и счастливым голосом произнес:

— Я только что видел потрясающий сон!

Уилла улыбнулась.

— И я тоже, — прошептала она в ответ.

БЛАГОДАРНОСТИ

Выражаю бесконечную признательность моим наставницам Андреа Сирилло и Шоне Саммерс за поддержку. Спасибо моим родным за понимание: я знаю, что все это время вам приходилось со мной несладко. Люблю вас. И огромная благодарность Дафне Аткесон за то, что помогла мне вырастить это дерево и дождаться его сочных плодов.

Оглавление

Глава 1. Игра в прятки 7
Глава 2. Шепот невидимки 22
Глава 3. Кодекс отщепенцев 42
Глава 4. Списки пожеланий 67
Глава 5. Клад 89
Глава 6. Сказка 112
Глава 7. Родственные узы 134
Глава 8. Прекрасные создания 159
Глава 9. Корневая система 174
Глава 10. Чародей 194
Глава 11. Приворотное зелье 206
Глава 12. Странное соблазнение 223
Глава 13. Шутник, Палочник, Недотрога
и Чокнутый 244
Глава 14. Привет из прошлого 257
Глава 15. Риск 268
Глава 16. Долой доспехи! 277
Глава. Прочь! 290
Глава 18. Сообщницы 305
Глава 19. Сон 311

Аллен С. Э.

А50 Хранитель персиков : роман / Сара Эдисон Аллен ; пер. с англ. Е. Клиповой. — М. : Иностранка, Азбука-Аттикус, 2020. — 320 с.

ISBN 978-5-389-16852-7

Уилла Джексон в школе слыла сорвиголовой, однако давно остепенилась. Роль хозяйки скромного магазина в родном городке вполне ее устраивает, и излишние волнения ей ни к чему. Но в один прекрасный день покой Уиллы нарушает ее бывшая одноклассница Пэкс Осгуд, самая богатая женщина в городе: она присылает Уилле приглашение на праздничный вечер, который состоится в роскошном особняке. Когда-то дом принадлежал семейству Джексон, его построил еще прапрадед Уиллы, однако в 1930-х Джексоны разорились, а особняк выкупили Осгуды. Уилле безумно хочется пойти на торжество, но она сомневается, и у нее есть на то причины. Этот дом с привидениями, который много лет стоял заброшенным, одновременно притягивает и отталкивает ее: где-то здесь похоронена тайна прошлого, связывающая семьи Джексон и Осгуд.

УДК 821.111(73)
ББК 84(7Сое)-44

Литературно-художественное издание

САРА ЭДИСОН АЛЛЕН

ХРАНИТЕЛЬ ПЕРСИКОВ

Ответственный редактор Янина Жухлина
Редактор Ирина Беличева
Художественный редактор Виктория Манацкова
Технический редактор Татьяна Тихомирова
Компьютерная верстка Евгении Стах
Корректоры Станислава Кучепатова, Елена Терскова

Подписано в печать 05.02.2020. Формат 75 × 100 1/32.
Печать офсетная. Тираж 3000 экз. Усл. печ. л. 14,1.
Заказ № 5108.

Знак информационной продукции
(Федеральный закон № 436-ФЗ от 29.12.2010 г.): 16+

ООО «Издательская Группа „Азбука-Аттикус“» —
обладатель товарного знака «Издательство Иностранка»
115093, г. Москва, ул. Павловская, д. 7, эт. 2, пом. III, ком. № 1

Филиал ООО «Издательская Группа „Азбука-Аттикус“»
в Санкт-Петербурге
191123, г. Санкт-Петербург, Воскресенская наб., д. 12, лит. А

ЧП «Издательство „Махаон-Украина“»
Тел./факс: (044) 490-99-01. E-mail: sale@machaon.kiev.ua

Отпечатано в ОАО «Можайский полиграфический комбинат»
143200, Россия, г. Можайск, ул. Мира, 93
www.oaompk.ru
Тел.: (495) 745-84-28, (49638) 20-685

H-MJJ-25328-02-R

ПО ВОПРОСАМ РАСПРОСТРАНЕНИЯ ОБРАЩАЙТЕСЬ:

В МОСКВЕ

ООО «Издательская Группа „Азбука-Аттикус“»

Тел.: (495) 933-76-01,
факс: (495) 933-76-19

e-mail: sales@atticus-group.ru;
info@azbooka-m.ru

В САНКТ-ПЕТЕРБУРГЕ

Филиал ООО «Издательская Группа „Азбука-Аттикус“»

Тел.: (812) 327-04-55,
факс: (812) 327-01-60

e-mail: trade@azbooka.spb.ru

В КИЕВЕ

ЧП «Издательство „Махаон-Украина“»

Тел./факс: (044) 490-99-01

e-mail: sale@machaon.kiev.ua

Информация о новинках и планах на сайтах:

www.azbooka.ru
www.atticus-group.ru

Информация по вопросам приема рукописей
и творческого сотрудничества
размещена по адресу:
www.azbooka.ru/new_authors/